日常運動

梁莉姿 著

獻給所有憂傷和憤怒的人

名家推薦短語

這本小說記存了香港抗爭者的精神動盪。沒有任何一種怯懦是簡單的，沒有任何一刻的勇武是絕對的。讓每一分「道理」都陷入自我懷疑，是人性的豐收，小說的豐收。

——作家 **胡淑雯**

《日常運動》指向運動化為日常的過程，然而對比色彩鮮明的運動，日常的過渡卻充滿困惑與曖昧。戰爭發生了、城市陷落了、傷害完成了、身處其中的人卻仍無法理解究竟發生了甚麼事。

莉姿的書寫因而成為一種倫理行動。小說以近乎戀物的方式，鋪張地動用每個特寫和全景，一一記錄每個騷動的症狀與矛盾。似乎是深怕掉落了任何一個像素，這個運動未來就也沒有被破譯的可能。《日常運動》所展現的貪婪和困惑，或許也是倖存者們最難以跨越的，日常的夢魘。

——小說家 **鄧觀傑**

每當「日常」二字出現，總引人想：你身處其中，不僅該思考如何閃躲那一顆催淚彈，也得考慮該用甚麼心情咬下那一塊甜美多汁的漢堡。運動並非電玩，你按下存檔、關機就能抽離——生活看似不變，實則不再如常。圍繞於香港脫離英屬時期到近年反送中場景，眾多人物內心活動爆發，近乎錯亂，卻又都頗有道理。是在抗爭，卻也在拯救自我混沌。「我沉默，我挺你，但我沉默」的不安持續擺盪；性別議題編織其中，男性說教藏在一些角色身上，透過不同女性的觀看，暴露眼中所見荒謬。層疊交錯精準的日常象徵符號，是莉姿極出色的筆法，將其中的愛與憂傷，譜寫得繚繞而悠長。

——珂拉琪樂團 **家權**

甚麼是日常？生活的舞台？時間的堆疊？還是一場運動的演化……

香港發生過一場將日常改變的運動。

由變成日常到退出日常，經歷運動的人今天怎樣？

「這麼多年過去了，你（活）還（成）害（怎）怕（樣）外（的）頭（人）嗎（了）？」

《日常運動》推前游移，敘述他們運動前的日常和因何進發到那場運動。

我彷彿也從中看見了自己。

——香港電影《少年》導演 **任俠**

早慧的梁莉姿，寫小說多年，香港年輕作家。文字青春而鋒利，絕望但不沉鬱，對現實始終保持著敏銳感知和批判。城市住著不同的人，而每個人心裡都住著自己的城市。

《日常運動》即是城市和人，各自浴火而尚未抵達重生之時，都褪去了一層皮而寫出來的作品。

——香港小說家 **韓麗珠**

推薦序

在落滿霉粉的城市，撥尋一隙光

楊　翠

日常與運動，或者說日常生活與抵抗運動，幾乎是極度違和的兩種狀態。

日常，是平凡生活，日復一日，像火車軌道，在幾個固定時間，幾處定點空間，遭遇熟悉的人，做相同的事。靠著重複的時間線與熟悉的空間感，我們得以安頓自己，雖然有時無趣，但讓人安心。偶爾，小小出軌一下，到一兩處陌生地方，感受一點點時間繞行、空間探祕與新鮮遭遇的趣味。

但抵抗運動不是在日常裡的出軌、繞行，或是新鮮遭遇，抵抗運動是非日常，而且是少數人的非日常，是偶爾才出現的社會景觀。大多數人在他們的日常生活中，即使遭遇了這個景觀，也會選擇默然以對，繞路而行，甚至咒罵他人的非日常干擾了他的生活日常。

然而，梁莉姿的《日常運動》中，日常與運動緊緊扭絞在一起，無法區隔分離，成為這個世代香港青年的生活現實與生存狀態。

這是在巨大的暴力與剝奪之後的殘存現實，既熾熱又荒蕪。

陳黎有一首短詩〈二月〉，描寫二二八事件後的家園裂變與日常變調，很打動我。詩中以清晨、黃昏、春天、秋天、日曆、鞋子、黑髮、腳步聲、洗臉水等日常性元素，描繪家園的尋常生活景觀，而以一再重複的「失蹤」，顯影家園日常如何一點一滴被抹除，成為深痛刻骨的失落。

沒錯，日常是無趣的，然而，如果連如此無趣的日常都被剝奪了，那麼，整個生活也幾乎不復存在了。

我經常在想，家園與日常，對人們而言究竟是甚麼。家園，我們視為一處光色溫潤的所在，是生命安頓的場所，然而，也正是這個家園，總是成為強權奪取的客體。當家園被權力者侵入並附體，家園不再是安居所，家園的日常就會扭曲劣化，變成一場場惡夢，生活其間的人們，只能被惡夢吞噬入腹，殘喘、掙扎。

或者，被迫把自己也融入惡夢一景，日久成為自然，失卻原初家園的記憶，失去主體自身。

二〇一九年六月到十一月，香港城市經歷了一場巨大的剝奪。國家一聲令下，一整座城市與島嶼，所有的日常，一夕覆滅，國家暴行成為城市的新日常。這就是韓麗珠《黑日》中的「黑日」意象，也是梁莉姿《日常運動》中的時空場景。

當想像中的兩極在現實中碰撞，共時發生在自己身上，我們才覺悟到，所謂的日常，從來都不是處在天使的國度，我們的日常，原來一直都在老大哥的凝視看管之下，是它決定是否讓你呼吸，也是它可以瞬間剝奪所有空氣。

從基進的意義來看，梁莉姿《日常運動》中，日常與運動纏結絞扭的狀態，正是一種挺身奮起，與剝奪對抗的進行式。不是日常時空被運動時空覆蓋，而是家園早已裂變，日常早就失落，為了奪回家園，重寫日常，青年挺身，投入抵抗運動中。

梁莉姿所要扣問的，不是國家暴力本身，因為這是不問自明的，她要寫的，是在國家暴力四面八方環伺之下，投身運動的這群人、這些家庭、這個世代的精神紋理。

梁莉姿出生於一九九五年，是九〇後香港作家中既犀利又溫柔的一隻筆。梁莉姿與她的世代，幾乎是同時有著熾熱青春與蒼老靈魂的世代。很年少，就彷彿歷盡滄桑。她是接受黨國教化催眠的世代，然而，尚未體驗風和日麗的家園景致，國家暴力就撲身襲來；她曾經置身運動現場，一起在激奮與熾熱中吶喊，但也深刻見證了運動中的失落與迷惘。

梁莉姿就這樣馱負著整個世代的集體創傷、社會恐懼、身分迷思，從一大片黑霧森林中穿行跋涉而來，她想描繪的，是二〇一九年香港城市的感覺結構，也是這個世代集體的靈魂底蘊。

她的犀利與溫柔，就是來自於這種熾熱與滄桑的高度反差，也來自於她的處身其間，更來自於她的抽身其外。她從整座落滿霉粉與硝煙的城市中跋涉而來，要找到一個抽離的書寫位置，我相信，於她，這是最艱難的一件事。

但如果沒有找到這個既近又遠、既內又外、既中心又邊緣的位置，她就無法帶我們看見香港這座城市一整個世代的靈魂樣態，她無法帶我們看見國家暴力如何侵蝕，霉粉如何紛落，以及一個世代的希望、失望，甚至絕望，還有在絕望廢墟中，那幽微而堅定的一線光。

如果她無法帶我們看見真正黑暗的底色，我們就無法指認光的意義。

《日常運動》分成「運動日常」、「日常」、「日常運動」三輯，合計十部短篇小說。結構上，各篇可以獨立閱讀，也可以串成一部長篇來讀。熊貓洪奕這個角色全書貫串，可以視為主角，但書中人物都是相互關聯的，前一個故事的配角，在下一個故事成為主角，而人物關係則是一點一點洩露拼織，以有點懸念的方式，從虛線變成實像，圖像逐漸清晰。

《日常運動》的結構，類似於組曲，但更像故事長卷，一個構圖是一個故事，整幅長卷也是一個故事，故事與故事之間有咬合感，既獨立又交織，你可以從頭看到尾，也可以從其中任選一部，單獨來看。《日常運動》的這種敘事結構，非常巧妙地呼應了「一座城市一群人的日常與運動」這個主題。

或者可以說，這種既獨立又交織的結構，就是小說中人們生命情境的隱喻，也是一座城市、一個時代的隱喻。在這個黑暗時代，在這座被國家暴力接管的城市，每一個人都彼此纏結，但又深切感到孤獨荒寒。

《日常運動》是寫香港青年的運動進行式，但不是描寫運動的慷慨激昂，不是瞄準運動者在運動現場的英勇與氣魄，而是將鏡頭拉遠，從一座城市，從運動的側面寫運動，從日常的側面寫日常，這是本書最獨特的地方。

它揭露了日常與運動的灰階地帶，這可能會讓許多人失望，因為它指認了我們都隱然知道，但大多數時候刻意忽略的那些運動中最幽微、曖昧、矛盾、衝突的存在。但是，如果運動與日常已然如此糾葛纏結，浪漫化的文學書寫並不會提供真正的救贖，唯有直面灰階，直面矛盾，直面內心的質疑、猶疑、茫惑，才可能在最黑暗的底色中，找到一線光隙。

大多數時候，面對黑暗比面對灰階容易得多，面對國家暴力比面對自身的內心幽微與同志矛盾容易得多。然而我們必須承認，灰階、幽微、矛盾，含藏了更多真實，不曾面對這些真實，我們永遠無法抵達美麗新世界。

因此，在我看來，《日常運動》中最犀利的地方，是日常與運動的相互詰問。

梁莉姿一面以運動詰問日常的扭曲變調荒謬，一面又以日常詰問運動，這場運動將會帶領我們抵達甚麼地方？能是一處清風麗景的新日常嗎？還是終將陷入無止境的纏結。

日常與運動的相互詰問，清楚揭露了一個困局。當日常是日常，運動是運動時，主體可以透過生命時間與生活場域的交替，尋求呼吸換氣；當你投身運動時，彷彿為蒼白無力的日常點燃希望，當你回返日常生活時，又可以充電蓄能，等待下一場戰役。然而，當國家暴力逼使人民的日常與運動緊緊絞織在一起，日常不再是運動的後台，也無法成為換氣的窗口，《日常運動》中，那些孤獨、荒蕪、鬱苦的靈魂，連自己都分不清，這些痛苦究竟是緣於日常的蒼白或是運動的磨蝕。

日常與運動的相互詰問，它的意義不在於最終答案，而在於主體的自我思辨。主體在理想、行動、奮起、困挫、失落、幻滅，還有在親人、愛人、運動夥伴之間的彼此傷害與相互舔撫中，直面自身。

那是他，也是你與我。小說中，每個人的生命都在掙扎，都有破洞。或者無法忍受母親對待運動的虛矯，或者長期擱淺在母親的生活掌控中，或者對於自己能在街頭衝鋒陷陣，卻無法在日常工作場域中對抗體制而感到分裂痛苦，或者對於殉身者與被捕者傷痛自責，對於撤離者的離去失望憤怒，或者經歷從中國到香港的身分認同迷惘。

更有為在亂世裡荒蕪而熾熱的愛情而心痛。紛亂時代，沒有人能以你想要的方式來愛你。小說裡有這麼一段話，很精彩：「這世界瘋了。所有人的痛苦和憤怒，它們無法被校準成統一絕對的瞄頭向仇恨對象發射，遂成黴菌，紛紛落落，繁殖，飄飛，無定向，濡濕霉爛，滲鑽所有人的鼻腔。」

誰都不能真正撫慰誰，暗夜裡每個人都只有自己。但是，在寫出這座城市的黑霉底色之後，梁莉姿卻拋出這麼一句話，作為全書結語：「樹縫有光，天要亮了。」

明日天光，在這座霉粉持續紛落的城市，一個個行動主體仍然會從威權廢墟中爬起，繼續奪回被竊取的家園，重寫被偷換的日常。

因為，光，不是意義本身，追光的行動，才是意義所在。失蹤的日曆終將不復重返，但每一張行動者的新日曆，每一次薛西佛斯的行旅，都會在城市銘刻下來。

推薦序

分岔的風景

李智良

「聽著一些死亡的故事，殘忍的故事，想著生命是甚麼。好像就是這樣，有些故事的角色必須受考驗，而我就是在這樣的故事裡，來不及在故事中認出自己（即使早有暗示），已讓命運承載，這是我常感到有點不能明白的。」

——蘇苑姍[1]

經歷二〇一九的反修例運動，香港的文學寫作者得面對「不可能寫，也不得不寫」的困境，無法繞過重重自我拷問：以社運為題材的創作，是不是販售悲情、

1 蘇苑姍：《一個可以活下去的世界 是可能的》，香港：香港文學館，2021年7月，頁152。

消費抗爭者犧牲與創傷的「人血饅頭」？是不是演示激進姿態的精神勝利法？抑或是倖存者的自我安慰、逾時失效的贖罪券？以海外讀者為言說對象，抑或香港讀者優先？應該跟普羅大眾的語言和品味靠近，方能「貼地」，抑或應該創新語言，拉開距離，展現更自由激越的想像？港式粵語就是「我手寫我心」，英文寫作便是朝向「世界」？應否「策略地」自我東方化，展演某種「港味」形象與腔調迎合外界的凝視，換取能見度？是不是除了報告文學與現實主義，便沒有合乎倫理的美學可能？怎樣的倫理？對誰、對甚麼價值忠實……而在遺忘與被遺忘以前，我們沒有很多時間。

怎麼寫也就是一個怎麼活（下去）的問題。在評論時政、陳述事實亦可被告「煽動」，寫作所繫的「想像與真實」之距離已無法撐持，出版社、資助機構與印刷商嚴格自我審查，言論場域愈趨碎片化、景觀化，基本權利與社群價值備受衝擊的環境中，無力感與悲情瀰漫，香港的青年寫作者仍然選擇寫下去，提出了屬於他們世代的不同回答。歷史的長夜才剛剛開始，在看不見盡頭的壓迫，崇高的犧牲之前，我們總自覺渺小，付出得不夠，或「付出的力度，與決心不一致」。但過分內疚自責，是會讓人孤立、隔絕連結的毒素情感：「誰付出更多，誰才可以」的比較級，只會讓無盡的虧欠與恥辱感癱瘓一切行動與言說。[2]我相信，莉姿書寫不斷，兩三年間她已寫了《日常運動》、《僅存者手記》、《樹的憂鬱》，必然不只是為了排遣、驅除一己的倖存者疚歉。

莉姿曾跟我坦言，她也曾在情緒谷底癱瘓良久，積極書寫發表，「可能都是不敢面對不夠坦誠的一種……」，「如果是人血饅頭，那也是自己的饅頭。」意思是說，交出這些作品之前，她咽下的是自己的血與傷。但寫作者必須在現場的毒霧還未完全散退，趁記憶碎片尚有餘溫、傷口還未結痂之時，打撈將要被遺忘的物事，為終可能被麻木與疑懼閹割的情感托印，存記那些曾經有幸遭遇的生命樣態。我無

2 「如果要指責寫作的人大啖人血饅頭，其實是拉出了一條測量的門黃尺規：誰比誰付出更多、付出更多的人才有語話權，那麼結論只有一個：唯有死亡以及被禁錮滅聲的人才能說話。」沐羽，〈從矯情與沉溺中掙脫——讀梁莉姿《僅存者日記》〉，作者網頁「Temporary Pleasure」，2022年1月9日，見：https://tinyurl.com/4ynxtrb7

法想像，莉姿是怎樣一字一句、來來回回刪了又改才完成書稿，而不至被這些字詞召喚的傷害，對自己和對世界的懷疑吞噬，我很感恩能讀到她的這些作品。本業不可廢，倖存者也必須找到生存下去的方式。我們能與自己和解的一天甚遠，也遠遠未觸及黑暗的輪廓，也許堅持寫作本身，便是對虛無與冷漠的抵抗。書寫即是委身與託付，當下，與無人應允的未來。

這樣的書寫並不依循「償還」的等價邏輯，也非為了為誰平反或發聲（受壓迫者早已經不再沉默並付諸行動），而是給陌生讀者、同路人之饋贈，一種身體的示意：我（們）還在——縱使不是以最尖銳、最優雅的方式。就如在發夢的各個現場，陌生手足之間的情誼與付出，不是誰為了誰的報答，而是以脆弱平凡的身體，踐行他們所追求的自由與解放。

然而莉姿寫得頗為克制，她甚至沒有藉角色之口喊過一句口號，或直接控訴那個殘酷鎮壓整個青年世代的政權；那些讓人心悸的衝突場景，更多時是以創傷後遺的形式出現，破碎的身體記憶，突然而至的情緒崩潰，人格解離，奔逃受傷的畫面閃回。同樣地，「革命與愛情」的主題落在莉姿手中，其筆下的角色卻與激情失之交臂，情感與社會運動的創傷與撕裂重疊牽連，迫使一代青年急速成長，燦爛未許便已衰敗落寞，卻因為有更大的犧牲在前，甚至不懂得為自己的傷與無傷哀悼。

莉姿一方面對衝突場境「去景觀化」處理，細心的讀者自會發現，本書人物、故事細節之間的鏡像關係，對位與伏線的佈置如精密發條，這些沒有被強調的細節，讓我們在書中的日常情境中理解這些角色投入社會運動的情感軌跡，其差異的背景和生活／運動經驗所蘊含的極大張力，終使這個城市的各種人際及親緣關係分崩離析。莉姿也顯然對文學敘事的「表演性」非常戒慎，沒有炫目的敘事實驗以拯救角色，讓他們能脫身於道德困境與傷害，沒有將不停逃卻的欲望與失敗無言的壞情緒，轉化成簽名式的美學手勢。閱讀本書如像緩慢燃燒，實在沒有甚麼「閱讀的快感」可言。然而我以為，對於這些角色「做不到更多」的內外困境之描劃，甚至敘事聲音偶然的大幅介入，補白角色未能自覺的情動、貪嗔、無明與毀損，實出於作者心願其筆下人物（與其對應的現實原形），能得到溫柔的看顧與陪伴：我們閱讀這些角色，就如看見自己某個不堪面對的部分終被看見。我想起新加坡藝術家 Seelan Palay 的藝術行動「32 year: The Interrogation of a Mirror」——二〇一七年十月一日，藝術家從當地惟一許可的合法示威區，芳林公園的「Speakers' Corner」步出，提著一面鏡子獨自默站在國會大樓前面，向被李光耀政府以《新加坡內部安全法》，未經提告與審判，監禁及軟禁達三十二年的政治受難者謝太寶（Chia Thye Poh）致意，隨後當場被捕，被控以破壞公共秩序，翌年被判監兩星期或罰款兩千五百星幣，藝術家拒絕罰款，「選擇」了坐監。[3]

這部由十個短篇串連成的作品，正如一面面鏡，畫上了這座城市的輪廓，照見的不是政權之殘虐或權力之虛妄，卻是「我們」在一場接近革命邊緣的民眾運動中所經驗的種種傷害、遺憾與內部矛盾。也正是書中彌漫的既視感，開啟我們對這場

3 Krithika Varagur. "Art and Dissent in Singapore: An Interview with Seelan Palay". *Los Angeles Review of Books*. 4/Jan/2019. See: https://tinyurl.com/5n7tp49b

運動的「日常性」的理解。

我跟莉姿一再確認書中的細節：趙嘉的前男友庭泓是哪一種「忠實的左翼」，熊貓的男友，常常一言不發打機的「焦土派」確實沒有名字；〈最後一課〉中為被捕學生黎清向法庭寫求情信的，不是滿腔理想要啟蒙學生的林懷，而是平時顧著炒股票的陳 Sir 和勸誡抗議學生離開校園的副校長。在同情與反對，黃／藍或大是大非之間的無盡色階，每一格都可以是災難場景。「我們」將一再認出自己或他人，曾經如此驚懼於日常生活秩序的崩塌，因而成為了加害者、幫兇與幫閒，或曾經如此鮮明地活。這部小說一再提醒讀者：「抗爭者」並不是橫空出現的英雄，或萬眾一心而面目模糊的群眾，卻是他們各自的欲望與壓抑，牽引他們投身或被捲入這場規模與強度皆無人預見的抗爭，幾至革命的臨界，每個人都不能全身而回。而他們那麼普通，這些像你像我和她與他，你中有我的「黃絲」、「手足」或政客口中的「暴民」，其行動的可能或不可能，必須回到其深嵌於非政治化、貌似安穩自足的日常秩序與社會肌理之中方可理解。我認為本書尖銳之處，在於直面「兄弟爬山」

不問路線與策略的倫理困境，及民粹式情緒動員的巨大反噬，沒有意圖為二〇一九反修例運動再撰「史詩式」謳歌，而是以平視的角度，從人物所處的微觀脈絡，探詢經濟繁榮表象下的社會肌理，在長久累積的張力下遂成之裂變。暴力始於日常，允許極權與鎮壓的平庸與非政治人格，早就刻印在我們身上，在家庭，工作，學習與親密關係中不停預演。我們閱讀這些「衝突鑲嵌於生活裡，成為日常」的故事，也將重認各自平凡的臉，脆弱的身體與心靈。

書寫固然不能，亦不企圖改變世界於此刻，不能讓死傷者復活痊癒，有些苦痛甚至不能安慰，然而莉姿以她的書寫，盡心力交出她從生活中、運動中痛苦學習所得，存記眾多無名者在運動／日常中的掙扎、活著的質感與情感底蘊。「因為那用來抵抗謊言，一切事物的真實名字，與其說是由神直接賦予，其實更多時是仰賴人類蹩腳的堅定，而延續下去的。」[4]

二〇二二年五月，新加坡

4　李嘉儀：〈「唯我一人逃脫，來報信給你」〉，《Sample》第十八期（2020年6月），香港：一粒字文化，頁119。

導讀

夏至冬的徐行．．讀《日常運動》

童偉格

就文學通論看來，我同意小說創作，往往仰賴距離的生成——空間的距離，與（或）時間的距離。無論如何，那總是在要求作者，將對眼下現實的知解默存於心，更遠距地審酌、更漫長地沉澱，直到有朝一日，作者得以更深刻地，以寫作去重構，或解構那個現實。縱使自我沉默與等待，有時十分不易。不過，距離有其必要，首先因為，它將畫出一個原先不存的位置，使人據此，不從現實事件的可見效用與成敗，來感受，或評判事件自身的意義。就此而言，小說創作是與現實的歧義，是極不務實的價值重估，是人所創造之詞語的修復；最後，且也可能，是對人更其恆久的贖還。說到底，這是一種「信」：對文學的信任。

同時，我也相信：面對積體龐然、變化多樣的現當代小說，任何事關小說，在方法論上的通論式界定，也許，都是僅供參考——一部小說的方法，得由這部小說自身的實踐來釐清。就此而言，小說創作，往往是關於小說之可能性的基進提問。這其實是為何，去年，在台積電文學賞的評審過程中，我最想推薦梁莉姿的作品，《僅存者手記》的原因之一。因為，相較其他作品，這部小說實踐了一個特別是對作者自己而言，格外艱難的提問：面對眼前他者的苦痛，究竟，有沒有那種合於道義的旁觀？

小說縱或終於無解，小說話語，卻如此近切地藉由自我否證，拓樸這般艱難的始末。這使我發現：對小說作者而言，也許，不一定總要自期以距離；說不定，就此果敢伸手，夕拾新晨猶在的花瓣，也可以是對文學的信。也於是，當我得知《僅存者手記》，是梁莉姿創作中的「香港三部曲」其一，另一部曲《日常運動》，則已準備出版之時，我只有衷心的祝福。作為讀者，我的好奇，也自然首先是：相對於寄存在《僅存者手記》裡的，未決的提問，《日常運動》如何思辨運動的現場？

閱讀《日常運動》，就敘事結構設計而言，我們明確可知：全書各篇章，是以熊貓這位角色為核心，由她的人際關係輻散出去，連繫其他角色（無論熊貓認得或未識），在反送中運動裡的各自體驗。這是說：運動雖然是同一場，但體驗說到底，總是個人的，而與《僅存者手記》相似，梁莉姿更在意的，顯然是集體運動中的個人孤隔感。

主角熊貓，生於香港九七主權移交前幾日，一個堪稱幸福的家庭裡。她既是在襁褓睡夢中，依隨殖民地境內一切，毋庸置議地「回歸祖國」的最新人，也是在親戚調笑言辭裡，及時呼吸到最後幾口英屬空氣，因此，有資格申請BNO的幸運兒。身分被如此製成的熊貓，就像世上，任何一名困惑於自我定義的尋常人那樣，將在多年以後，憑藉影像、親屬口述等紀錄文本，或個人親見，嘗試為自己，具實一路行來的履歷。或者：為己探查一名本當生無記憶之人，在此身所及的時間格度內，已然自我涵容的許多記憶明細——它們所為何來；它們仍不止息去企盼的，也許是甚麼。

在她的自我審視中，如主權移交式，京奧開幕式，或川震哀悼式，新權威臨場，到她家客廳，與學校課室內外，反復自我再現，為各種同歌共泣的儀典。憑此，從她事實上，不曾親歷的故往，召喚儼然不證自明的認同之愛。愛，原來可以由自己去摯誠擬態，也可以眾口一聲去宣告，這是童年伊時，她個人很駭異的領悟。而關於舊權威，如獅龍紋章等，理應隨舊旗幟降下的舊日能指（她毋寧，也未曾親歷這些符碼的實際所指），卻將在她成年以後，重現於街頭，隱語了不同之人，普同失落的嚮往。

如此，記憶的本真，形同虛構。她身在其中，在一個暴力交揉的原地流變場內：在她眼前，新話語一再自陳為不容質問的從來固有；舊信物，卻索引了更確切的希望。這個流變場域，恰與她的生命同程。於是思索前者，等於懷疑後者何能兀自靜好。於是，最奇特的，不是她親身體解到，能索引希望的空間，對她而言，才會是更可欲的啟蒙場所。

最奇特的，也許首先，只是她獨自察知了自己存在的反諷性。像中學第一堂課，她英語自介為「Panda」，國寶熊貓，從此，在言指錯位中，憑空，像創造一名小說人物一樣，創生了一個本就名實不符的新我。像更後來，在那整個催淚煙漫的半年內，她也許，已經惘惘理解了這樣一種嚴峻悖論：在那漫長挫敗裡，抗爭運動者此身，難以實然在場——如果，事後無人，去將逐一現場，悉心從一場運動中拆解與定格，交付一名又一名個體去記憶。或者：交付一個他者，像執燈逼視近景那般，一再重複地觀看。這是說：其實，記憶的虛構亦形同本真——當運動者隨抗爭寂滅，抗爭者，卻因記憶而同存。這亦是說：當然，運動體驗不免總是個人的，但無盡孤隔的個人所共同履實的，確切，是一場為了集體的抗爭。

這是對我而言，在《日常運動》中，熊貓這位核心角色，所自我複現的感覺結構。這也許，亦正是梁莉姿書寫的重點所在。於是，關於《日常運動》的實踐，格外深邃的矛盾是：整部小說裡，由熊貓人際繫連的其他角色，處境縱有不同、身姿容或各異，他們毋寧，皆都一如熊貓，是一場運動中，總體延異的「僅存者」其一。相對於《僅存者手記》的敘事跳躍與調度，《日常運動》裡的小說話語，於是這般節制著技術，更其專注地，以風格統合的修辭，斷章提取了孤自個人，對某個運動碎場的照見。

始終，這是一種獨自貼身的照見：如阿離透過熊貓，近望的七一四沙田。如阿默在車廠裡，憶想起的金鐘六一二。如陳若憶想阿默與何森，所並現的六一二金鐘，與七一再又金鐘。如何森思索創意寫作班上，寧悅的執著埋頭寫作，也一併為已默存的荃灣十一，與十五禁蒙面。如圍城十一月，兩個大學曾經匯聚的眾人。如更多更多，識或不識之人各自奔散的現場。《日常運動》如此，引領讀者徐行，由那個空前的盛夏，直至一個亦史無前例的嚴冬。

也於是，當小說終結於一一二四，全港勝利之後的第一個新晨，且重置熊貓一人，在樹的影行之間，聽任她痛哭，也任令她，自去平息那般不無自憐的痛哭時，整部《日常運動》，遂以熊貓自己的迷惑，答覆了從來，熊貓自我察知的錯位——「分岔的風景裡，她忽地不知道自己該當前往何處，或歸於何地。」那樣的迷惑使人動容，只因，確有一段時程，在從無距離護持的情況下，她如此尋常地，做成了一件絕對特別之事：為了存真希望，她需得全力拗折日常，令其，像個容量無限的碗，裝容整個初夏直至年末，一次次的橫遭痛擊。她得視這種痛擊為日常，托在掌心，是與打扮，進食，逛街，或昔日遛狗等行為，共存且無異的那種日常。

像《日常運動》裡，許多她的延異。像人都能如此堅強地，跟心碎乞討尊嚴。

目次

體例說明

本小說集為尊重作者原意，書中香港詞彙、用字皆按創作原文保留，不另編修，特此說明。

輯一
運動日常

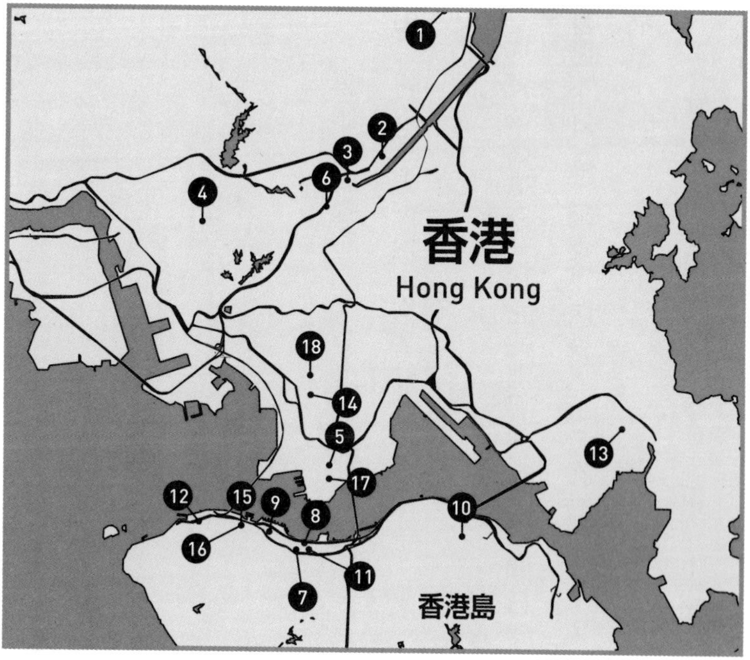

新城市

1. 宿舍（阿離與熊貓）
2. 新城市廣場
   （阿離與熊貓、阿默）
3. 宵夜（阿離與熊貓、同學）

V 煞列車

4. 公屋（阿默家）
   （阿默與蘭姨、陳若）
5. 尖沙咀酒吧街
6. 車廠（阿默與言仔及同事）
7. 現場

Life During Wartime

8. 添馬公園（陳若與阿默）
9. IFC（陳若與阿默）
10. 鰂魚涌
11. 立法會
12. 中聯辦

細妹

13. 家裡（細妹與熊貓及媽）
14. 黃店餐廳（細妹與媽）
15. 美容院
    （細妹與熊貓、媽及寧安）

皮肉版圖

16. 美容院
17. 約砲酒店（寧安與小教授）
18. 衝突區內酒店（寧安與小教授）

新城市

熊貓坐在桌前，對鏡畫眼線，手很穩，直直一條無間斷，邊問阿離今天會否外出。阿離睡眼惺忪，抱著娃娃蜷在床上，又渴又累，伸手往背囊提了瓶水，喝兩口又躺回去。

熊貓唸她：「拜託就別喝那水，星期日帶回來都擺了幾天，可能還沾了毒，對身體不好。」阿離不吭聲，軟軟在被窩裡，不自覺摸摸後頸和臉頰，彷彿還有著刺痛感。

「欸你要不要出去？我現在去新城市跟阿默吃飯——我表哥，我們在金鐘遇過的——你一同來吃吧。」熊貓夾起眼睫毛，翹長微彎，自顧自替她拿主意。阿離搖頭，虛弱如斷翅的昆蟲，哪裡都不想去，只讓她回來時帶個外賣。「又吃外賣？昨天細K回宿舍，你已著他買飯糰，總在吃冷飯，怎麼成？」走過去，一把扯開她的被褥，又大力拉開窗簾，陽光像鐳射線射來。

阿離下意識抵住眼，無法面對這麼猛烈明亮的光，想哭又哭不出來，頓生一種偏激的鑽牛角尖——熊貓——她的室友，怎能活得這麼平常——在她們一同經驗了如此可怕驚險的事情後，仍吃咽無礙，像個典型的，無憂無慮的大學生（儘管她們本來就是）。是不是熊貓不夠在乎，抑或她太神經質？病君一樣，無法開懷，總緊張兮兮，憂心忡忡。

「阿離阿離，你不能再這樣了，整天躺在床上發霉。我真看不過眼，怎樣也要繼續下去啊，就你大驚小怪，其他人不也這樣過日子，是你未見過大蛇屙尿[1]。」熊貓替她抓梳洗用品：「再痛苦也要生活，跟我們去吃點東西嘛——好，你吃不下，也要出去買電話吧？你想想摔壞後這幾天多不方便——」阿離還待拒絕，室友馬上再補上一句：「是我不方便！你媽昨晚又來電，看你在不在宿舍，拜託你快點

1 編註：俚語，意即「大場面」。

買新電話報平安別再讓我當傳話筒。」

噢，電話壞了，確實責無旁貸，只好下床。阿離家裡環境不好，自小甚麼東西都用姐姐用過的，文具、書包、衣衫，手機。現下摔壞，敢情要自掏荷包處理。如果那天她握得緊一點，再緊一點，會不會。

沒有如果。也沒有那天應當如何。

她後來一直想起那根被咬斷的手指，和著血，斑斑點點，掉落在光鮮冰涼的商場雲石地板上。

阿離剛進廁所，便見兩個女生靠門口處的洗手盆前刷牙，遂很有默契，空出中間一個，用邊位的洗手盆，盯著鏡子，不敢把目光移開——不知是否錯覺，她仍從鏡中看到二人定定瞟了自己幾眼。

她認得她們，住尾房的內地學生，暑假留在香港做實習。上兩個星期她和熊貓把頭盔和眼罩洗了後，放在大廳靠窗位置曬乾，兩個內地學生剛好做完早餐想在大飯桌吃，一瞄到，即捧著碗筷回房間——那眼神，與現下一模一樣。

熊貓說你怕人家是小粉紅拍你照放上微博公審呵？還是想跟她們談，用愛感化她們？阿離邊把面罩的濾嘴褪出來邊說「不是啦」，不是這麼絕對的事。

不是只有對立和意圖說服對方的極端。

而是……而是更為複雜難喻，就像左右搖擺的節拍器——你永遠不知道它要靠在哪邊，或許它就一直不休止的晃下去，晃得人心思紊亂。她知道這種目光，並非純然厭惡或不屑，但說不出那是甚麼，如同她這兩個月的心情。怎樣也好，自那以後她把裝備都拿回房間的窗台晾曬，省得造成別人困擾。

阿離和熊貓是這屆學系迎新營籌委，為方便開會，租了暑假宿舍。現在想來，幸好住了，運動開始後，每個週末外出不用向家人報備。若問起，則推說籌備工作忙碌，多留宿舍。二人是中學同學，一直不熟。熊貓乾脆利索，大剌剌又豪爽的個性在女校總特別受歡迎，運動神經又不錯；阿離卻不然，陰陰柔柔的，下個決定都左思右想，需得理清箇中一切才能定論，還常常推翻自己。

好比說，她們中三那年碰上反國民教育，校內幾個高年級學姐成立關注組，挨級挨班收集全校連署，闡釋國教怎樣「洗腦」、一面倒灌輸愛國思想云云。熊貓很早簽了，還呼籲同學們一起簽，但大多數人怕被學校算帳，像燙手山芋般爭相傳走。表格遞到阿離處，她猶豫許久，倒不是立場相悖或害怕，而是，簽了又如何？

會否一切不過是自我感覺良好，對校方或政府，會有甚麼壓力嗎？如果聯署後沒有成果，行動會升級嗎？滿滿的筆跡刻印，會否到頭只為了幾個尚未畢業的女生有點「民主行動」體驗？她們願意付出多少，有否意識到要為了目標承擔多少？

阿離發現，她抵觸的，是這種似乎沒有足夠覺悟便發起的行動本身。（後來明微說她是過分理想主義的潔癖者。）

學校仍天天在廣播裡讓她們「批判性思考」、「要持平、客觀、中立」，勿成政治機器。那份表格像隻誤點的紙飛機，擱置在她抽屜內，來不及再次啟航，關注組成員便在翌日於校門派發傳單時，被召進了校長室。

沒人知道校長說了甚麼，據說她們出來時，幾個哭得淒淒涼涼，一兩個氣得面紅耳赤，剩下的木無表情。總之關注組即日解散了，連臉書專頁也整個刪掉。此後校內再無甚麼反對聲音，頂多是「公民教育組」在操場壁報板上貼了個專題，圖片比字還多。阿離經過，瞟到那A4大小的紅色國旗，許是像素不足，鮮暗紅的一格一格失真，兩顆釘子釘砸了，在風扇吹拂下飄搖蕩擺。

上大學後，熊貓唸工程系，阿離唸文化研究，恰巧派進同一宿舍，成了同房，才熟稔起來。這個夏天彷彿過著兩種人生，平日打工，夜裡開會討論迎新營；週末外出，有幾個朋友走得前，她們在後做支援，手提兩大瓶鹽水，褲間長期插著幾枝小瓶裝的，替中催淚彈的人們洗眼或傷口；或幫忙傳送物資到前方。待警察開始清場，她們先逃進地鐵站，會合朋友，找沒閉路電視的位置，換好便裝再離開。

有次在站內，他們未找到換裝處，一身黑衣，與遊人擦身而過。一個戴著動物耳朵造型，顯然剛從主題樂園回來的小男孩指著他們大嚷：「是抗爭者！是抗爭者！」嚇得家長掩他的嘴，他們則匆匆跑走。小男孩是怎樣知道這指稱？他怎樣理解？是新奇好玩的？英勇的？破壞的？掩他嘴的家長呢，成人們呢，他們是怎樣理解的？

熊貓常常唸她，想太多問題的人大多不快樂。

在現場時，精神時常繃緊，像拉得使勁而無法放出去的橡筋圈。聽到任何消息、話語都覺不安，手心冒汗致好幾次握不穩鹽水，整瓶滾落。那些趴在地上嘔吐的人，雙眼腫紅不能睜開的人，腿部或手臂淌血的人，傷口潰爛，鮮軟，像啫喱[2]。阿離發怔站在一旁，無法反應。

這不是資本與消費主義主導的第一世界嗎，他們不是依仗知識、投機、服務業、腦袋、理論、語言與科技存活的嗎。但是此刻，人的鮮血沿她半髒的名牌球鞋

2 編註：果凍。

流過。

其他急救員忙個不停，急得直接從她手裡搶過鹽水。（熊貓有次耐不住，朝她咆哮，幫不上忙就滾一邊去，連自己都處理不好，怎留在這裡？）

離場後幾個同學在車廂，一人一手抓著扶手，分享剛才狀況，有人夾雜談起籌委是非，抱怨誰誰難相處，誰和誰好上了；另一個搭話說這麼晚哪裡還有宵夜可吃，偶爾有人滑手機時插嘴說手足們轉場到哪，哪裡又砍人，哪裡又射子彈。眾人低頭看影片或照片，此起彼落罵髒話。

阿離往往胃痛得厲害，腳下一軟，斜角找個無人的座位坐了。她有點諷刺地想，運動至今，最能見的益處便是週末晚上的車廂，竟有空位可坐，一點也不擠迫。她倚在滿佈油脂的玻璃上，映得不遠處的同伴們影影綽綽，不太真切。話也不太聽見，只間中傳來一兩聲笑，或較激動的詛咒。

他們喜歡回校前，在通宵營業的茶記點幾個小菜，男孩們餓極了，夾菜夾得如狼似虎。穿著性感的啤酒妞兒湊近推銷，大家二話不說點了三瓶大的。待妞兒開蓋倒酒，「噓！」一聲冒泡，一個男的已迫不及待握起來灌，喉間「咕嚕咕嚕」的滾動，毫不客氣。

好半晌，一個女同學突然說：「吃了催淚彈能喝酒？不會毒上加毒嗎？」另外兩個剛提杯子的男孩一僵，轉轉眼珠又說：「不怕啦，以毒攻毒！」熊貓也搭訕：「哎喲，酒能加速血液循環，說不定還能加快排毒呢？」大夥兒顧不得這麼多，乾脆喝了。

吃到一半，又走來幾個人進店，是同宿舍的同學，相互嗨了一聲，問道：「剛從哪來？」另一個人答道：「去野餐。」「野餐？該吃得夠飽，還來吃宵夜？」「嘿，你奈得我何？」打罵幾句便在鄰桌坐下。阿離呷口茶，沒有喝酒，她沒辦法在這個時候喝，沒辦法這麼從容自然。

阿離回到房間，熊貓已上好妝，穿了花花裙子，在她跟前轉個圈，問她好看不，又問她該襯哪對鞋子。她想，這圈必定要甩得很起勁，裙襬才會這般迴起來，像個繽繽紛紛的小漩渦。

她邊收拾啤酒罐和酒瓶，邊敷衍熊貓幾句。熊貓白她一眼，抱手臂道：「喔，捨得整理了？你也知道自己頹廢很多天？」阿離看看自己，頭髮黏得像塊餅，T恤皺皺的，兩者都幾天沒洗。這暑假總如此——有外出的週末，回來就失眠，不然就做惡夢，吃不好；沒出去的週末則瘋狂滑手機，懨懨在床上，像一灘將要融盡的啫喱，糊糊的，黏黏的（是的，又是啫喱，也可以是那些好不起來的傷口）。補習沒有去，朋友聚會也不去，悶悶不樂。

反觀熊貓光鮮，神采飛揚，天天到餐廳打工，叫甚麼熊貓，彩雀才是。

熊貓姓洪，大家都覺得她為人黑白分明，對事不對人。儘管阿離對她愛理不理，冷冷然的，心下卻對她佩服又疑惑——熊貓看起來過得很好——不，不，不該定義為「好」，這太像一種責難。該說「正常」，三餐定時，按時上班，沒有丟三忘四，間中還去美容院做療程，還問她要不要二人同行優惠。當然不是說不能如此，但阿離時為發生的一切憂憂愁愁。每次出去，總要做大量心理建設，既忍不住質疑、思考行動的意義，又承受不了大夥兒幾小時前才經歷廝殺，一會兒卻在飯桌上談笑風生，活像再普通不過的學生。

哪像熊貓，抓起袋子就出去，回來就做飯購物打工開會睡覺。不可思議。

「不然呢，難不成要每天哭哭啼啼，不能度日嗎。」熊貓敷著面膜躺在床上懶洋洋地說。

有一次迎新營籌委開會，討論要否因時局而罷辦，吵得激烈。幾個籌委引說某大學學會也決定以此為表態，他們也應當如此，又說好些老鬼都在施壓，希望他們可以罷辦。

熊貓不同意，提問理由：「是覺得迎新活動就是兒戲、只顧玩樂、離地；抗爭就是正義、良知、道德嗎？」

向來自命清高的籌委甲誇張地擺手：「難道不是？大家心知肚明。甚麼時勢，外頭打生打死，手足被扑得一頭血，我們呢，設計低能遊戲讓新生扑傻瓜互相認識？」

「你這是原罪判定。為甚麼總要這樣秤？為甚麼總以道德尺來量度一切主次？拜託啦，想站在道德高地的人才永遠最沒有道德。」

那次會議進程仍是膠著。散會後熊貓恨得牙癢癢，碎碎唸籌委甲不過怯於局勢，才滿口公義裝道德撚。阿離卻知道熊貓更恨的是，她確然是，她也懂得，但無法證明或告知對方生活與街頭「同樣重要」的可行。失語的沮喪。

下山途中，阿離問熊貓，我們不坐地鐵，坐小巴去沙田，好不好？熊貓聳聳肩，一副可以啊沒關係的樣子。幸好她沒追問，阿離不敢說這星期都在做夢，困在那天的沙田。

商場地板遍地破傘、口罩、使用過的急救用品，髒亂的被踩在地上，還沾了血。步出商店的顧客目瞪口呆，似乎未能消化跟前景象。剛想轉頭進避，店員竟已立馬按鍵下閘，以行動實踐銀貨兩訖真諦。

阿離何曾想過，素常與同學吃飯時會合用的新城市廣場大堂，會滿佈防暴警察。裝備黑碩，帶著頭盔和棍，全身沉甸甸的一坨一坨，像電製的無機體，載滿其粗惡的言語和性子。都是尖叫哭喊聲，有人被噴中胡椒水，有人被捕，有人倒下。

上刻仍在消費的人們此刻奔逃，挾著時裝、手機、化妝品、海味、藥材，趕跑入地鐵站，深信那是童年玩捉迷藏時一道自我劃分的免疫區域一樣，深信只消跨過電閘即等同安全。好像會有甚麼魔法或防護網自動把混亂驅除，然後他們將能如常，像過去每一個悠閒的週末，帶著戰利品回家。

阿離和熊貓較早跑進站內，不敢走，幾個朋友未到。她們也一樣，以為待在閘內便是良民，但警員團圍，凶悍揮棍朝站內群眾怒吼，大叫，只有一閘之隔，像牧者趕逐圈內的牲畜。她抓著熊貓的手無法抑止顫抖，口罩內的毛質纖維搔得她的鼻子不適，卻不敢拉下或搔抓，渾身繃緊。熊貓回握她的手，都是汗，阿離猜她的臉色必定很蒼白，但熊貓仍勉力動了動唇：「別怕。」不說還好，一說阿離更是心酸，忍不住掉了些眼淚。

後來人們開始往月台下跑，行人電梯上幾乎覆倒，人翻疊人。她們走樓梯，阿離的電話在月台間摔壞，連帶姐送她的兔兔吊飾扯斷，不知丟落何處。二人衝進車廂，幫忙頂撐自動門，不讓列車關門行進，兩手染上一片黑油。車廂塞得半滿，廣播系統發出機動而反覆的呼籲：請勿靠近車門、請不要靠近車門、Please stand back from the train doors，嘟嘟嘟嘟。兩端的門嘗試合攏，如人的齒顎，頂門的群眾便狠狠掰抓邊門——朝上呼喊，要等、要等尚未登車者，一個，一個都不能少。

在場的地鐵職員再三向他們保證，近乎哄求：尚有下一班車會開來，叫他們相信，把污黑的手鬆掉。列車必須行進。

但阿離不信，她不能信，甚麼能信？她原也相信，警察不會跑到商場來。在這舒適、有空調、時尚的廣場，這人頭湧湧，大家趕忙著消費、快樂、悠閒的地方，這樣安然闖進來，向人的眼睛噴射胡椒水，朝人的腦門狠狠棍擊，任血和哀嚎迴繞於商場中。像牧場主人視察他的動物農莊一樣，沒有人能阻止任何事情發生。

這城市，還有甚麼可以相信？

她們走進新城市時，熊貓的表哥已坐在西餐廳。午飯時間，每所餐廳都擠滿穿著光鮮的人們，談笑風生，優雅嚼食，連微笑也內斂。表哥阿默喝著湯，左手前臂包了紗布，裹半隻手。熊貓說聲嗨，點了意大利燴飯，又自作主張替阿離點車打芝士牛肉漢堡，便快快把菜單遞給侍應，不由她說不。

熊貓簡單介紹彼此，遂問阿默今天怎麼不用上班？他指指手臂，說請了病假，這兩天都不用工作。熊貓補充說，表哥在車廠上班，做維修，一個人住。

阿離不知為何熊貓要特地加上最後一句，才想起坐車時說過他最近分手，好像跟運動有關，很可憐之類。但願熊貓不是甚麼爛主意想介紹二人結識，不然這事實在尷尬得很——她只見過阿默一次，甚至不認得他。彼時他全身黑裝，中了催淚彈，跑過來脫面罩洗眼時，熊貓才驚呼怎麼是你。

她也不知是誰，但知道在現場喊認識的人的名字是大忌，自然沒有過問，只叫他要睜眼、側頭、眨眼。

他很靜，沒有喊痛或掙扎。

她坐在一旁，靜靜聽熊貓跟阿默說話，內容大致環繞在熊貓抱怨母親，阿默則替阿姨解圍，說些好話，叫熊貓生性。熊貓氣不過來，餐包也吃不下，說她媽沒有嘮叨阿默，自然是好人。「相見好同住難，你不懂得，怎能這樣唸我？」阿離一怔，她很少見熊貓發脾氣，都是嬉皮笑臉，一派不認真。

阿離跟姐談過幾次電話，明微在唸研究所，近月到外地參加研討會，有時差，睡眼惺忪聽她說。阿離說受不了，受不了這樣割裂的日常：「連儂牆有人被砍了；但同時好多人在警署外唱歌，玩鐳射筆照入窗裡，也是真的。好像癡咗線[3]一樣。吃催淚彈後逃命是真的，吃宵夜喝啤酒也是真的；抗爭是真的，生活也是真的。

如果是平行時空，我還能說服自己，有快樂的豬和痛苦的蘇格拉底。但現在是PIKO太郎的Apple-pen一樣，『啊！』一聲合在一起，變成痛苦的豬。」她問姐姐，是不是她太脆弱，心靈不夠強大。

明微說無關強大或脆弱與否，她只是未適應衝突鑲嵌於生活裡，成為日常而

3 編註：廣東話，意即「發神經」。

已。她把它視作某種大任務，必須如此行進，終日患得患失，輾轉反側。阿離阿離，這種方式會把所有人壓垮的。不是每個人都跟你一樣，可容讓自己這樣崩塌憂愁，說不定維持秩序，是你朋友不得不如此生活的方式啊。

燴飯和漢堡送來，熊貓說好東西解千愁，打個哈哈，話題流轉，消解了原來半僵的不快局面。阿離不想吃的，熊貓卻連連催促，半推半就下切了一塊麵包連芝士和牛肉，放進嘴裡當敷衍。

嚼下一瞬。

鬆軟的麵包和著脍香[4]的漢堡肉扒，外皮脆乾，內裡綿潤，濃羶的肉汁像缺堤的洪，在口腔濺灑開來，舌頭似沾到鹽的軟體動物，無力反抗，要融掉被同化一樣的又驚又懼。阿離定住，牙齒像是過久未有勞動的機器般無法運作，芝士在嘴內與口沫一同混成絲縷。半晌，才動動喉嚨，咽下肉碎。

4 編註：形容食物質感的形容詞，又軟又帶點嚼口，入味的香。

這是世上最好吃的漢堡。

阿離幾乎要打個激靈，隨即為自己誇張的感動而深深鄙夷。

她記不起自己上一次好好進食是在甚麼時候。

瞧了她這模樣，熊貓一副沾沾自喜的神氣，拍拍她的肩：「就說沒介紹錯，生命裡還有這麼好吃的東西，是不是馬上不想死了？」阿離瞪她一眼，談不上甚麼禮儀，哪怕陌生人在旁，不客氣抓起整個漢堡，在如此文明、秩序、冰冷的空間內，十指抓捏軟潤的包，任指甲鑽滿麵糰碎屑，掌心染上油汁，張大嘴巴，一如中學時在快餐店，不講禮節、儀態、矜持，只管沒命地，大口大口嚼咬，嘴巴撐得半酸，狼吞虎嚥，哪怕半溶的芝士和蕃茄的水汁沿著指邊流到手腕，再到手肘，連衣袖都滴濕，非常狼狽。但——她顧不得這麼多，似落水之人抓著的稻草，只管一直把這好吃的漢堡吃下去。

吃下去，好像一切就會好起來一樣。這才是生活原該的模樣。這樣物質、資本、光鮮、精緻、優質，廉價的滿足。

結帳後，阿默向熊貓說，一切小心，阿姨多疼你。熊貓不如平日囂張，只低聲說，你才最該小心，忍不住抱他一下。他的手有傷，沒有回抱。阿離站在熊貓身後，接上目光，她仍然覺得他很靜，眼睛無波。又覺有點窘困，這頓飯還是人家表哥請的，（她掏出錢包時，熊貓還阻止，說這樣拖拉還丟臉呢，一派的厚臉皮。）她卻沒怎麼跟他說過話，只懂訕訕接受，說甚麼也講不過去。

不知哪來的勇氣，他轉身時，阿離遞上隨身帶的敷料和一包粉紅色消毒藥水，也不知該說甚麼。阿默接過，點頭道謝。然後熊貓挽著她去看電話，卻一直沒再笑起來。阿離不敢問阿默的傷口，她隱約感覺到甚麼，儘管她能做的，只有把那盒便宜的敷料送出去。

新城市的地板光滑透亮，川流著提一包二包的人們，摩肩擦過，一切時尚、舒適，所有人都忙著消費忙著拚命快樂，包括阿離。

那家幾天前尚於混亂時立馬下閘逐客的電話店，如今依樣人頭湧湧，沒甚麼血淚創傷。剛推出的最新型號機身線條流麗，手感又薄又輕，照相清晰，雙鏡頭，可調校景深，精緻、光鮮、優質、好看。索價港幣近一萬元。

阿離從沒買過新電話。或日，她很少消費，姐姐留下的二手物品都很務實耐用，電話更不需太多功能，追逐潮流，奢侈簇新。

一萬元，一萬元可以做甚麼？可以去一次不錯的旅行；買好幾部手提電腦；激光矯視一隻眼眸；可以交學費。

但是這麼驀然，突如其來的衝動，就覺得，在這一刻。

阿離不得不，必須，買下這部精緻、光鮮而奢侈的手機。買了它，彷彿摩挲簇新的機身，就能逼迫自己不去記得。

就會忘記那天擠集蜂擁的人群是怎樣在月台間逃亡；抗爭者怎樣因痛苦和仇恨而不得不把落單的警員自扶手梯上，自其背後一腳踢至滾跌落地；商場內被逼下跪的被捕者怎樣被戳捅眼目，喊痛，幾近目盲，要插進瞳孔內的恐懼，而不得不，張口，以原始的嚙咬，保護自身。在如此文明、秩序、冰冷的空間內，咬斷一個警員的手指。

斷指和著血，掉落在商場灼白而爍上水晶泛亮的地板。

而她那可憐的舊手機，又是怎樣不得不摔得支離破碎，螢幕碎裂，無法開機。連指尖觸及碎玻璃被划傷的微微刺痛，也能不去在意。

不得不如此的欲望。彷彿一切都會記不起了。不得不如此的，消費日常。

阿離刷卡時，甚至沒發現熊貓跑到別處。店員推銷保養計劃，她只注意到此人笑起來時，眼睛會瞇起，沒有聽到他說甚麼。隔了一重山，遠遠的，有膜，像每次在外歸去時，隔著那片油蒙的玻璃看吱吱喳喳交談的同學般出神。

提著紙袋，不怎麼重，卻感覺那裡有消費的重量，有點恍惚，又有點愕然。熊貓在門口等她，不知是否錯覺，眼睛好像微腫，半個妝化掉。但她花不上心思顧及太多，心心念念的，都是自己竟投擲巨款買手機的衝擊。

她問，好可怕，我怎會花了這麼多錢買手機？熊貓乾笑，答非所問，呵呵，日子要過下去啊。有時就別太計較認真，太用力，會累。

阿離便想到，這麼貴的電話，總得襯上好看的電話殼，還得盡快貼螢幕貼才是。啊啊，最好買個原裝正版的兔兔電話殼，最好。這樣想著，二人便一同往店舖走去。午後的陽光自新城市廣場的天橋半身玻璃灑進去，曬得行人的身子影影綽綽，投在光滑透亮，沒有血漬的地上，不太真切。

V 煞列車

阿默剛上班，便在車廠迎來那輛破破爛爛的列車，像個屠殺電影裡滿身血污的將死之人，倏然與他打個照面，巍巍峨峨前來，讓他心裡咯登一下，下意識往後踏了半步。

車廂顯示屏全被砸碎，閉路電視被噴黑、打壞，電線如生生的腸子被抽出，飄繞在扶手間，蜷蜷迴迴一大條。車身被噴滿了口號、髒話、標語，如一張斑駁的臉，張大嘴巴，待著誰來便要吞吃。但這是阿默的工作，他走進去，細察那些破損的痕跡，像一個曾在樹上撒過泡尿的孩子回到森林，描摹自己的氣味有否仍遺在樹皮上一樣，狐疑這輛列車是否自己昨日在另一個站砸壞的那輛。但一切都沒有記認，每個週末有太多砸毀列車和鐵路站的人，太多撒尿的人和被撒的樹，味道來去也快，自是無從認證。

在那以前，阿默沒想過會重遇自己破壞過的列車，正確的說法是，已然割裂關係或解決的物事，驀然又出現在日常的處境裡，彷彿越過一道藩籬，若無其事鑽進自身被窩。情況好比那被狠心丟棄的娃娃某天突然重新出現在家中客廳，而自己的孩子還當成寶貝一樣抱著猛親；或深愛過的殺手女子懷著自己的孩子要與其他男人共赴教堂，於是狠下毒手，殺個片甲不留，卻在多年後再遇她穿著一身黃色運動裝，提著武士刀來到自己跟前，那樣若無其事。

這是溫子仁，還是塔倫提諾的電影情節？阿默喜歡看電影，甚麼狗屎垃圾的片子都愛看。他發現，面對別人問起自己的想法或狀況，比起找出準確而抽象的詞彙描述自身，直接從電影中借來與自己相近的處境和情節，似乎更容易交代過去。

陳若常唸他沒主見，不愛表達，借別人的想法詮釋自身，只會距離意圖的核心越來越遠，跟套別人的頸圈到自己脖子沒分別。這種方便教人懶於組織自身，安逸於順手拈來作品、字句、創作、對白、句子，援引替代，久而久之就成為對方影子。那陣子她對兩件事為之氣結，一是網絡上人人活躍於轉發溫柔憂傷字句的風潮；二是每次到他家，都得脫下手錶才能伸手進櫃內開燈，不然整個手腕將被卡住的煩惱。

「其實你媽都不住這裡了，怎麼不能把櫃子搬走？」陳若喜歡比較，以此掂量自己在對方眼中的重量，天秤另一端有時是家人、有時是立櫃、有時是社會、有時是本人性子。

幾年前，母親知會他再婚消息，據說對象是中港司機，長居大陸。她笑歎繞了這麼一大圈，還是回上面好。下來的這些年，就當做了場夢。幸好阿默已懂事成年，這間公屋留給他，她每年會回來住一陣子，當來港旅遊，順道替同鄉帶些奶粉手機藥物化妝品香煙等水貨。

他點點頭，轉身繼續投入螢幕內另一個與他無關的世界，彷彿她講的不過是，明天記得去買雞蛋、要收拾家裡招待表妹和阿姨般，一則普通的消息。

離家前幾個月，母親一如以往每隔一年半載就要行使的慣性：把全屋間隔設計來個乾坤大挪移，買這丟那，從左搬右，由前換後，重新裝修一遍，這是她的權力，並宣稱是送給兒子的離別禮物。把原來的光管換成可調控亮度的LED燈泡；丟掉雙層床，換來大電視和沙發床；趁阿默上學，悄悄量下其房門到床邊的距離——以致某天他回家，發現一個精緻的組合式電腦工作枱連壁櫃，已完美鑲嵌於門邊。那位置原是一張二手桌子，覆有厚玻璃，從網上群組得來。阿默曾在玻璃下鋪滿電影明信片或雜誌上搜來的劇照：《教父》、《悲情城市》、《樹大招風》、《東京家族》……母親洋洋自得說，師傅來組裝後，她多封一個紅包，讓他幫忙把那破桌丟到垃圾房，省得自己搬。

他明白，這是母親需要的。生命中太多無法抓緊的事，她不情不願的來到香港，不情不願結了婚，不情不願住在這破舊的房子裡。她需要掌控，需要證明。這個道理，在他初中去完露營回家時，發現母親把他床底一整箱CD和VCD丟掉時，就已很明白。而他願意。

壁櫃設計精緻，頂部有兩道可打開的玻璃櫥窗，中間有抽動的層板，可自由擄寬度調校層距，下段電腦枱配伸縮鍵盤層，左下方特設滾輪板，讓主機箱可輕鬆推拉。然百密一疏，是櫃子倚牆而建，恰恰蓋住門旁電燈開關，只有櫃與牆間有一道密狹的縫，勉強夠讓一隻平攤的手遁過，直至探到塑膠質地。

手必得平攤而進，平攤而出，若鼓起拳頭或手腕一扭，則會卡在縫間被櫃背粗糙的木面磨傷。好幾次陳若心急，手指即被木屑扎到；又有一回，她未脫下手上飾物即鑽進去，抽出來時，縫間尖利的木刺割破腕間的粉色水晶鍊串，珠石彈滿一地。他就看到陳若的眼神，後來在金鐘，在餐廳，都曾如此看他。

但他仍不願處理，不欲搬走或破壞這個已矗立於此多年的壁櫃，寧願麻煩一點，自我受罪，反覆被木屑扎傷。

那時阿默就知道，他的容讓和做不到，必然會傷到別人。

車廠內，堅叔坐於列車，滑著手機看新聞短片，邊看邊罵，搞壞香港，暴徒，甲由，極是激動。弔詭的是，此新聞軟件需付費，上個月堅叔安裝後左看右按，弄了大半天，才悻悻喚阿默來教他用信用卡付款。阿默表面若無其事，實則半驚帶喜，疑惑莫非昨晚催淚彈射入堅叔住的花園平台，攻得他轉性了？

可惜是他想多了，原來是堅叔的社交群組轉發此媒體報導，抨擊它煽動暴力，鼓吹犯罪，讓一眾老人恨得牙癢癢，爭相要付費閱讀，正是「越不讓我看，我偏要看！」的彆扭心態。那天起，車廠內不再縈繞大陸抗日劇激烈的吶喊，取而代之是喝鬧、爭執、尖叫、哭喊迴盪在空曠的柱間，雖同樣混有槍鳴，聽得人心裡堵著難受，總比字正腔圓且大義凜然的普通話對白要好。

七月後，日子變得割裂崩離。

平日是沉默的上班族，庸庸碌碌倒沒甚麼真實感，多是發呆，車廠氣氛連同這裡的人一派散漫，他權當休息。週末卻是切實的抗爭，在街頭，每一刻都屏息凝神，在煙彈四投的場上，計量如何設路障，何時前進，何處撤退。

他甚至感覺到全身的血液因繃緊、亢奮和壓力而減慢流動，一種極致的，濃縮至界限的凝壓。在經過每根血管時，阿默彷彿能聽到那些起伏有序的脈動，像列車鑽過隧道時掠起的「嗖嗖！」聲，鮮明確鑿。

阿默去年大專畢業，畢業季那幾個月最忙的事，竟是把握學生證最後限期，與陳若多看電影。結果工作沒怎麼努力找，最缺人的求職時期也一併過去。他沒所謂，住在母親留給他的公屋，用唸書時打工剩下的積蓄，看朋友的串流平台帳戶，間中見工，大多石沉大海，也不著急。如此過了三個月，有天朋友介紹他到鐵路公司外包的維修公司，阿默打聽過工作量和性質，答應了。

上班後他才知道，近年鐵路公司購入的都是中國製列車，保養服務也由大陸建商承包。但魔鬼盡在細節之中，建設商把整列列車的各部分維修分拆再招標、外包予小公司，職務分拆得越小，小公司承包的金額便越低，批撥出去的錢和資源自然越少。

車廠是名符其實的階級分野，有三種人：一是鐵路公司的「親生叔父」，像堅叔，年輕時從小員工做起，節節晉升至車長，中年後怕累，考個綠卡（地盤用的平安卡）便來維修部當監工，上班遲到，每天無無聊聊看手機，抖抖腳，四萬多元月薪袋袋平安。剛來那天，阿默的開工飯便是堅叔請的，人無甚脾氣，也不嚴厲，有時還會借員工卡讓外包工們到飯堂買特價飯；另一種是大陸建設商聘用的工程師，全是在港畢業的大陸學生，會聽一點廣東話，幾個男孩自成一角。

堅叔和幾個監工不大喜歡他們，有時廣東話講得快了，他們聽不懂，但叔叔們又不會普通話，溝通困難，暗中使喚阿默跟他們談。他曾擔心他們是否小粉紅，會看不起香港，然竟比想像中健談，偶然還會自嘲是「強國人」。維修車輛的技法，都是他們主動教的。

第三種便是阿默跟言仔這種外判工。工作量最多，要左查右睇，往回空曠如隧道的車列間，檢查裝置，月薪才一萬三千元，未扣強積金。儘管如此，在阿默眼中，車廠的人都不壞。

陳若說，小恩小惠就是好人嗎？那怎樣算得上壞？阿默便低頭，開始滑他的手機，他知道陳若對「好」的定義，比較嚴苛。她主動，渴求對話，相信溝通可以帶來進步，真理越辯越明，向他要求張開的通道，但他不願解釋和闡述——害怕對話裡潛藏的衝突。

那是三月，一切尚未開始之時，陳若慣常的一本正經。

三個月後，六月十二日，阿默向公司請假，跟陳若在添馬公園。陳若在現場，質問他為何是請假，為何不敢向公司表態。請了假，意義便不一樣，不配是罷工。她一直唸他，致使二人縱使聽得遠處傳來「砰！」、「砰！」、「砰！」的聲響，以及人們站起來奔逃的倉皇狀，尚未意識到怎麼回事。直至攻鼻的催淚氣體竄至鼻腔和肺，僅戴著普通口罩的阿默才懂得拉著陳若逃跑，從公園跑到摩天輪，再到IFC。

車廠的燈光昏沉，沉黃如快要爛掉的檸檬，果汁濺到牆上，斑駁有影。樓底很高，回音也大，如巨人居所。石柱間爬滿幼密如蟲的管子，連接發電處。每輛列車被安放在柱間的軌上，像一口口流動而蜿蜒的棺材。車廠裡不用打卡，堅叔有時十一時才到，言仔間中遲到，阿默最早。他負責測試及更換電路板，把螢幕連接電腦，按一堆程式，模擬列車駕駛的常規時間，兩分鐘一個站，中央廣播提示到站，看看系統上的小紅燈是否正常、閃動的頻率有否誤點……等待時間瑣碎，像扭動發條娃娃，看它順著軌跡轉，不太動了，又得踢踢或扭扭那樣無聊。

阿姨唸過他有文憑，怎麼不找份辦公室工作安安穩穩做，還有升遷機會。他才不要，辦公室得與同事混熟關係，投其所好，集體聊話題時需識相配合，搞不好還可能有是是非非。阿默最不擅長。車廠工作雖是勞動，一群麻甩佬，用不著你儂我儂假惺惺。

他可以保有沉默的自由。

從前，阿默最大的煩惱是這裡的Wifi不給力——車廠是半室外，開揚寬闊，網絡覆蓋一般。偏生大陸人最喜歡看抖音，拿包裝零件用的防撞軟膠膜鋪在地上，躺上去悠悠然，看十五秒一段短片。阿默在旁打手遊，暗爭著訊號不佳的微弱網絡，如狹縫鑿出的光。有時對方看短片，阿默剛巧連上開局，片段便會卡畫面，定格在可愛貓咪或賣藝者的表演中；有時阿默打到一半，大陸學生連上畫面，遊戲中斷彈機，苦心儲來的排名下跌。二人相互詛咒，從不直面衝突。

現下的煩惱較複雜，務實的事他會做，抽象的概念卻是一大難題。人們說運動已到另一階段，提倡把抗爭貫徹至生活。要從街頭回歸體制，進入家庭、職場、個人社交層面，極盡其力講授理念、游說、宣揚，爭取更多支持，跳出同溫層，擴闊認同者圈子。身邊的人認真落實，熊貓在大學迎新營邀請教授講一節社會責任與公民抗命講座；陳若向來拚命，已召集十多名大學生組成團隊，各自回母校或相熟中學聯絡學弟妹，以小組形式作情緒支援及公民教育。

他的同事，年輕兩歲的言仔，則在車廠身體力行。

堅叔和叔父們整天在罵抗爭者，收美國錢，搞港獨，打壞香港。阿默原以為大陸學生會與之連成愛國戰線，榮耀我大中華，祖國萬歲萬歲萬萬歲，一同數落。他們卻沒吭聲，自顧自閒聊。

反是言仔，謾罵聲在他耳中，似嗅到腥味的獸，靜靜地，不動聲色，蟄伏屏息，搭訕，聆聽，了解說詞，迅速組織說法，回應、反駁，輔以理論、數據、論證、研究、個案，從媒體染紅、官商勾結，講到真普選訴求，誠摯純粹，疲勞轟炸，講經一樣，喃嘸阿彌陀佛。

叔父們開始少在車廠嚷嚷，實則怕了言仔嘮叨，後者認為這是階段性勝利，是好兆頭，向阿默說：「聽到不實言論，要主動糾正解釋，化解誤會，才能走下去。」他沒有表示贊同或反對，想著言仔真是個厲害的和理非。繼續扭著零件，更換電路板。上班的秩序，他總是乖乖遵守。

討論區和輿論都在說，回歸日常溝通的重要性。網上文宣組製作一道道「情景題」解答懶人包，「不要說〇〇〇」、「試著說×××」、「保持怎樣的態度」、「改變從生活周邊做起」。阿默自然是做不到。

做不到是甚麼意思？後來陳若還是痛恨他的漫不經心，與他分手。她說，我想你跟我多說說話，告訴我你在想甚麼。阿默，為何你總是甚麼都不說？為甚麼那天你不願留下來？他剛下班，累得昏昏欲睡，但她在餐廳說的一字一句卻無比清晰。

陳若續道：「我們甚麼都沒了，只餘下每個人盡綿力，一小步，就一小步，將是公民社會一大步，但阿默，你連罷工都不敢。」阿默知道，陳若對很多東西的標準，比較嚴苛。

他跟公司請假，不是罷工，就是沒有確實對抗制度。

她問他怎麼現在還認為車廠同事是好人？怎麼不跟他們理論？他們責難的年輕人們，被扑得一頭血。小恩小惠和大是大非之間，他怎麼選？

阿默想起熱戀時，他們曾激動興奮地討論電影情節與畫面。但兩個喜歡電影的人，原來那種「喜歡」是不一樣的。他享受沉浸在配樂、聲效、鏡頭游移間的感動；陳若執著意象、情節的合理、內容能否與手法相符。兩者好像有關連，又無法完全縫合，於是慢慢地，他們習慣在觀影後互不講話，安靜離場。阿默覺得這種分歧彷彿也在指涉二人對這段關係，乃至這個地方的看法。但太複雜了，他說不清，只得一勺一勺喝羅宋湯，覺得真鹹、真鹹。儘管那頓飯，最後還是阿默結帳的。

他願意，他可以每個星期砸破所有讓人心碎的玻璃，設路障、滅火、吃子彈，向警車投擲燃燒瓶，在街頭，放膽破壞或傷害。但他無法在車廠內，像言仔般舌頭會開花一樣游說叔父。

號召了幾次的「三罷[5]」，言仔敢於響應，更把罷工電郵轉發予全公司，呼籲眾人參與：「遊行無用，希望大家以罷工表態，守護香港，天祐我城，願大家都有明天。」結果當然人人如期上班，更被同事恥笑寫得文縐縐而煽情，不如去當大作家。阿默準時上班下班，待離開公司後才更換裝備。

無法，就是沒有辦法。好比他無法回應陳若的眼神，把那該死礙事的壁櫃處理掉，無法在母親離家時說些甚麼，無法滿足期望，直至一切飄走。

剛開始時，並未走得太前。事情往往在發生許久後，才驀然在打個響指的瞬間，發現到怎麼回事。好像母親每天把東西如螞蟻搬家帶走，他只管在旁看電影，沒有過問。直至母親換好體面的長裙，提著那隻二人惟一一次到過長沙旅行用的大行李箱，鐵閘拍邊的聲響讓他一愣，電影高潮後的剎那，那抬頭的瞬間，母親問他，你可要送我到樓下？他才恍然明白，她這是要走了，那個駕著貨櫃車，幾次送

5 編註：運動期間其中一種抗爭手段，透過號召罷工、罷市、罷課以癱瘓香港經濟，向政府施壓。

母親回家的發福男子，正在樓下等她。

阿默那麼喜歡看電影，他知道，只要開始看著電影，死命盯著螢幕，他便是一個毋須再交代或解釋自己的觀眾，沒有人會打擾他。他是安全的。他可以把母親聊電話的內容略過、把阿姨來照顧他時的碎碎唸略過、把陳若，乃至世界要求他表達自己的期望拒諸門外，連同吃不完的爆米花，留在戲院門口的垃圾筒裡。

於是，當他回過神來，已戴起騎士頭盔，拿木板和管子，穿著防燙手套，站到前線位置。催淚彈擲來時，他拿水淋滅；有時射至腳邊，尚未炸開，即順手抓起，往聚攏的防暴隊群擲去，焦燙的彈微微燒破手套的布層，像冬天時剛烤好的蕃薯那樣燙手，卻不能丟掉，因著饞嘴，或因著仇恨，反正都是原罪。

這麼多年來，阿默從沒一刻如此感覺自己鮮明活著。活著，在現場，盡可能不被抓著那樣，保持警覺，必須奔跑，敏捷，逃命，全身而退，不可成為負擔。像壁虎為著求生而脫尾那般疼痛且沉重的生存意志。

週末時會一個人，或與於現場結識的隊友結伴外出，留至尾班車，或情況太壞時閃身上車。替換裝束，累極，提心弔擔，緊張兮兮，在車上猛滑電話，直至彼此在到達的一個個車站道別，車門關上時說聲「不要死啊」，又獨自掃電話，觀看最新發展。回家，開燈，手被木屑所刺，洗澡，泡浸裝備，然後在群組討論或轉發是日發展，一夜無眠。翌日又規規矩矩上班去。

日常與街頭，好像橫著一堵割裂的牆，無法連接起來。

母親回大陸居住後，每個月會繼續匯款予他。但真正來看顧他的，只剩下阿姨，間中帶上熊貓來家裡坐，買些日用品。阿姨切水果時，會勸阿默看開一點，不要怪他媽。阿默詫異，他從未怪責任何人，明白很多時候總身不由己。好像他跟陳若看的電影，陳若喜歡塔倫提諾那些爽片，惡人終須為自己做過的事被清算；他卻喜歡《牯嶺街少年殺人事件》、《廣告牌殺人事件》[6]，一些無辜的人死去了，最後另一些同樣無辜而無奈的人負上責任。他明白這種痛苦才是現實，關鍵在於如何處理。

6 編註：臺灣譯《意外》。

陳若反對，覺得他沒有同理心才會喜歡這些看完只會益發納悶的片種。

但電影跟現實的分別在於，旁觀者可隨時離席喊停，當事人卻被尖物強行撐開眼皮，必須睜視一切直至結束。他從沒想過自己會這樣憤怒而仇恨，看著一切傷害和衝突如滾雪球般累加積疊，同時驅使他繼續下去。世界一直燃燒，卻並未打擊權力分毫，像他和朋友奮力甩出的燃燒瓶，僅僅在敵人腳邊狠狠燒了剎那即熄滅般無力。沒人獲得任何懲罰，只有手無寸鐵的人一直痛苦，沒有真相，也沒有公義。

他不怕死，有被捕心理準備。好幾次布袋彈射中面罩，整個面罩的塑膠在臉頰爆開，炸傷了唇畔和半邊臉，一嘴是血，另一枚彈擦過手臂。他被幾個隊友扶走，真丟人。不敢去醫院，熬了半天才致電義診熱線。嘴角又燙又腫，他休息幾天，第二個星期再來。

但他卻害怕處理複雜的游說和闡釋。好比他無法向陳若解釋他在這麼空曠的車廠裡與這些人的相處，在小恩小惠與大是大非間，尚有凹陷的坑道；好比他覺得工作總有工作的程序跟從，如同啟動一個測試程式，步驟分明，不能隨意跳過某道指令或編碼。或更簡單的，這一切早已不是溝通或表達立場的問題，電影《V

煞》[7]裡，那列載著V、玫瑰花海和炸藥的列車，已隨著艾薇扳下拉杆的剎那，開出了。

阿默曾把《V煞》反反覆覆看過幾次，喜歡得找來原著漫畫。從前他相信大夥兒都是艾薇，從怯懦的服從者蛻變成反抗者，「理念是刀槍不入的」。總有一天所有人都會帶上V煞面具，不怕死一樣往軍隊和防暴衝去，一起看著國會大廈在樂聲中被炸毀，爆成眩目的煙火。這一幕總是一再撼動他，讓他相信運動就是這麼回事。甚至工作時，他有時會想，如果突然跑到車頭，搶去控制板，就這樣把這輛破破爛爛的列車駕到西九龍站撞得稀爛，闔家富貴，轟轟轟，會否就如電影一樣。

然後他明白到，這終究是一齣英雄電影，電影所有發展都依仗刀槍不入般的V，如果沒有V在地下水道殺死上位者，如果沒有他在廢棄車站張羅放滿炸藥的列車，民眾根本不可能穿透軍隊和防暴，所有人將被屠殺。阿默後來漸漸明白，一切並不如電影裡，只要殺死幾個邪惡而獨裁的首腦，解放和自由便會像那場煙火般

7 編註：臺譯《V怪客》。

華麗降下，這不過是一齣英雄電影。

但列車已悄然開出，一旦扳下拉杆，一桶桶彈藥便不得不被引爆，不論最後將會炸毀甚麼。

昨日回家，當他摸黑伸手進櫃後的縫時，尚未觸到塑膠質的開關表面，長期染滿化學物質及反覆被高溫燒灼而肥腫的掌已被粗糙的櫃背擦傷，敏感疼痛。阿默想起下午，幾個上一秒尚並肩奔跑的隊友，驀地被轉角竄出的警察小隊包抄抓捕，亂棍揮擊，制服，喉間被對方硬實的膝蓋抵住，臉頰血肉模糊。他不敢回望，拐入小巷逃脫，想著必須通知其家人——但他們叫甚麼名字，身分、背景、居住地，他一無所知。

他從背包抽出鐵管，怒氣沸騰，要把這個立於牆前多年的精緻櫃子狠狠、用力、使勁砸壞，讓玻璃碎掉、木板敲裂、支架變形，像他回程時破壞的車廂，扯抓電線，擊打電子顯示屏——好教那被埋藏多年的電燈開關，重見天日。

但阿默並未這樣做。

他仍是下不了手，放回鐵管，最終反用兩手掰緊櫃邊，任木屑扎人的刺插滿指腹，傾盡全身力氣，把整個立櫃自牆邊外移，拉開寬距。櫃內東西如臨地震，東歪西斜，倒臥翻側，亂成一團，電腦枱上的小物件紛紛墜地，電線與插座鬆脫。然原本通往開關的縫，即煥然廣闊，雖仍蓋住按鈕，手掌出入已順遂方便，可於斜處瞥見隱隱開關。一按，燈便亮。

由此，阿默發現許多落於櫃背經年的物事，統統夾於縫內無人知曉：一隻襪子、一隻耳環、一隻CD、幾張明信片──以及一枚渾圓通透的粉晶珠石。

阿默開始拆下列車上可能被他砸得爆碎的顯示屏，破裂得融化一般。暈黃的燈光打落柱間，他放下螢幕，走出列車凝視車身，噴滿口號、髒話、標語，如一張憤怒的臉顏，忽有種一切已無後路之感。

這心情，與起初只戴普通口罩，行行企企的他似曾相識。那天催淚彈來攻，其中一枚射在與他咫尺之隔的樹上，火花爆開，紅澄明亮。煙霧瀰漫，彷彿他曾在日本看過的煙火綻開一剎，那麼那麼的毒。

人潮奔撤，他不慎吸入幾口煙，喉部腫脹至壓過氣管，瞬間窒息，無法呼吸，那麼那麼的毒。他以為自己就要摔下被捕，或當場死去。卻有兩個年輕的急救員，一人一邊挾著他說：閉氣，閉氣！跑啊、跑啊！怎樣也先跑！他已看不到東西，只管跑啊、跑啊、跑！他從沒一刻如此感覺自己鮮明活著。活著，在現場，盡可能不被抓著那樣，逃命，全身而退，像壁虎為著求生而脫尾那般疼痛且沉重的生存意志。

他被扶至內街，急救員不斷往他喉嚨噴哮喘藥，為他洗眼洗臉。阿默全身都是鹽水，喉間極疼，把所有東西嘔吐出來。那條內街鄰接酒吧街，幾個月前他跟朋友喝得太猖狂時，才在附近，也是需他人攙扶，最後躊躇摔倒，趴地，吐得一塌糊塗。

此時街上燈火通明，遊人如常在黑衣人群邊穿過，音響店繼續播放陳奕迅多年前的演唱會片段，報紙檔仍擺著多份刊物雜誌。阿默邊喘氣，邊灌水，再吐出，重覆幾次直至氣管舒緩，半伏坐地。朋友與他會合，連聲問他可好，建議撤到地鐵站。他爬起來，換了口罩，走出兩步，回頭望見遠處的酒吧霓虹燈亮，像散閃的星光，忽有種一切已回不去之感。

Life During Wartime

陳若的左眼裡有一片魚腮紅，像一尾金魚側鰭，腮微動，尾巴無力而滿佈血絲。她疼得幾近睜不開眼，指節戳進瞼內，出勁搓揉，彷彿擠出一片紅鱗即可消卻不適，越揉越腫。何森抓她的手按捺住，她在迷糊氤氳的意識和視線裡，幾乎錯認那是阿默，從前阿默也這樣，不許她揉眼。她軟軟說，疼，疼得看不見東西了。何森哄她，不痛，不痛，有髒東西走進去罷了。替她滴眼藥水，用暖毛巾替她摁眼，還湊前向她的眼瞳輕輕呵氣。良久，散綻的重影慢慢疊回了一個人，視野清晰，陳若像是夢醒了，知道這不是阿默。她抱著他說，何森，何森，我怕。

可有過這樣的感受？在某個當下發生的一切，由於過分突然，超越身體和情感裡一貫認知，反應起來時反顯冷靜平常，恍若與陌生人寒暄般毫無異樣。就像童年時，幼長的針在護士喚喊陳若名字的剎那，利索迅捷戳入皮裡，尚未感覺到甚麼，只像被指甲捏劃一下刺癢時，針頭已被拔出來，滲有淡淡血絲。她只覺得哦？沒甚麼罷了。

然後媽媽為讚許她毫無掙扎的勇敢，帶她到快餐店吃炸物、到百貨公司買玩具。她沒有否認，那並非一無所懼，或沒有芥蒂，不過是那個瞬間，她未反應過來，遲緩如擲得過遠的回力鏢。

直至晚上，睡前在床上，她抱著新買的玩具，忍不住擼起衣袖看那被小圓形繃貼蓋住的小針孔，在淺淺腫起的紅點和手臂微微發麻的痺感中，確實理解到——一個缺口在身體張開了，儘管相當微小。

這種感覺，在生命裡會不斷以不同狀況重現，可能是表白被拒絕後一直保持微笑，木納走路回家，直至關門，才懂得埋頭在被窩裡放聲大哭；也許是在街上被陌生男子騷擾，當下厲聲苛責擊退對方，同行朋友眼神盡是神往，覺得陳若非常厲害，待獨自跑進廁所時，才忍不住環抱自己，劇烈顫抖；或是，多年後某個清冷的深夜，想起過往曾因無知與自傲，而不慎傷害過的人，無可逆轉和償還的種種，為此愧疚驚醒，整夜無眠。

陳若此次，則是自添馬公園逃亡回來兩天後，驀然夢見阿默頎長黑挺的背影。她仍站在ＩＦＣ商場附近，咳嗽不已，對岸的電話品牌旗艦店內，透明立方體裡的顧客和職員，如缸中金魚群擠擁，肩並肩，掌與臉幾乎要貼緊玻璃一樣，爭相觀視地上像黑點四散的少年。阿默說他得離開了，問她走不走。陳若搖搖頭，手腳有傷，頸間相機帶沾了催淚彈粉末，扎得鎖骨處疼癢難耐。阿默為她解下相機，用水沖洗手腳傷口，消毒，貼上膠布，再用僅餘的水沖洗帶子，為她拭抹頸項，貼敷冰涼的退熱貼。半晌，看她稍稍舒緩，又問了一次，一起走吧。陳若不願，搭了兩句，看著他轉身，往地鐵站走去。

頎長黑挺的背影，阿默沒回頭，在兩個路口前頓下等交通燈，也沒回頭。她一直眺視一直遠望，直至他越來越小越來越小，沒入消失點中。他們早早說好，在今天以前，他得去赴親戚的宴會。沒人料到和平集會竟演化成武力鎮壓，催淚彈和橡膠子彈像新年喜慶的拉炮般連珠流火式發射，人群恐慌奔逃。在那個當下，他牽著她跑，確保她的安好，置送她於安全之地，甚至勸慰她一同離去。她心下清楚，離開是理性決定，仍因自身堅持而拒絕，儘管繼續留下，也無實際用處——只是無法就此回去，像從前每場行禮如儀的遊行一樣。

阿默沒有錯。但驚醒而哭的晚上，在那些可怖的聲響、氣味、溫度、氛圍，連同他沒入消失點中的背影，反反覆覆出現在她的夢中後，陳若驀然把這種混成一團的痛苦理解成——阿默並不愛她，沒有人愛她。

陳若走到鰂魚涌，跟幾個同穿黑衣的女孩走進公廁，再三確認無人，另有便服女孩在外作哨，才在洗手盆前脫下黑衣，抹拭身上的汗和鹽水，順道把裝備放到水龍頭下沖洗，稍稍消去味道，再換碎花連身裙子。

有少女問友人有否多一條束髮橡筋圈，自己那條逃跑時丟失了，友人為難說沒有哦，待會去買吧。陳若脫下馬尾，把扣著大蝴蝶結的紫色髮圈遞到兩個少女跟前

——送出去也不可惜，她昨天早上在何森處隨手拿走，準是他的其他女伴遺下。

陳若把黑色T恤和裝備壓在布袋底處，在上放了化妝袋、綠茶和濕紙巾。走了兩條街，上了巴士，左顧右盼看清周邊街道沒有警方所設路障後，微微舒心，遂走樓梯至上層，找了個靠窗位置昏昏欲睡。

午後四時多，巴士上層的車窗鑲貼防光的黑點貼紙，陽光熾熱而不刺眼，從內看出去街景半帶確切又半帶搖曳，彷彿酒醉女子，眼前皆暈糊空濛。陳若用手掌分別蓋過左眼和右眼，才發現原來左眼丟失隱形眼鏡，使她分不清所見的黑點，是玻璃外的貼紙，還是尚在街頭時進時避的人群，在高處俯視竟如此渺小。

醒來時巴士駛入總站，左邊燈光迷離，右邊的外頭無光黯沉，灰灰藍藍如洗衣脫色的水，湧蓋全站，似要溺淹全身。整個上層已無乘客，她暗叫不好，仍睡眼惺忪，未意識到應趕快下車，卻落入一種天色昏暗，涼意叢生，惟她一人被困在此，無處出逃的迷糊想像裡，只覺焦躁。

她時常陷入這種落拓狀態。

有時與何森做完愛，仍想躺臥在被窩裡溫存片刻，何森卻立刻下床洗澡，剩她一人在床上無所事事，打開電視看新聞直播，哪區又發了催淚彈，哪區又在抓捕青年，血流披面的孩子面對鏡頭大聲呼喊自己的名字，彷彿某種昭告，頃刻被送上警車。何森抹乾身體，靠回床邊吻她臉頰，見無甚反應，與她一同看了一會電視，便想轉台。陳若裸露的手臂緊緊抓著遙控，指甲狠狠掐在軟膠按鈕上，沒有理會。視線筆直咬視電視畫面，肩胛處有他紅淺的吻痕。

何森歎息，走出客廳改作業。陳若一寬氣，在房間抱著膝蓋面對電視默默淌淚，不敢哽咽或哭出聲。她知道何森溫柔，一旦把她逗哭，則緊張如煞有介事，要與她道歉，細意哄撫恍若掌心肉。但她不需要這些，從來不是這些。

她只想有人能擁著她，陪著她看新聞，僅此而已，為何如此艱難？

陳若踉踉蹌蹌跑下巴士。傍晚冷涼，裙子下的腿間被風呼呼刮吹，忍不住打了個噴嚏，也忍不住給何森傳短訊，不知道他今天有否出去，問他可安好。半晌電話震動。

「安全，今天在家備課，你呢？」

「備甚麼課？」她只知道他在中學當教學助理。

「科主任讓我暑期補課試教一班初中，在擬教案。」

「噢，不打擾你了。明天看電影？」

「好，可順道來我那看看漢加，他很想你。」另附一張他家灰色英短貓咪張胸露腹熟睡的照片。

她知道這幾句話不過是何森電話裡，同時閃動的眾多對話匣中，無足輕重一隅。那張貓照可能已被同時傳送給多個女子，連同那句「他很想你」。引用朋友的說法，何森就是個紳士的 Fuck boy，不帶偷呃拐騙，坦白裸誠，你情我願。

陳若初用交友軟件，誠實寫了自己就讀大學，很快與何森配對。他年輕成熟，剛畢業兩年，長得不錯，皮膚白皙，眼睛很大，笑起來左邊有個酒窩。

她記得他的眼睛，深邃像海。

配對後談起來卻不怎麼樣，儘管他開朗健談，彼此興趣卻沾不上邊。二人都唸文科，何森卻只當生計，他關注社會制度，深信科技年代，全由大數據主宰一切，口頭禪是「認真就傷心」；陳若則如同所有文藝青年，喜歡電影、理論、攝影，嚮往浪漫和世界大同。她是新手，不知道交友聊天如同拋接猜球，需相互掌握節奏和呼吸，時急時緩，自然東拉西扯都碰不著邊。幸虧何森靈機一觸，搬出貓咪——這幾乎是所有女性的共同話題。孰料陳若一聽貓咪叫漢加，問他是否讀過赫拉巴爾的《過於喧囂的孤獨》。（她的浪漫讓她以為，連貓咪的名字都與極權時期的文學作品相關，帶有符號。）

何森尷尬之極，以為是心靈雞湯類的流行書，又喧囂又孤獨，有夠裝模作樣。他對這文藝女孩是無計可施了，正打算放棄，她卻主動跟他聊時局。彼時局勢尚未嚴峻得使陌生人間相互提防，何森爽直，告訴她七月一日，他曾在立法會外。

陳若不習慣這種無話可說又斷斷續續的交談方式，分手前儘管阿默不怎麼說話，她猜不透他的想法，卻不會有這種膚面如水過鴨背的異樣感。

她和阿默在坊間的電影放映會認識，年齡相仿，品味相約，一切順理成章。而後開始發現迥異：她愛表達，但阿默寡言；她執著是非絕對，阿默總模棱兩可。更重要的是，她相信溝通與言說，喜歡跟阿默，乃至所有周邊的人述說自身。人文學科曉以她相信的能量，相信沒甚麼問題不能透過對話解決，談出個所以然，但忽視其強大得足以蓋過他人的氣場和不經意的咄咄逼人，有時使對方為之卻步。

當然更多時候是，有些問題本就只能堵恆在「無法被解決」的狀態中。阿默自然不會告知，沒有任何人會告訴她這點，如同無人願意用針戳破賴在樂園不願回家的小孩手裡氣球般殘忍而不識時務。

去年阿默開始上班，工作像一艘高速船，把尚在校園的陳若與歷經職場的阿默划成兩堤——她更為焦躁，對他一切溫吞而毫不利索的行為直接理解成被社會同化的後遺——自此陳若引以為戒，畢業後萬不得變成討厭的齒輪。

七月，青年在立法會議事廳內踏上桌面，脫下口罩，向流動的群眾呼籲——我們已無本可輸，無路可退。如果退下，學生會被捕，領袖會被捕，整個公民社會將有十年不可翻身。請大家留下，一同佔領。議事廳內越多人，所有人就越安全。

我們已無法回頭，不能再輸。

最終，人們仍如潮散失。記者哭腔追問在場少女，為何不顧自身安危跑回議事廳勸抬留守者，少女說自己只有十五歲，好害怕，但更害怕留下的人。午夜前所有留守者終被勸離，或合眾人之力被強行帶走。場面感人，獲數以十萬人轉發，人人稱許是次拯救行動。陳若是學生記者，當天扛著相機拍下撤離狀況。她穿反光衣，想法被埋到身體深處，鎖緊不可出逃。

被壓抑的自身哭至崩潰，向每一個走往出口的人喊叫，留下來可以嗎？佔領立法會是一生只有一次的機會，不可能再來快閃了，為甚麼要走？不要走，越多人就越安全，不要走，求求你們不要走。但她是記者，不是組織者，不是號召的角色。必須用鏡頭記下歷史發生，如同矯健的泳者只可由海浪拍送，任不幸身亡的浮屍群飄過身邊，束手無策。

陳若從旁攝錄，直至曲終人散。

撤離者眾的背影，從議事廳走到大堂，再跑至立法會外龍和道往中環方向，朦朦綽綽，偶因佇留於光下而拉長，偶因躲竄至暗處而縮隱。凌晨時分，陳若在催淚彈煙霧中，隨眾人奔走，有種熟悉感，與阿默離開的身影重合而來。

幾天後陳若與阿默吃飯，談起六一二，又談起七一。她說起他那天不是罷工，而是告假。她忽然莫名焦躁，對如常在餐廳內調笑、在商場裡逛蹓消費的人們，包括正切著烤鵝肝的自己和對座為牛角包塗黃油的阿默感到無比厭棄。

一股燒燎的怒意像慢火熬燉的湯水，不上不下，既不激烈，卻綿長溫燙，冒出一個個氣泡，又瞬即破裂，聚不成龐大的能量，只能斷續散向放矢。

她問阿默何以不能乾脆罷工，何以沒有跟他公司那些支持建制的中年人理論，何以他不能絕對而堅定地抗爭。

他們是情人，她這樣在乎他。但他面對不公義，沒有挺身發聲，就是在否定她，成為對岸的共犯。是的，她極端而痛苦，但若不極端，則如何堅定？如何站得住腳？如何面對殉身者與被捕者？陳若又想起立法會那晚，撤離者的背影，為何他們都要走，為何不能留下來。阿默搖搖頭，說做不到。

做不到是甚麼意思？她連番追問，更似質問曖昧而如常的世界。阿默沒有再解釋，沒有代替世界給予她答案，只低頭喝湯。陳若回家後狠狠哭了一晚，對一切的無力、躁動、痛苦，混在一起。夜半，傳了短短幾字予阿默，「分手吧。」也是像台獨腳戲，徹夜未眠至清晨，看著訊息從未讀顯示為已讀。阿默是知道了，卻不曾回覆，沒有反對或贊成，權當默許。

鐵閘內外如同兩個世界。閘內燈光和煦，僅有寥落數人，幾個警察、戴著頭盔的保安員，站在「欢迎走进香港中联办」的紅字下。隔在閘間橫枝後，陳若覺得他們像電視接收不良時的畫面人物，間斷起格，被裁開四肢、身體、臟器，無法再自主移動，永遠卡在那九隻紅字下。

閘外尚有日光，大群黑衣者用雨傘敲擊鐵閘、扔丟雞蛋，「中央人民政府駐香港特別行政區聯絡辦公室」的鋼牌上有一盞射燈，照得流淌至字縫間的蛋液金光閃閃，爍爍如火。幾個少女在旁噴漆，邊說「原來中聯辦全名是這個，辦是指辦公室！」

「不然你以為？」

「我以為是幫辦，中共聯同幫辦做衰嘢的地方。」

陳若微微一笑。

一個少年靠牆斜放鐵馬，當長梯上攀，打算噴黑閉路電視。但鐵馬沒有支點，踏了兩步，已搖搖欲墜。陳若看到這驚險狀，與另一個黑衣者趕緊來扶，各撐一邊穩住鐵馬與地面。她與對面的陌生人扛得有點氣喘吁吁，猛叫少年小心小心。轉過頭時，才把視線稍微停佇。

對方全身裹得極為防密，黑巾蒙起臉龐，只露出眼睛，很大，幽沉如森。

如此突然，她想起何森的眼睛，另一種深邃，像海。

少年走下梯，對面的黑衣者已走遠，剛笑鬧的少女們已用光噴漆，牆上字跡歪斜：「是你教我們和平示威是沒用的」。

陳若第一次看到這句話，在立法會的柱上。後來她告訴同學，無法再以編委會幹事身分到場拍攝。她不能夠無動於衷，不能夠看著痛苦和恐懼在周邊蔓開而抽離拍攝，遂把反光衣歸還，把記者證收到抽屜裡。

有人開始扔漆彈，置於中央的中國國徽被瞄成飛鏢鏢靶。一個漆彈擲中了，墨黑的液在圓框內濺開。一塊烏亮的漬，滲掛在金燦的天安門頂，一滴一滴，沿著周邊齒輪、穀穗，滾落到地上，不像血，像某種濃稠得無可化解的情緒和痕跡。

陳若有點累了，拿出手機，點開交友軟件，翻到極底才找回與何森的對話。她其實幾乎要忘了這個與自己毫不投機的男子。

他說起立法會那天後，她問他，有否罷工，有否繼續抗爭。他也跟阿默一樣，先告假，獲批後再上街。還更坦白告訴她，這世界就是永遠無法達成一致，相互鬧矛盾，才讓人又沉迷又痛苦，搞得認真的人精神分裂。他當她是被寵在學院內的理想青年，不吝於告訴她何謂真實。他是誰都不愛的紳士，又是 Fuck boy，像個紅鼻子的小丑，湊到賴在樂園不願回家的小孩耳畔溫聲哄慰，在孩子快要止哭時，用指間暗藏的針「啪！」地戳破對方手裡氣球，再一臉抱歉說「哎喲，是時候回家了。」，殘忍而識時務。

她討厭他，直接封鎖，卻在此時想起他的眼睛，把他的帳戶解封，問他在哪。他很快回覆，沒有冷嘲她的主動，也未反問這一星期多的去向，彷彿尋常往來。

「在灣仔，你也在？」

「附近，不過快回家了。」

「安全到家的話，順道告知我。」

陳若突然想哭，想細睇他深邃的眼睛，想要望進去。

「明天來找你，好不好。」她問。

翌日晚飯後，她去了他家，穿著碎花連身裙子，無法解釋自己為何特地塗了草莓味唇蜜。他們在沙發上相對無言，幸好貓咪黏伏大腿上，使她可以維持視線，毋須抬頭望向何森。

他家客廳有一套音響，是他父親從前用來聽黑膠唱碟的。現在父親到了美國工作，他則聽美國和英國Rock band。陳若不懂這些，她較喜歡香港和臺灣的獨立樂隊——好吧，還有大陸的。何森說放她一隻CD聽聽，Talking Heads的Fear of Music，是七、八十年代的新浪潮，又帶點Post-punk。她聽不懂這些音樂術語，有點緊張，坐在軟軟的沙發上，開始後悔自己為何而來。

CD放起，很搖滾，有些電音和混音。整個氣氛很歡愉，很迷幻，又很複雜。她不會評論音樂。聽了兩首，似是放鬆了，小腿不自覺隨節奏輕輕搖晃。何森問，是不是很正？

她抬頭笑，頗有趣的，終於望進他的眼睛。

何森俯身吻她，陳若沒有反抗，大腿上的漢加不知何時跳走了。她癱倒在沙發，扯他的皮帶，他俯臥在上，邊在她的頸間呼氣，另一手利索解下裙子胸前的鈕扣。溫存一會，何森像是想起甚麼，忽說現在放到這首是他最喜歡的，歌名叫：

〈Life During Wartime〉。

陳若整個人昏昏暈暈，腦袋缺氧，只想摟著何森狠狠擁吻，又拉下他的頭來堵住他的唇，沒怎麼留神聽歌。整個客廳迴繞著輕快的旋律，像外國電影裡抽了大麻的人們跳舞時會聽的歌：

This ain't no party
This ain't no disco
This ain't no fooling around
No time for dancing, or lovey dovey
I ain't got time for that now……

後來重聽，她想起自己曾在這首歌的時間與人做愛，猶如一則諷刺寓言。

更諷刺的是，她就此與何森開始曖昧不清的關係。何森說喜歡她，她不知該否相信，卻常到他家與他做愛。他會陪她看電影，不是她最喜歡的文藝類型，是所有院線均有上映的流行片，她竟也覺得無所謂，不知如何解釋自己，時常焦躁鬱悶，莫名的情緒像慢火熬燉的湯水，既不激烈，卻綿長溫燙，冒出一個個氣泡，又瞬即破裂，聚不成龐大的能量，只能斷續散向放矢。

彷彿開始改變，變成她警惕自己不可長成的那種人。

眼睛時常癢痛，她當是吃催淚彈太多，有毒粉末殘留在皮膚和臉頰上，開始敏感。這種刺痛常讓她想起初嚐的驚恐。

六月十二日，天氣清涼。陳若踩在鬱濕的草地遙望遠方，想著天氣預報就如它所屬的電視台一樣毫不準確。她和阿默十二時才到添馬公園，在靠碼頭方向的一個物資站幫忙分發單張。大夥兒如她，多靠坐草坪、長椅、梯間，按電話，撥扇，聯絡朋友，還有人真的鋪下餐墊，穿著涼鞋，吃三明治，當作野餐。這是她第一次到抗爭現場，五年前的運動，記憶很模糊，那時還是中學生，頂多只到過旺角送水。

沒有人知道，下午三時後，警方會在立法會示威區開始發射催淚彈和橡膠子彈。那是怎樣的概念？怎樣的武器？她只知道，五年前一個男子手執雙傘，僅戴著一個醫療口罩，佇立在煙霧中的照片，後來成了多本雜誌報章的封面。

但那煙霧有多毒辣，她一無所知。

突然一陣騷動，公園盡頭大批黑衣者如浪湧至，大叫「走啊！速龍攻上來了！走啊！」她才轉過頭，一群戴著頭盔，手持圓盾和長棍的防暴警，已從邊陲推進。人們即起身奔跑，剛剛尚在野餐的女子連野餐籃都顧不得就逃。阿默緊抓她的手，不容恍神，拉著她跑。

人們沿公園往海濱長廊走，途中種滿幾個花圃，只得中間一小條行人路，尚排隊等候過道，堵在路前。那是尚未知悉、尚未習慣紛亂的起首，良好的公民教育促使民眾在生死逃亡間仍遵守秩序，彬彬有禮，相互謙讓，行動緩慢，不忍傷害植物。有人怒叫：「排甚麼隊啊？速龍殺來了，踩壞花草和泥還怕髒，還怕沒公德心？」即踏蹬花圃叢枝，頃刻，枝莖斷折，花蕾、葉片、梗、芽皆臥地破爛，人的鞋足染滿泥濘，邊跑邊說，哎呀好髒啊。

走到末處，海濱中段竟被鐵網圍起，是週六要舉行的美食節，搭好一排排攤檔。前排人們稍一遲疑要否繞道，文明思維主導民眾，然在後的防暴已驀地射出多發催淚彈，在其身後、腳邊炸開。

那便是陳若第一次嚐到催淚彈的滋味。

所有人顧不得那麼多，像難民逃亡一樣爭相攀網，大叫、催促、推拉，抓爬時被尖利的鐵尖刺破衣衫血肉，血漬斑斑落地，也管不了疼痛，只管跑。陳若的大腿和手臂都劃傷，煙霧漸蔓到身旁，身後還有人大叫「哮喘藥！急救！」阿默叫她不要吸氣，把手裡的毛巾沾了水，蓋住其口鼻。

狼狽、不文明、不優雅而恐慌式的逃亡，在這個城市發生了。

他們跑到摩天輪附近才暫時脫險。陳若不曾經歷過這樣的場面，如此可怕、密集、緊張得讓人無法呼吸，災難一樣。當刻，她只想緊緊抱著阿默，讓阿默也用力回抱她，讓她驚恐得劇跳的心稍頓下來。

但阿默卻決定離開，他是那麼守約的人——不是，與赴宴無關，是他們都知道撤離的必要性——尤其是剛剛，他們一同經歷如此驚險駭人的逃亡。他曾叫她，一起走吧，他的判斷如此。但他不明白，他不明白，她要的不是「一起走」，而是「不要走，留下來」，就像她要的不是他默許這段關係結束，而是他願意說些甚麼。不要走，為甚麼要走呢？陳若想從後叫住阿默，也想叫住立法會內撤離的群眾。但她都沒有說出口。

紛亂時代，她只想有人能擁著她，陪她看新聞，願意主動愛她。但沒有，沒有人愛她，沒有人以她想要的方式愛她。

電影散場後，陳若的眼睛越來越癢，忍不住用力揉搓，左眼裡漸染成一片魚腮紅，像一尾金魚側鰭，腮微動，尾巴無力而滿佈血絲。何森抓她的手，哄她，不痛，不痛，有髒東西走進去罷了。髒東西？準是催淚彈的劇毒粉末，她可能要因敏感而失明了，多麼可怕。許久，終於又重新視物，抱緊何森時，感覺有甚麼從左眼滑落，陳若用手接過——竟是前天以為丟失的那片，乾癟皺凅的隱形眼鏡。

伏在掌心間，像一艘擱淺的小船。

阿妹

細妹不喜歡被喚作細妹，好像哪裡比人小一點。可是熊貓早她多個年頭先蹦出來，長得可愛又討人歡喜，大家總阿妹阿妹地叫，塞封紅包到手中，捏捏臉頰讓她買東西去，這麼多年慣了。待真的妹妹出生，只得淪為「細妹」。她有時跟大人叫熊貓或阿妹，反被訓斥沒大沒小。

熊貓沒所謂，悄悄嗑舌說：「二十多歲人快大學畢業，還妹前妹後，叫的沒甚麼，聽的難為情死了。你快加把勁，看看哪天討回阿妹的名銜，算是放過彼此。」

冷不防，細妹咽嚼的鯖魚泛出小刺，短如鬚根，豎堵在軟肉和齒間，彷彿被甚麼戳中，疼得她用手指去摳，撈不著。媽說這樣沒儀態，要摳到廁所摳去。她向鏡子拉開嘴唇比度，終以兩指拈出幼韌的刺，牙肉淺淺腫起。彼時細妹以為這種觸不到的疼痛乃因魚骨所致，不曉得許多微刺的敏感痛楚往往與此小小口腔傷口類近。她終究太小了，未懂辨認情感的輪廓。

細妹今年十一歲，有時會說謊。譬如小息時，她打算繞過圍在一起談八卦的男同學們去廁所，被劈頭問起「洪詩玲，你是黃還是藍？」瞬間，戒慎想起一星期前曾被男孩幫一員嚷過「洪詩玲不黃不藍，是紅的才對。紅絲玲、紅絲玲，哈哈。」

課室有時像時裝店，話題流轉比換季的衣衫款式還要快，一旦追趕不上便要淪為髒皺的特價籃內過時春裝，淒淒涼涼棄於一隅。明明幾個月前大家還在追捧大陸網紅和綜藝節目，在她還在辨認華晨宇跟易烊千璽的名字筆劃，並理解這是活生生的人而非劇集角色時；九月開學，季候風向一轉，話題航道已返接回港——變成火魔法（汽油彈）、TG（催淚彈）和TG（Telegram）。「你是黃還是藍？」、「深黃還是淺黃？」，支持示威者還是支持政府？能接受到甚麼程度？這些問題成了日常開場的問題，或一種打招呼方式，聽起來像支持哪隊球隊或喜歡哪個明星一樣稀鬆平常。

有些同學參與過遊行，在班上儼然成了風頭人物，小息或午後在桌間大談見聞，更悄悄帶過一個防毒面具回校，葵扇形的灰色塑膠罩，兩腮間插上軟圓的粉紅色棉片，像個厚大的胸墊。細妹沒趁這個墟，這跟從前有人帶了明星或遊戲的絕版周邊，或一團新調，染有閃粉的鬼口水（類似泥膠的果凍狀玩具，揉起來手感很好。有次她買了一杯回家，被姐姐以驚奇目光斜視。翌日，她便送給鄰座美欣。）或是《星夢學園》街機的最新遊戲卡一樣，不過是好些人人稱羨的潮流物，如同蜜糖總會惹蟻，狗糞會盤來蒼蠅，沒甚麼特別的。

然而當這種矛頭驀然落到自身，看似不痛不癢的玩笑卻讓細妹不安得像頭上被冠上蘋果的靶。儘管當刻她矢口否認，仍會落入「被說中才會反應過大」的永恆悖論中，周遭目光漸變得閃疑如將壞的老燈泡。因此面對這次提問，細妹知道自己就像最近播放的法庭電視劇中被告，來到次回答辯，必須謹慎應對，不然整個課室的陪審團便要宣判她「死刑」了。

她清楚自己一定得說些甚麼——要具有絕對說服力，讓這些瞧不起自己的男孩們統統閉嘴。「我去過遊行喔。」一看似平淡的陳述，略高的聲線洩出自滿。話才剛出口，細妹就有點後悔，這算說謊嗎？雖不是主動參與，但那個週末跟姐和媽去美容院，離開時確實遇上遊行隊伍在大馬路中央，洋洋灑灑行進，喊叫口號。好些人高舉自製橫額或旗幟，舞得像中秋看的火龍。媽緊緊牽著她的手，黑密的潮群，兩岸行人靠在早已拉閘關門的店前佇足頓看，或掏出手機拍照。細妹不害怕，竟有種盛大黑色馬戲團蒞臨城市巡迴表演之感，彷彿帶點熱鬧。

果不其然，在場幾個女同學倒抽一口氣，一個男同學反問，真的嗎？你有否看過人丟火魔法？有否中過TG？問題一篋似的撲面而至，她還來不及反應思考，那如雪糕球越挖越滾越大的虛榮感已主動回應：「有啊，還有夠近的。」

細妹近來的困擾很多。首先，姐姐熊貓已有兩個多月沒回家，雖說她曾暗自期待這是個讓其撤出以獨佔房間的機遇。但現下，由於她那衝動而愚蠢的謊言，為滿足同學間嚐血的好奇心，她得想辦法聯繫姐姐探問那些現場之事，還得撒另一個謊，以包裹這種更為愚蠢的動機。

第二，則是美欣哭著說她不了解自己。那天午膳，美欣打開飯壺，突然「哇！」一聲哭著跑往廁所，她緊隨在後，忙問怎麼了，是否飯菜不合胃口。她是訂飯黨，當天選了魚柳包拼薯條，思忖若能止住美欣的眼淚，她願意與之交換飯盒，即使那快餐是她兩星期內最期待的餐點。

美欣說這幾個月很難捱，爸媽覺得運動破壞法治；她唸初中的男友則會跑出去當急救員，兩者拉扯很大。細妹尚來不及驚訝其早熟，美欣便繼續說跟家裡鬧得多僵。從前媽媽每天提早起床為她做午餐，豉油太陽蛋、炒菜心，親自送飯到校；如今飯盒裡卻是冰箱內已放了幾天的隔夜飯菜，草草翻熱，油雞的肉尚是冰的！

她哭著說，媽咪不愛我了，她這樣待我，她真這樣待我！細妹拉起她的手說：「不會的，不會的，你不要胡想，阿姨還是很疼你的……」掌芙卻像洗碗時沒拿穩的油碟，一個沒握好，甩開了，美欣冷瞟她，盯得她不好過：「算了，你不會了解。你懂甚麼，反正你家是黃的，真好。」

「黃又如何？打嘴砲表個態誰不會？」姐決意離家的週末下午，媽媽外出去做美容。她在房間收拾東西，長長舒一口氣，壓坐在寬大的行李箱上，想把兩端以拉鍊縫上，無奈東西太多，好幾次失敗：「付出的力度、決心不對等，這樣才糟糕——省省吧，她連一次遊行都沒去過。」細妹退到門外，怎麼也想不透怎麼回事。

早上一切還好好的，一家人到酒樓與舅父家喝早茶，電視台正播放週六的示威報道。舅父嚼著蝦餃，雖嘴裡含糊，仍聽出在咒罵警方圍捕：「為甚麼願意出來的大人這麼少？」抹抹嘴又說：「是真的我們這一代享受過的美好年代，好像刷了卡用不著還款，卻要由年輕人來背負償還嗎？」細妹看著熊貓夾燒賣的筷子一頓，幾乎要掉落滾盤上，幸好用湯匙補得快，即送到嘴裡。

舅母看報紙，讀得眼眶發紅，媽媽奉上面紙，叫她少看，省得扎心，罵了幾句「那群警察真沒性」，又連連歎息：「早知道共產黨沒血性，孩子們死的死，傷的傷，著實可憐。但阿爺向來這樣狠，跟他鬥，爭不贏的。」細妹相中一隻煎堆，怕太油膩，用手肘推推熊貓，暗示對分。熊貓不知是瞧不見還是沒理會，似是飽了，碗裡剩下一隻鳳爪。

電視重播新聞，口吻和立場傾向建制，舅父氣得叫經理轉台：「這種時候還播這種電視台，以後乾脆轉場去七樓那家酒樓。」媽媽笑笑，揚手讓一面為難的經理逃開，往茶杯添茶：「不喜歡不看便是，可阿爸喜歡這裡的蓮蓉煮得夠香嘛。一家人吃飯，政治不上枱面嘜。」捏了半隻蓮蓉包到外公碗中：「爸你糖尿不好，只能吃這麼多。」細妹乘這空檔，把多出的半隻煎堆掉到媽媽碗中，竊喜無人發現，自然錯過熊貓抿得發緊的唇，咬合如一根扁平的線。

細妹覺得這頓早茶吃得怪裡怪氣。但沒關係，重頭戲是媽媽答應會帶她買開學文具，她要買角落小夥伴的筆袋和史努比記事本。成熟的女子炫包包，青春的孩子炫筆袋，也是一種身分表徵。

媽媽卻突然接到電話，問熊貓下午哪裡有活動，姐說九龍，三點在尖沙咀開始。媽再談了一會掛線，滿不好意思說昨天的療程取消。今天趁港島沒事兒，美容院的寧阿姨說可補回來：「待會又停鐵路、封隧道我怕趕不上，現在先出去。阿妹帶細妹逛好嗎？對不起哎細妹。」抱過她，親親額頭，並把一張大鈔塞到熊貓手裡，附在耳邊說：「你下午出去小心哦，總之別站頭排，別帶甚麼東西在身，槍打出頭鳥，別逞英雄。遠遠看見有警察掉頭就跑，他們無性的。不要管別人，保住安全最重要。」細妹想從指縫間抽一角來看看銀碼，湊得近，全都聽到。熊貓攥著紙幣，捏得半皺，倒讓細妹拉不動。

「那我走了哦，晚上跟你們吃飯，想好吃甚麼我去訂位，啾啾。」

細妹從小覺得，媽媽像電視劇那些怡春院裡笑吟吟撥著錦扇對客人溫聲溫語的阿姨，對誰都明豔愛笑，張張揚揚又討人歡喜。姐大概也是承了這性子，就她沒有。熊貓哭笑不得，按止她這個比喻，卻未好好解釋源由，只讓她不得告訴大人，補上一句：「嗯，雖然想起來蠻像的。」

後來她學造句：「暖暖的太陽像甚麼？」她填上「媽媽」，心想這回準沒說錯了吧？被打上大叉叉要改正。但細妹卻覺得很像啊，像六月中那個週三，是阿公的七十大壽。媽媽老早千叮萬囑所有人必須出席晚宴——住青龍頭的伯公、鴨脷洲的叔婆，乃至已嫁到大陸的小姨和不怎麼親的阿默表哥，全都要來，還跟眾人早早湊錢鑄了個金燦燦的壽星公。

她剛放學，爸爸便載她到酒樓，路上開了收音機：「立法會原訂於今日就修訂逃犯條例恢復二讀……約下午四時，警方在立法會旁添美道附近施放催淚彈……」爸爸驀地扭調頻道，轉到抒情悠揚的古典音樂台。細妹則發愣盯著窗外微雨像尖長的針一樣劃伏玻璃，也如動物的毛般幼而繁密。堵車時反覺雨勢龐綿，彷彿是從窗子滲出去似的。整輛汽車竟如一隻碎殼蝸牛，拖拽濕重的痕跡慢行，連同軟糯肢體流淌出濁混的液。

她剛想問為何要轉台，爸爸接上媽媽來電，低聲說已接了細妹、在駕車不方便說太多、阿妹長這麼大懂得自己赴宴云云，匆匆掛線。彷彿看穿她的困惑，爸先逕自說起頻道內的管弦樂，問她最近小提琴考得如何。細妹嗯了聲，說正溫習筆試，應能考上五級。心下卻納悶學小提琴是二年級的事了，學了半年不太喜歡，轉成小號。但她明白他並不確實關心——這問題裡的「小提琴」隨時可更替成「默書」、「考試」、「青菜」、「蘿蔔」，都沒差。

這就好比小息快要完結時，困在洗手間前的女生人龍，若排在細妹附近的，是不太熟絡的同學，為抹殺這種因共處而浮面的尷尬靜默，其中一人便必須提出話題，最好是提問，讓對方得以承接，並輪流替換，彷彿一種禮節式責任——直至進入洗手間為止。這方面，細妹可算是非常熟練，她不明白的是，為何爸爸面對她們時也是這種方式？

好吧，她承認她跟爸爸確實不太親近，畢竟他得輪班工作，她們較少見他——還是每天上學前，在門縫瞥見他熟睡的模樣。欸等等，難道是這緣故，所以對爸爸來說，她只是在輪候洗手間時意外遇見的同學嗎？所以說，她轉學了甚麼樂器，對他來說有甚麼分別呢？又好像，當刻轉甚麼頻道對她來說又有甚麼分別呢？

她在學校時，已從偷用手機的同學處知道對岸港島發生的事情啊。

為了不去思考這些深奧的問題，細妹望向車窗外，認為不如猜想撒滿塵灰一樣濛濛的天色，是因為雨天陰重，還是催淚彈的煙霧飄到對岸還比較容易。

那晚媽媽穿珠片閃亮裙子，扶著阿公，挨桌挨枱與親朋戚友寒暄搭話。末了，還奉上自買的金壽桃，哄得阿公的嘴像缺了鍊扣的衣裳，笑得合不攏。細妹嚼著伊麵，想指給姐姐看，瞧，那眉角彎彎的媽媽，特別是紅棉為牆的酒家裝潢和「壽」字背景，轉盤上金匙和筷子座透出陣陣金光，她繡滿珠片的裙襬躍旋於酒席間，不就像極個自轉發熱的紅太陽麼？

她轉頭一望，才想起姐姐沒有來。

連向來寡言的表哥阿默都來了，跟他遷居內地的母親，和兩個小表妹隔坐兩席，尷尷尬尬。但總是來了，惟獨熊貓沒有來。一圍十二人的圓桌，就這麼一張空座，深紅方巾摺擱於圓瓷碟上。細妹想，就像她去年剝脫的最後一顆小乳齒，上顎凹下去有空洞處，舌頭不經意掂碰時，會有種莫名的虛失之感。

細妹和媽媽來到餐廳時，店外排隊的人多得像蜂窩，逼狹得行人需從馬路上繞過去。有情侶拍下貼在玻璃窗的黑色洋紫荊和淌血的眼珠造型貼紙；也有比她更小的孩子跟家人在旁邊一塊貼滿便利貼的牆上寫字。細妹知道那叫連儂牆，好幾次跟熊貓到樓下隧道幫忙整理過。姐姐很有心機，會把一張張黏力不足，紙角搖來晃去的海報和便利貼重新擠上白膠漿，掃服理好。

起初兩個人不太在行，隨便在文具店買幾枝筆尖型，麻煩得要死，才擠兩下又沒了，得大力上下搖晃，揮得手腕都要脫骹；有時力道不好，擠得不夠勻稱，某處聚成一坨，得用手指推開，黏密兮兮。後來在隧道碰上其他熟練之人，教她們買罐裝膠，混水開糊，再用油漆刷沾蘸拂掃，像替牆上漆般，哇，那真好一個效率，事半功倍。細妹有時嚷著要提油漆刷，覺得新奇好玩。

她喜歡看稀白的液沿隧道的格仔坑紋墜滑，匯成一流，最後一滴一滴淌到地上，像浴室中擰不乾的毛巾。

媽媽帶細妹坐到廂座，喜滋滋說幸好提早訂位，不然怕要排到天荒地老。姐姐不在家這兩個多月，爸爸的時間也跟她們錯開。只有母女二人。媽媽本就不愛做飯，如今發掘出新興趣，或說新目標——一日一黃店。她每天跟細妹說：「要支持黃色經濟圈，同路人互助嘛。」一握一下拳頭以示決心：「我現在也不吃那些支持政府的大財團了。從前以為這年紀最擺脫不掉便是習慣，但不試試，怎麼知道呢？年輕人抗爭也是嘛——結果我天天光顧小店也沒少塊肉，只視乎決心而已。」

聽到「決心」二字，細妹想，幸好今天姐姐沒來，不然大概又氣得提袋跑去，像上次在美容院時一樣。

她們點了意大利燴飯和牛肉漢堡，客人太多，等待上菜已近三十分鐘。這段期間媽媽滔滔如砲般講著最近加入一個群組，會相互交換黃店的消費資訊：「原來連髮型屋也有黃藍之分，真是長見識。啊，你猜寧阿姨是黃還是藍？不行——我可不理，管她政見是甚麼，要再找到個像她這麼好手勢的師傅太難了。不過有人說群組開始不可靠，有槍手蒙混。」

細妹知道機會來了，雖已飢腸轆轆，仍竭力對那些冗長的碎碎唸保持微笑，專注點頭，不時附和，偶爾說出「噢，原來如此！」、「咦，是這樣嗎？」、「嗯，知道了。」等回應。那麼媽媽可能會摸摸她的頭，說她是個懂事的孩子，答應晚上洗澡後幫她吹頭髮。她會邊坐在媽媽的梳妝枱前，從鏡子折射中看媽媽在她背後梳出一綹綹髮絲，另一手用風筒吹起，動作輕柔，並聞到她髮間的玫瑰香味——是跟媽媽同樣的洗髮乳。然後媽媽會透過鏡子與她對望，跟她說「我們果然是母女，你看，你長得多像我。」這畫面自她去年到過美欣家過夜，看著她媽媽替女兒吹頭髮後，便烙在腦裡，揮之不去。

主食總算送來，媽媽還要搬置桌面一番，瞄準角度，撥去細妹的手和頭髮，怕她入鏡，再用國產手機拍了多張照片，說不清是拍了多少張，只聽到「咔嚓咔嚓」多聲連拍——這也是姐姐頗不滿媽媽的：「她連電話校靜音也不會，每次就在車上、街上大刺刺播片，我真受不了。」

細妹把牛肉漢堡小塊切開放入口，肉薄且乾，一咬就爛，像吃紙；片裝芝士尚冷，大概剛從冰箱拿出來，生菜軟得像泥。細妹想念姐姐月前帶過她去新城市廣場地下吃過的西餐廳，同是漢堡，肉質鮮嫩多汁，芝士溶在表面，油香適中——不不，這裡也、也不錯，最起碼比快餐店的要好——她安慰自己。

媽媽的燴飯似乎也不濟，飯脹軟得如遭水泡，醬汁稀淡，有點像她和姐開混的白膠漿。「嘖嘖，被騙了，難吃到這地步還有這麼多人大排長龍，真奇怪。」媽媽擱下湯匙，用紙巾抹抹嘴：「不要緊啦，反正是支持良心店家嘛，也不算虧了。不過待阿妹回來後，我們就別來這裡吃飯了，她喜歡吃牛，這裡的質素準氣死她。」

她還是這樣，以為熊貓會回來，彷彿一切仍與跟從前一樣，很好的樣子。

「因為她從以前起，就以為一切都很好——當然好，對她來說很好。」細妹見過熊貓幾次，都是託她外帶家裡東西，順道吃飯。

「媽咪常常提起你，問你何時回家。」細妹道，心裡補上，她也想知道。

有時她坐在姐姐的桌前，大半已被清空，只餘幾枝東歪西倒的唇蜜和化妝水。平常熊貓週末時要做兼職，起得比她早，半睡半醒間只見姐姐兩指撐開眼瞼，另一手拈起薄膜，往眼球怵然一擠。鏡中反像，瞳孔遂擴大而深邃，如少女漫畫的人物閃閃有光。細妹嚇得拉被蓋頭，不敢想像異物侵入眼睛的不適感，果然只有熊貓般自信光采才能做到。

她把書桌折起，從抽屜取過被單，是她很喜歡的史努比卡通，後來被熊貓和媽媽笑說孩子氣，她即默默收起，換成藍綠色間條的單調風格。細妹躺到雙層床下榻，從前她恨透熊貓，盼著她哪天不要再回來，最好把她與男友談電話的聲量、寫作業不關的燈、老把妹妹當作小屁孩的嘲弄都帶走，好教她——細妹長成大家心目中符合資格的大人——每當她在上格床看到縈繞燈泡迴飛的小蟲，就想到自己。

蟲像圍繞媽媽團團轉的自己般，教人厭煩，又像媽媽笑著擺手叫她自己想想法子那樣，剎那彷彿觸電而飄墮於地，或不經意隨風抖落到她的被上，屍體僵直靜止，聚攏死去恍若一小撮沙子時，她便巴不得姐姐離開，把雙層床的下榻留給她——把所有關懷和愛留給她。

「我不回去。還有，你叫她不要再找阿默表哥當說客，你也是。只會白費心機。」熊貓把袋子一翻，卻找出一個陳破的史努比筆盒：「嗯？你怎麼把這個也拿來，我上次不是說不要了嗎？」上次的意思是離家時，細妹堅持要她帶上，可惜東西太多，仍只能斷捨離，沒有拿走。「而且我記得你從前很想要這筆盒的，二、三年級左右？媽媽買給我時你還撒賴似的哭了一場。」

細妹一直很喜歡史努比，當年逛精品店時看到這個印有史努比卡通的筆盒，想要得不得了，熊貓路過，搭話說了句：「噢，是真的挺精緻漂亮的耶。」媽媽宣布，若姐妹其中一人接下來的考試能得首十名，便買給她們。細妹點頭如搗蒜，一言為定；熊貓一臉困惑說，不用了吧，我對它興趣沒那麼大，被細妹用手肘一撞。

那陣子細妹日夜溫習，忍痛放棄玩樂；熊貓繼續化妝，試用不同顏色隱形眼鏡，被細妹在心底深深鄙視，覺得她就是個不愛用功費勁的人。她討厭姐姐這點，散漫，無所謂，不主動接受，也不拒絕，給她甚麼的態度都是：「OK。」、「好啊。」、「沒關係。」看起來也沒有為之努力的目標。

結果那筆盒，是名列前茅的熊貓得到了。細妹呢，如何拚命、努力、擯棄所有，仍只考得二十名內的命兒。熊貓確實對筆盒不怎麼感冒，君子不奪人所好，打算轉贈細妹，順水推舟，連包裝也沒拆。

但細妹卻說不，忿忿不平說些諷刺話：「這是送給你，是你的。我有考到這麼好的成績嗎？我有天天化妝夾眼睫毛嘴上說不想要，實際上卻祕密馬不停蹄學習嗎？大騙子！」

熊貓不明白她八、九歲的妹妹在發甚麼神經，說她考得好是為了這破筆盒似的，還騙子咧。「ＯＫ，隨便你。」特地在她面前拆下包裝，放到書桌上。

她不懂得，這之於細妹儼如背叛。自己拚命努力卻無法擁有，旁人則得來全不費功夫，甚至不屑一顧似的施捨，讓她心裡盈滿漲漲的屈辱和不甘。總是如此，都是如此。

「我以為你上次沒拿，是想遲點再帶走。」細妹抹去筆盒上微積的塵，史努比公仔的眼睛和鼻子已隨年月脫色，略顯變形。如果是她，她一定不會讓它落得這般狀況。

「不是，我上次就說給你。媽咪買給我時，我就不特別想要，是你耍性子，才一直放在書桌上。你拿去吧。」熊貓邊說，用長匙戳起茶裡的檸檬。

「哦。」細妹心裡千迴百轉，她想這是好機會，應該盡快問姐姐關於抗爭現場，最好越極端越誇張越好，血啊子彈啊火啊逃命啊，她應該收集起來，再回校一點一點分享（對，不能一次過全數道出），必然會收穫關注，這才是此行目的。

但她問的卻是：「那你為甚麼不回去？」

「我受不了媽咪的性子——算了，你還小，不會了解。我說了你也不會懂。」

美欣也說過：「算了，你不會了解。你懂甚麼，反正你家是黃的，真好。」熊貓當刻神情，像極美欣那冷漠而封閉的模樣，眼垂垂的，愛理不理的臭臉。

細妹突然覺得委屈極了，兩邊不是人，對著美欣時，百口莫辯，怯怯默應，彷彿她是做錯事的人，她不了解甚麼？那就解釋、告訴她，讓她明白啊。說真的，她確實不了解，別人家鬧翻，鬧離家出走的都是立場對立，媽媽從沒唸過熊貓一句，常說支持年輕人，還以行動支持黃店，為何熊貓敵意這麼強？

她也不明白，姐姐總在跟媽媽嘔氣，但媽媽依舊把所有的愛都留給熊貓，任其消耗，就在細妹跟前。

頃刻，細妹氣不打一處來，只覺跟前慢悠悠喝冷飲的熊貓很討厭，又不敢打翻整杯檸檬茶，便一把抽起她的飲管，甩到地下，悶悶說：「你身在福中不知福。媽咪這麼疼你，你都不在乎。你根本不知道，上次你在美容院外跑了，她有多傷心。到底有甚麼不能原諒、不能和好哩？」越說越難過，眼眶一紅，竟忍不住哭起來。

熊貓離家一個多月後，媽媽好不容易約她一起到美容院做療程，說她連月來吃這麼多催淚彈，毛孔全被毒素塞住，有傷皮膚啊，來美容院修修臉嘛，寧阿姨也想見你。說是阿姨，寧安不過三十多歲，獨力經營小小的美容院，勝在服務認真老實，黑頭粉刺油脂粒皆去得乾淨，不會騙買療程，不推銷產品。母女倆都是老顧客，教熊貓猶豫過後，答應了。

媽媽樂得像中了樂透，以為這次準能勸熊貓回家，帶上細妹，說做完療程一起吃大餐，甚麼都可以。這讓細妹也很興奮，等待時一直晃起雀躍的小腿，想著要吃薄餅還是壽司。她開始相信，熊貓應該會回家吧，縱非今天，也是近幾天。畢竟剛剛會合時，她的氣色緩和不少，雖沒怎樣回應媽媽，也沒反對一起吃飯的提議。

然而，那天民眾在中環的集會被警方中途剎停，宣布為非法集會，遂於多區自組活動，遊行至上環。

因此當她們走出美容院，已正面迎來遊行的民眾。幾個黑衣青年以扳手撬起沿路圍欄螺絲，一旦鬆拔，另一些人即衝前抬走鐵欄；部分人開起傘陣，掩去青年面容。她們在內街靜觀片刻，熊貓拂袖說先走吧，站在這裡都沒事可做，又幫不上忙。於是幾個人沿小道行，想去一家附近的食店，走到樓下，才發現大廈大門竟已關閘，撲了個空。

正當她們打算轉回大道時，拐角處竟碰上一個正躲於後巷換衣服的少女，看起來跟細妹差不多年紀。女孩剛套上黑衣和手袖，防毒面罩和眼罩卻懸在頸上未及戴上，忽然與她們打個照面，露出全相。不由得一驚，警惕如被逼至牆角的貓，弓起背般僵直。熊貓一會意，馬上拉細妹和媽媽衣角，不要看了，別嚇著人。便要推二人越過小巷。

此時媽媽本已邁出幾步，忽然想起甚麼，又跑回小巷。熊貓一疑，尚未問出「你要幹嘛？」，便聽到媽媽已走到對方跟前，跟正扣著面罩的女孩比出一個打氣手勢：「加油，你們做的事是正確的！我支持你們！」細妹走得慢，隱約聽見她好像再喊了幾句口號。

那天媽媽穿純白色蕾絲上衣和寶藍色的吊腳褲。剛做完美容的關係，皮膚看起來粉粉白白，笑起來特別燦爛，還提著爸爸買給她的名牌手提袋。

女孩顯然受驚，不知如何反應，只趕緊抓起地上長傘起身，往巷子另一端跑走，連背包的拉鍊都尚未拉妥。

事後，媽媽仍然不明白，為何熊貓當刻會氣得臉色大變，把自己買給她的面膜、護膚品和保健食品，整袋扔到地上，激動得喘了幾聲大氣。有一瞬間細妹以為她要在街上向媽媽大吼大叫——甚至要拳腳交加，已準備好待她一鬧便要衝上去抱她的腰大叫不要——當然細妹也很緊張，她沒見過這樣的姐姐。

這麼認真、臉色大變、咬牙切齒，帶有情緒的姐姐。

結果熊貓說，一字一字都像在齒間蹦出來：我不會再回家，你們自己吃吧，即轉身跑走，沒入於巷內。

她確實守信，自此再沒回家。

跟前這相差近十年的妹妹，熊貓不知該好氣還是好笑。她坐到對面，抱抱哄哄她，邊抹眼淚邊哄：「你是將要上中學的人，還這麼愛哭，羞死人了。」

細妹還在嗚嗚地哭，哭得眼睛紅腫，其實她都隱約知道，她怎麼會不了解呢。她甚麼都知道啊，知道媽媽那些小性子，但為甚麼要這樣呢，即使沒有去過遊行，即使只有嘴裡的支持，那還是她們的媽媽啊。就像不管過了多久，她保證她依然會堅定地喜愛著史努比，因為那是史努比啊。有甚麼不能原諒，有甚麼不能和好？

她不懂得太多社會的事。細妹的願想簡單，只消媽媽摟抱，替她吹頭髮，像美欣媽媽疼愛美欣那樣，像、像媽媽疼熊貓那樣，疼愛她。

至於她眼中，那個不費力氣便得來自己拚命想要的東西，還一臉不在乎般拋棄掉的姐姐，此刻也說著她不懂的話：「阿妹，所以才說你太細了。有時候最難的是，我們不能毫不計量，就去接受他人的好意啊。」

她覺得那笑容，不如平常輕鬆直接，彷彿染了一種很淡的顏色。

寧安鎖上美容院店門，向保安員打完招呼，推小商場玻璃門而出。剛脫下口罩，便在跟前的大道遇見小教授。

他大概不知道自己很易認，只有黑色口罩，沒戴帽子，身形壯碩高頎，穿黑色T恤，胸口印著黃圓的蝙蝠俠標誌。許是故意，T恤比身軀顯然小一號，讓矯健的胸腹更貼身突現。她知道他多愛裝作不經意地展示他無甚興趣的肌肉，像缺愛的小男孩只能炫耀已玩得殘破的名貴遙控車。

小教授在隊伍中悠悠行進，背囊掛著V煞面具。遊行中常有人領叫口號，先叫一句，眾人便接下句，如神父領禱，集中，虔誠，堅定，甚或狂熱。當刻小教授成為該隊段中，領叫一方：「光復香港！」、「沒有暴徒！」、「解散警隊！」，每句重複三次，增強氣勢，再作轉換。聲線洪亮，甚至勉強蓋過前隊段喊著的「Fight for Freedom!」，並似乎在此起彼落的應喚中獲得滿足，喊叫時更使勁，需得斜斜拉下口罩。同時身體因激動與緊繃而微微顫抖，她再清楚不過，一如他們做愛時，他脆弱的晃縮。

寧安沒過去與他相認，也沒有加入隊伍。她穿著下班後換好的米色洋裝，附近商舖早早拉閘關門，行人道上人影稀疏，只有她煢煢立著，在尚未被年輕人撬除的鐵欄間，與黑幕般的人群抽隔開。

從其側身與蒙蓋的面龐凝睇，仍可掂估出大多是十多至二十多歲的年輕學生，鼓足幹勁，一往無前。寧安突然覺得自己真得老了。

她把口罩丟進垃圾筒，低頭往回家的車站走去，只想趕快洗澡換裝——畢竟，今天是遊行的日子。

到家時已近四時，女兒如常不在，客廳地板有一個殘皺口罩，一隻手套，幾根用過又被剪破的索帶，歪歪散落大門，如《糖果屋》中兄妹遺下的麵包碎屑一樣顯拙。有人走得極為匆匆，出門時顧不得丟三落四。寧安逐一執拾整理，洗個臉後打開電視。

那天多區皆有事件發生，螢幕按時轉換，時而港島，時而九龍，時而新界。不知女兒到了哪區，她並未過問，畢竟寧悅早前發來的訊息是：「今天到同學家做功課，會晚點回家。」寧安沒戳破小小謊言，但同時受困於此善意的網裡——自從打掃家居，意外發現小妮子背包內的防毒面罩後，每個「到同學家做功課」的週末或遲歸的晚上，寧安均坐立難安。

猜不透哪次是街頭，哪次確實是功課。

有時在無望的煎熬中，做好三菜一湯，待寧悅回家後二人若無其事共進晚飯，如尋常母女；有時也會在這種過分憂懼的費勁中分外疲累。譬如這天，一大清早開始工作，人漸睏倦。半小時後鏡頭尚停留在示威者於各處與警方對峙，畫面無聲，如電器舖內陳列的展示片段一樣重重複複，催眠一樣，遂躺於沙發睡了。

浴室傳來的沖水聲教她惺忪醒來。飯桌上有兩碗過橋米線，配一客尖椒皮蛋。寧安心稍舒寬，慰喜吃起來，是母女倆都喜歡的麻辣湯底。一轉頭卻見遠處墨綠色背包沾上一片沉色的漬。

暗褐，乾透。不知是食物醬汁抑或其他，她未有細想。電話在枱面震動，寧安瞥了一眼，把皮蛋送進口，一用勁嚙中椒頭，辣得滿臉漲紅，連連咳嗽。

水聲止了，寧悅邊抹頭髮邊替母親倒水。很快把女兒從頭到腳打量一遍，確認沒有傷口——至少看起來沒有，寧安靜靜把水喝完。

二人吃米線時很靜，她本想唸女兒應先吹乾頭髮，吃飯時不該滑手機，會消化不良。然寧悅基本上沒怎麼吃過，邊握筷子邊打手機，眼神急切，毛巾從頸間掉到地上也不察覺。收拾餐桌時，另一碗米線尚剩下大半，寧安捨不得丟掉，放進冰箱。洗完碗，拿出風筒，替女兒吹頭髮。從前她留長及背，打理得宜，亮麗如烏鴉羽毛；近月剪短及頸，少有塗揉護髮品，摸起來硬而扎手。

跟前的女孩，曾孕於其體內，小如肉瘤般親密存在。彷彿恍神剎那，已與之對坐，進食相同食物，卻拒絕與自己分享任何想法。髮未乾透，寧悅坐不下去，甩甩頭，跑進房間開電腦，不忘關門。

幼幼的髮像沾油的繩，一下子自掌間嗖忽抽走，彷彿到了很遠的地方。

寧安翻出近半小時前訊息，終於回覆：「現在才有空，還想見面嗎？」

他們剛進房，小教授已從後環抱住她，輕拂後頸長髮，靠近鼻端，索吸其幼滑肌膚，淺淺呼出氣，教她敏感得張起疙瘩。他說，他想她，想念著她。寧安無法分辨這是情話還是真話，無法思考，畢竟他的舌尖已掂上耳朵，微濕舐弄耳廓。最怕他這樣。全身抖過一陣顫慄。就在將要轉身熱切吻他時，她忽然從他的臉龐、身體、臂間，聞到一股淺淡卻刺鼻的氣味，像她喜歡吃的過橋米線，小辣的難受，不太嗆人，但喉間總會癢癢，像那墨綠色背包發出的味道。

寧安非常恐懼，她不要知道氣味的來源。

小教授看她一僵，歉疚如小狗：「我已沖過一遍，還是很嗆？」又要長篇解釋：「沒辦法，今天人少，現在大家怕圍捕，都不敢……疼！」寧安摟上他的頸，忿忿咬了肩膊處一口，像是挑釁，又似挑逗，截斷他的話。

她不要知道，就是不要知道才來的。雖則他愛不厭其煩分享，每次如是：現場驚險、生死時速、閃避子彈和抓捕，嗶哩吧啦嗶哩吧啦，惟妙惟肖，倖存者罪惡而帶有優越的炫耀——但她不關心，她毫不關心。

廣闊的外頭槍林彈雨，她待在雅緻的小室內，想專注而單純地做愛。

她好累，只要埋進健碩壯美的身體裡。怎麼所有人都必須表達自己，都這樣，急不及待要張開嘴，反反覆覆說自己的話？

當然，這些想法，她藏在喉間鎖得緊緊的，雙腿牢牢環住他結實，無一絲贅肉的腰。在忘情如野獸交媾的激狂中，紛紛落落的呻吟，只怕稍一理智回神，尖酸嚴苛的抱怨就要溢出唇齒。不，她可是無知膚淺的寧安——至少他是這麼相信的——眾人如是，顧客、寧悅、前夫，包括她自己也這麼相信。

要當一個無知的人，無知的人最快樂。

寧安三十五歲，離婚一次，獨力在港島區破舊無人的小商場內租店開美容院，有一個剛上高中的女兒。這些事，她沒告訴客人。披露自己這回事，像到樂園擲彩虹，擲中不賴，對之投其所好，還能圈住固定客群；擲不中，說錯話可糟了，被帚子大力一刮，墮入回收的縫裡，一個不小心淪為他人談資，或面對故作好意，實則帶有鄙夷的建議時不知所措。因而她靜靜聆聽，不多話。

小店子舖面不大，割成兩個小床間。忙起來時，替這房的客人除完粉刺，趕到那房激光脫毛。偶然難免有所怠慢，但仍客似雲來，只因寧安就是個安靜低調的聆聽者——這點相當重要。客人說，有時去理髮、按摩、美容，諸如此類要單獨相對的服務行業，最怕遇上那些為免沉默的尷尬，而拚命東拉西扯的話癆業者，技術雖好，卻學不會拿捏分寸，要不進擊一樣侵探私隱，要不對社會議題高談闊論，不懂裝懂之類。能對頻尚好，若是牛頭不搭馬嘴，甚至想法相悖的，那接受服務的幾小時實在是人間煉獄，貼錢買難受。

近日生意突增，原來一群經年不見的客人驀地回流，正是受不了素常光顧的美容師與自己相違的立場，支持或反對者皆有之，統統來到她處，圖她的不表態。

還是寧安你這裡好，舒舒服服，樂得耳根清淨。客人總愛誇讚，然而緊接的，往往是他們綿長的自說自話。滔滔的，絮絮的，斷斷續續的，形形式式的話。寧安專注工作，按壓手下肉體，或以機器操弄對方肌膚，沒有答腔，只有耳廓半泛，兜盛起種種故事。

眾人肌理或豐腴如盈潤果實，或貧瘠如涸裂乾土，都不過皮面。在那以下包裹的，是一個個永遠拉不盡的線球，一旦自唇畔拽了開頭，便要一直說一直說一直說下去，闡述自身。拉啊拉啊拉啊，線軸在身體裡隨線繞快速轉動，織出更多話，更多表達的欲望。

也許小教授常來約她，並非愛她的身體或個性，不過是缺愛而自滿如他，在這紛亂時代，需要一個安靜乖巧的信徒——而她向來扮演得很好。

顧客是上帝。他們說資本是這城市的根，所以反抗不一定要流血流汗，可以消費作為手段表態或懲罰，遂建立起以政治立場為先的經濟圈。他們搜索各商舖、店家裝潢、店員言談、對運動態度等，分門別類，列出名單，呼籲支持或抵制。

狂潮一樣，服務、質素、價格、適用與否，不再是購物首要考慮條件——重點是，你表態了嗎？

「是真的！生意多得接不完！」一個技術向來普通的同行甲說。某次遊行日，好幾個中了水砲的青年在街角大喊好痛好痛，她在店裡抱了幾條毛巾過去。幾天後電話、電郵、短訊響個不停，都是預約，才知道青年把事件連同店名發布於網絡上，輾轉相傳，人們就信了。

「這麼簡單？呿，那我想多賺一點，也找兒子幫我上網吹噓一下好了。乾脆說我跑出來吃過催淚彈更好……又不算謊話，這區時時開打，一晚一百幾十顆都是小意思。好幾次我坐在家裡都燻得要死，刺刺痛痛的。」另一個同行說。

「騙人不好吧。她真的送過毛巾，我們算甚麼？何況表態的風險也高，隨時反教另一邊的人來搞事。唉，總之左右做人難，兩邊都好恐怖。從上面下來做生意，就是喜歡香港不搞這些，現在卻走個大極端，連愛美都要扯上政治。」雙姨是她們中最早從大陸來港的，在深水埗開理髮店，關門後，幾個同鄉歇腳聚會。

「噓噓，你別這樣說。前幾天有個大姐在百貨公司緊急關門前，向試食的客人說了句『快點，我趕著下班，待會暴徒們又來暴動，害得封路我可回不了家。』有人放上網，網民群起到百貨公司投訴，公司竟說已即日把她停職。多可怕，一句話而已，去開工，連想法要買起你。」同行乙說。

那天小教授在床前把影片放給寧安看，是涉事大姐公開道歉。他介紹時聲稱這是民眾動員的勝利，是以資本主義覆舟的第一步。片中大姐木無表情，坐於鏡頭前，手執一頁紙，機動讀誦內容，唸來若連若斷，頻頻停住，最後俯首道歉，請大家原諒。恍若行刑。

他邊看邊批評，好沒誠意、為何坐著鞠躬、讀稿沒練習，好敷衍……

寧安突然好想吐。這世界瘋了。

所有人的痛苦和憤怒，無法被校準成統一絕對的瞄頭向仇恨對象發射，遂成黴菌，粉粉落落，繁殖，飄飛，無定向，濡濕霉爛，滲鑽所有人的鼻腔。

所有人。

醒來已是翌日中午，電視播放新聞直播，音量被調小至耳語般嘶嘶沙沙，大概是遊行即將開始，記者報導參與人數、交通情況及警察對應佈防等。小教授邊通電話，邊點評電視畫面：「今天不去啦。你昨天又沒來，人太少，甚麼都做不成。中後排的人怕死，越來越快喊散水。前排的細路太衝動，一味挑釁防線，又不想好怎樣甩身，消耗戰力，不去啦，只會送頭。」

又談了一會，他再說：「你去的話，記得換電話卡。不要在維園浪費時間啦，還幫人刷漂亮數字打飛機？你還信泛民那一套？香港沒有民主，就是因為一大群人仍傻傻分不清現在是社會運動，還是革命。還以為行個大運，打幾個卡，阿爺就會給你真普選嗎？戇鳩鳩。」

寧安全身酥軟，喉乾啞疼。骨頭瘦得要散掉一樣，想倒頭再睡，怕要再聽這些偉論。小教授卻來逼她起床：「醒了？整日蜷在床上，更易累。我加時了，吃完午餐再走。」她瞟到桌上已擱了兩碟餐食。

不愧是小教授，告訴你甲事的壞處，就是要求你做乙事。「蜷在床上易累」意思就是「快點起床」；「你知道一罐啤酒的卡路里是多少嗎？」意思就是「該注意飲食，要減肥了」；「你是不對的」意思就是「我才是對的」。

小教授第一次向她搭訕，是她剛開始去健身室。

寧安每星期有兩天晚歸，抽口煙，到健體中心上瑜珈班。上完一期，已是八月，彼時各區平日也會出現衝突，放催淚彈隨機得像摸彩，永遠料不到哪日哪個時分將落到自家社區。許是市道關係，寧安續班時發現櫃台舉出新優惠，加錢即能自由使用健身設施，像買菜送蔥頭。她覺得不賴，刷卡時順道付了。

走進健身室，才意識到是個戰場。穿著運動背心的健康者眾，多為碩壯男子，騎攀在高矮和運作原理不一的設施上，有些舉重，有些引體上升，有些拉揮滑輪另一端的法碼，有些以大腿推踹重物……皆臉容扭曲，咬牙切齒，彷彿蒙受極大痛苦卻無法聲張。

健兒間統統暗自較勁，一個青年扛了三十公斤重物做深蹲，下回另一個男子扛了三十五公斤。男子離去後，青年馬上折返挑戰四十公斤，忽倏重了十公斤，顯然有點招架不住，額間和脖子都現出青筋，他狠狠咬唇，喘息不已，露出兩枚白潔的兔齒，平添一份稚嫩的不甘。

寧安有一群做極限運動修身的中年女顧客，強調健美、跳舞、運動最誠實，付出多少，就回報多少，與其他虛無縹緲的諸如情感、投資、藝術、政治截然有別。因此激起的爭勝心尤其濃烈，畢竟只需努力就有回報的事，同樣反證若被比下去或輸掉，就是徹底敗落，無從推卸。（因此後來身體、健康、飲食、運動等範疇，都成了小教授捍衛其權威的絕對領域，不容侵犯或質疑，近乎獨裁，干預管制，只是寧安沒有反駁。）

那也許是他最後一片可以守住的領地。她不忍戳破。

其實寧安只打算拉拉划艇機，操練腹腰。坐下，抓著扶手兩端，大腿屈膝踏在板上，全身隨扶手連接的綑索收捲而帶節奏地傾前仰後，俯挺有致。不消一會，汗從額間滲出，心跳極快。終究不年輕，儘管工作關係，外貌保養得宜，不易揣出實際年齡，身體四肢、臟器卻確鑿地腐壞衰老著，伴隨漸次消沉無感的心境。

年輕時鬧得越瘋，現下便老得越快，一切都要償還。偶爾跟前夫吃飯，他說女人哪，廿五歲是分水嶺。廿五歲後的女人，發漲水腫，皮鬆肉贅，嘖嘖，想想都倒胃口。後來他上了深圳，微信朋友圈裡天天更新，上載他和那些年輕美眉吃著五顏六色的菜肴照片，不知是圖被修得過分，抑或整天吃著元素表吃得蒼白變形，幾乎認不出他。

「小姐，你的姿勢好像不太正確呢。」有身影走近，竟是剛才自顧與人較勁的兔齒青年。

寧安討厭被打擾，但職業操守驅使她沉默退出，任青年補上位置示範。對方講解熱心，從背肌、腹腰到手臂的運勁分配，一氣呵成，何處受力拉扯，可訓練哪個部位，清晰易懂：「明白嗎？」

他大概很享受領導、建議他人的快感。寧安從他眼裡的光，想到一個做美甲的客人，邊聽店外遊行及轟鳴聲響，邊任她繪水晶指甲，高談闊論：「⋯⋯出發點是好，但太衝動，終究是年輕人。沒有策略，只懂破壞，打砸店家，失民心吶。反而前幾天有人鬧事拆連儂牆，在隧道打人，我告訴你，被打的孩子不還手，夠和平理性，才有大將之風，喚起道德感召。明白嗎？」

寧安想，幸好戴著口罩。

「嘿，小教授，又在裝教練嗎？你要不真的考個牌，確實轉行，當個小教練還好。」一中心教練過來調侃兩句。

青年顯然不太喜歡被開玩笑，繼續向她講授健康知識，從生酮飲食到168斷食法。寧安自然沒打斷他這些她都清楚，畢竟應付客人，得有幾種專業說法傍身，這是講究主流美感的行業。

她發現自己挺喜歡看他為了獲許肯定而賣力說教的模樣，語速略快，兩顆醒目而稚氣的兔齒會偶爾蹦出，有種渴求注意的著急，故此未有糾正他的資料中好幾部分都是錯誤的。

離開時他說，最近修讀健身教練課程。助人自助，若她有甚麼困惑，他願意解囊相助，保持聯絡。

看起來是個體面人，說話含蓄溫雅。寧安也以為保持聯絡就是見個面，到哪裡喝一杯，吃個飯，聊聊天。開始時確實如此，天知道這面很快就見到酒店去——第一次還可推說是酒精惹的禍（好吧她承認她也實在覬覦他硬實的胸肌許久），畢竟他醒來時的無措、錯愕像個闖禍的孩子，她才知道他竟有女友。便覺愧疚，也怕麻煩，不再找他。

運動越演越烈，有時一封路，當天便用不著做生意。待在店裡也無事做，寧安會跟保安員一起湊到商場門口看遊行隊伍經過，很多看起來跟寧悅差不多身高的孩子。許多同行都為人母，說起孩子時都是「他敢出去我就打死他」、「危險啊當然不能去」；有些驕傲大談禁制方法：更換門鎖，乘孩子睡去時把所有裝備丟掉，經濟封鎖……

寧悅依舊晚歸，甚至翌日才回來，但寧安沒過問，未有打探。她想當一個無知而快樂的人。

好一段時間，小教授又來訊。寧安發現自己開始想念兩顆可愛的小兔齒，遂心照不宣，省去繁文褥節式禮讓試探。

他告訴她，「小教授」是戲稱，而且帶點嘲諷。小教授不是教授，講師、博士、碩士也不是。他大學時唸人文學科，一度篤信學院理論，講話老氣橫秋愛說教，頗有老師風範。同學戲謔他是「小教授」，將來準會留在學校發展，大有前途，連他自己也這般以為，叫著叫著竟忘了原名。孰料幾次考研失敗，學院教授忍不住憐憫其恆心，以研究計劃資金聘他為助理，整理數據、處理文件、接部門電話、寫更多計劃書，說穿了與打雜無異，一待就是兩三年。

但小教授不介意，相反運用地利，在系裡籌組讀書會，與學弟妹混得熟，儼如有趣的小社團。一群人辯論、談理想，在校內的湖畔喝酒，吃宵夜，睏了就找個成員的宿舍房間悄悄闖入，近十人席地而睡，不怕擠。他們喜歡他，甚麼問題都來求於他，戀愛、作業、工作、人際，是名符其實的小教授。

系內課程改組、大學決定在中國設分校，許多校內校外議題，他們徹夜製作大字報和橫額，從學院行政大樓天台拋擲下來，白漆還沾了他和一個學妹半身，洗不掉。他太喜歡與眾人一起行動的感覺了——正確來說是領導眾人行動，如此實在，且帶有快感。

因而幾年後，自第一顆催淚彈於立法會外射出，他將神采飛揚，像小狗覓得目標時拼命追逐，上癮般，沉溺、激動，一頭栽下去。

他喜歡在催淚彈忽倏射入人群，開始噴煙炸開時，迅捷拾起並回擲過去，那時常會獲得一些掌聲和歡呼；他也喜歡在社交平台上撰寫現場觀察，講授如何判別狀況，慎防假消息誤傳。他會數算點讚和轉發數量，如股票升價般快樂激動，相信其見解如何造福社群。讀到贊許與感激的留言，便想起昔年與學弟妹混在一起時，那些小羊般崇拜的目光。

那時，他以為就會如此顧看這群弟妹，一直下去。

橫額的事鬧得上了報紙，系辦調察閉路電視，發現他的身影，幾乎丟了工作，他挺起胸膛，要知道六、七十年代的學運火紅年代就是無畏無懼，如今亦當如是，要頭一顆，要命一條。老教授好不容易把事情壓下，告誡於他——畢業了，就是跨過一道檻，終歸與學生身分有別。

饒他與學弟妹情誼再深，終究得考量前途——這快樂的，熱血正義的小小後花園，都由厚厚一層看似自由無害的校園包裹——並不永恆。

一番話如針，戳得滿盛理想的大氣球暗暗洩漏。

一批學弟妹升上大三、大四，忙於實習、交流、寫畢業論文、求職；又一批進入校園，輪替如日出日落，軌跡一般。幾年下來，關係之建立與消退讓小教授漸趨消沉，老教授的話恍若應驗的預言——畢業了，就是跨過一道檻，躍過後，大多不會回頭，就他呆頭呆腦掏心掏肺栽下去。

有一回，他想找幾個已畢業的學弟妹一同辦學術活動，群組內無人答腔。好幾天後才有一個直白的學弟說，有時確實懷念大學時光，但學長，你生活在一家大學，時間很多，很美好，這是好的；而我們的社會，很複雜，需要花的力氣很多，不好意思。

到最後，還願意一同辦活動，邀請新生到讀書會，應其呼籲而出席坊間講座的，只剩下當年寫橫額時，與他沾了白漆的學妹明微。老跟他後面，致使他在開始消沉而頓下回頭時，才發現她明亮的眸子。

原來真洗不掉。

你儂我儂的甜蜜日子曾讓小教授短暫忘卻沮喪，直至半年後，明微與幾個學弟，一蹴而就考上他心心念念的研究所。起初一笑置之，編出理由：這些孩子的題目是投機主義，迎學界主流所好，欠缺個人特色；理論框架太過時，只有學院的老古董們會喜歡……他嘗試定名此種忿忿難平的失落，後來蠱毒般熬成憤恨。

質樸的耿聵少年，被鬱鬱不得志醃成酸朽刻薄的虛無青年。

——這些，老學究，不……這些，象牙塔內的，不吃人間煙火的犬儒，對，犬儒。他自覺夢醒，隨之一陣被騙的憤恨。

小教授沒再辦系內小社團，回歸繁瑣的行政工作（事實上學系找得新資金，他從小小的初級研究助理躍升為項目經理，薪金益高，距離研究的路日遠）。為揮去焦躁，他常不經意向明微嗟怨本應用作發掘真知灼見，撰筆論述的長指，竟耽擱於鍵盤前收發公文電郵，回覆查詢，時間在細碎中輾成粉末。（他不知道，真正的學院也大概就是這麼回事，還得加上教學和研究成果。）

他以為明微會安慰他，憐惜他被埋沒的才華；像幾年後，當他向寧安描繪那些驚險的現場經歷時，她的沉默被理解為——對他的付出的景仰和震撼。

但明微不是這樣的女子。她年輕，具魄力，樂於分享想法，相信真誠能帶來進步。（這甚至是小教授從前告訴她的。）

她說，你知道事情不是這樣的。小教授便怕了她的眼睛，像刀。

至於那無法進入，故未能得知內裡運作的研究室，常年蒙一層磨砂玻璃，人影模糊。就在小教授暗諷一群書呆子準在默默生產邊緣而無人拜讀的論文之際，這些比他年輕、具有活力和行動力的學弟妹們（以明微為首），開始討論組成小團體經營社交媒體，推廣科系概念，並確然身體力行。

明微在籌備階段曾向他請教意見，小教授心有悻悻，嘴上慷慨解囊（他不知道最後大多未被採納），實際抱著看倌心態，以為一群鬧著玩的小孩，不過自我感覺良好，頂多三分鐘熱度，很快會被主流吞沒，反噬，狠狠吐出，混著餿臭的唾液。

然而團體竟很快混得小有名氣，他們懂得掌握影像化年代的節奏，深入淺出，輔以時事、影片和設計圖。資源日多，開始獲邀赴不同機構演講，直播，錄Podcast頻道，辦雜誌，一如所有文化青年組織之事。

好幾次接她吃飯，意識到眾人稱呼漸漸從她是「小教授的學妹」，挪移成他是「明微的男友」。

無人要與他為敵，小教授卻自覺兵敗如山倒，全盤輸清光。他必須承認，早年視為讚美寄語的「小教授」暱稱，如今聽來成了刺耳的奚落。他視之為信仰的學術，多年下來既沒有帶來名銜、交際、機會，也來不及投身市場，從零開始儲蓄資本。他是被棄於象牙塔與主流的狹縫間了，無人知曉。

這是背叛。他一手拉拔栽培，澆灌以心機力氣的所有，皆與他無關。

但沒關係。可憐的小教授，此刻，他正坐在台下，挫敗卻不動聲色地為他那伶俐的女友於台上精彩的講座發言而敷衍鼓掌，頹喪如一隻傷心的小狗；那不過因為他尚未知道幾個月後，自第一顆催淚彈於立法會外射出，他將一頭栽下去，激動、亢奮、沉溺，上癮般，像小狗覓得目標時拼命追逐，神采飛揚。

寧安滑手機，沒任何新訊息。昨晚離家前告訴寧悅要出去，她門也沒開，房內透來許多雜音，良久應來一句「好，知道」。她沒過問寧悅在幹甚麼，寧悅對她也不好奇——她們不是那種會在睡前講故事、親手做便當送到學校、一起購物談心的母女，不是那種。她尚年輕，需要空間，寧悅長得很快，同樣需要，於是信任劃出恰如其分的距離——小時候寧悅尚會撒嬌，討獲注意，教她內心柔軟答應；但女兒升上中學後，寧安有時夜歸或乾脆翌日回來，會先留錢或飯盒；寧悅說到同學家過夜，她從不考證。

像恆常佇在球場的選手，隔在網的彼端，相當有默契地保有各自小小的版圖而從不打擾對方，仍能把球打得好好的。這不意味她們不愛對方。譬如現下，寧安反被疏軟的網困住，思索該如何不帶侵襲地，掀開對岸的祕密——即使意味她也必須吐露自身。

如果寧悅願意，只消一個問題，她就可以接下去，回答，並同時提問，如一枚往返的球。

這憂心模樣被小教授收在眼裡，以為寧安在關心世界，為社會發生的事而煎熬。他想她一個沉默的、被剝削的、（無知的）勞動階級，一生光陰盡花在女性因父權凝視而自我修整身體與容貌的行業中，是多麼悲哀的事。

他也想到那些知識分子，洋洋灑灑好幾千字，寫聲明、宣言、社論，提倡要走進群眾裡去，社區連結、教化民眾，卻可能在離開教職員宿舍後，連到哪裡買衛生紙都不清楚。（月前，他協助籌辦學院裡一場跨系研討會，完結後與教授們到附近的餐廳用餐。一個女教授非常驕傲地說：「我真從不敢一個人到深水埗去，聽說那些後巷內都住滿癮君子和犯罪者。」）

他與他們這些安坐於辦公室與研究室內埋讀理論的，去人性化的學院機器——是不同的。他知道街頭的味道，他的汗水曾沾濕過夏慤道的柏油路，他還替傷者沖洗灼癢的部位。

最近小教授熱衷於遊行中領喊口號，在隊伍中，蓋掩面孔，沒人能捕捉他唇瓣翕動。印象中他不曾如此大聲呼叫，只有中學時一次運動會，負責領跳啦啦隊打氣口號的學長要上廁所，眼看場下賽事就要開始，胡亂把鼓棍和鼓身搭到就近的他身上，拜託他隨便先帶一首。

他站到領帶員的台階上，那時尚未發育，個子偏小，從未有過俯視眾人的視野，開揚、廣闊。台下數十雙眼睛望向他，被注視的緊張和亢奮。他意識到，他們在等待，等待他。

於是他喊起來，嗓音低沉有力。

「光復香港！」、「時代革命！」民眾每每接完後句，便會出奇地馴順靜默，等待領叫者喊出另一組口號，再接下句。小教授則喜歡同一組口號連喊三次，且節奏漸急，有種鏗鏘的氣勢。是他，是他，是他的聲音領帶眾人。

他才是真正地，與群眾、與寧安走在一起的那個——「身體力行。」（想到此雙關語，他自覺有點冒犯，怕開罪那些女性主義者或左翼學者。）

小教授抽走寧安的電話，要她先吃完餐點：「記得我說的嗎？你未必能把世界變好，但你能讓自己變成更好的人。身體是革命的本錢，體能夠好，才能跟政權鬥長命。」

他最愛說這些漂亮話，在社交平台上收穫大量讚好和轉發。絕望的城市，迷途者需要信仰，表達者需要信徒，遂豢種出精神鴉片，相互餵養。

寧安壓下不爽，默默把水果盆吃完，不吃白不吃。反正房費和餐費都毋須她付——每有遊行集會發生，小教授會跟幾個朋友在該區訂個酒店房間作安全屋，置放裝備物資，或有個萬一可以躲避。漸漸越訂越貴，聽說警察會挨家挨戶於事發區域的賓館、飯店、旅館房間敲門搜索，附近好幾窩少年們祕藏的裝備和玻璃瓶因此被破獲。朋友們都不敢住，怕困獸鬥，通常衝突後混入群眾裡離去，似乎更安全，剩小教授一人留宿。

他偶爾會約她直接過來。

撇除高談闊論的自信，以及看誰皆不順眼的牢騷，寧安覺得小教授是個沒甚麼好挑剔的砲友：身材健碩、臂彎有力、樂於取悅、滿足她，時而溫柔，時而狂熱。

每次都做得她幾近酥軟，被融蝕一樣，伏在床上陷於偌大的饜足中。有時也心有悻悻，怎麼像個嚐血女巫，要把健壯男子的精氣悉數搾乾似的——好吧，如能找人封掉他的嘴，或乾脆像電影剪接般砍去那些用餐時滔滔不絕的論調最好。簡單來說，她只喜歡做愛的部分——

等等，真的？

寧安一頓。除了那種掠奪撕咬似的性愛，讓她彷彿年輕起來，就真的，沒有別的值得留戀嗎？

譬如說，他小腿上那片皮肉版圖。

（噓。）

退房後他邀她去看電影。有時也會如此，做愛以外，吃飯，逛逛街，看電影。多是他提出，嚮導一樣，彷彿要為她介紹世界。他解釋因為女友到外地開研討會，寧安心下清楚，因為她年長，被動，沉默而唯唯諾諾。

只有一次，他到過她的店做護膚療程，她堅持的。大概是職業病，氣不過會分享私密之人皮膚不好，縱情起來也不夠愉悅。她不會承認，是他小腿上那片破落的傷口使然。她不知道，他也不允許她知道。

小教授任熱氣蒸臉，強調愛美的概念是資本主義用以剝削和宰制女性的工具，卻無法否認那張長期被裝備箍罩的臉龐，因焗悶和化學氣體而刺癢、冒出疙瘩，輕微發炎。

粗糙，結有纍纍的、密密的瘡點，寧安以針尖逐一剔滅。這一刻，他沉默，卻會因鼻間、額頭、臉頰的小點被擠掉、挑破、去膿而疼得鼻子泛紅，眼眶濡濕，一臉可憐相。寧安遂刻意放慢過程，一種邪惡的快意。她發現，如果他能一直安靜躺在小床上保持這模樣，似乎不錯。

完場後，小教授帶她去獨立書店，介紹電影原著小說。寧安揣想的卻是，他們看起來是怎樣的關係？姐弟、朋友、同事？外出的日子和時間越多，她開始介懷目光，怕遇到顧客、女兒同學，或他的熟人。屆時要如何介紹？抑或她介意的是——他會如何介紹嗎？

寧安不想知道，但「不想知道」，本身就意味知曉端倪，卻不願面對。

他們在店內瞥見一張活動海報，宣傳一個抗爭音樂會，地點在某區警署對街的空地，有本地獨立樂隊和歌手演出，音樂會主題更直接引用一首民運歌名：「民主會戰勝歸來」。

「三十年前民主歌聲獻中華，看看現在得到了甚麼？嘿，音波功不成？」小教授嗤笑一聲：「你們不要信甚麼兄弟爬山，各自努力。就是這群嬉皮士、左膠、犬儒，流於空口說白話，欠缺行動，總在拖後腿，香港民主運動倒退三十年，才招至這局面。你知道嗎？還有一群文化青年最近辦讀書會，講讀書救國，笑死人。試試讓他們穿布鞋和麻布裝到現場，看看書是否能擋子彈？」

她注意到小教授說的是「你們」，這意味他把她當成某類別的人種，並區分出去；她也知道「一群文化青年」的意思是，那個小教授自我隔絕於外，在坊間頗有名氣的文化團體，寧安見過他們上電視。

儘管這番話與他向來的自命清高無異，寧安卻可以在他每辮雜陳憤怒、嫉妒、卑屈、無力，以及更多她所不知的情緒厚褥下，翻過來，覓得一枚萎靡乾癟的豆子，缺乏潤澤。

她想去撫他剛洗好，颯短扎手的髮，恰似小狗的毛。

寧安會知道他投身運動，是某個週末晚上。

明明一直約好一週見面一次，固定時間，先晚飯後開房，寧安喜歡這樣，規劃工作也方便。整天在客人預約、取消、調動療程間忙昏頭。她老派，仍用厚厚的筆記本型日程表記錄工作，刪刪改改，墨跡斑駁，只有自己能順出條理，像她固有的，建立出對自身秩序的堅持，如同禁地，別人無從置喙理解。

但小教授在八月最後一個週末晚上，突如其來而不由分說地邀請她。她看看地址，是位處衝突區域的酒店，交通停擺，警察封路，連的士都未必願載。那晚寧悅遲遲未歸，連訊息都沒讀。寧安討厭秩序瓦解，討厭未能控制的所有因素，正欲拒絕，他又連環發了多條訊息，說會一直等她，他希望她來。無助，急切，沒有別人。那就好像，只有她。

寧安就失去說不的力氣。

幽幽懇求，可憐兮兮的孩子，像從前寧悅問她，能不能跟她一起睡，她便把孩子的頭抱於胸前，用體溫慰藉。小教授的個頭比她高，卻習慣蜷縮於其懷裡嚶嚶輕啜乳房，央她吻他，抱他的頸，摸他的髮，眼神氤氳，連手掌都微微顫抖，只待她心中一柔，覆上握住，不放開。他們抱緊彼此，像只剩下對方般絕望激動，惟一定住、可被確認的體溫和錨。

他不知道自己有時會做惡夢，怕得汨汨汗流，喊著「跑啊！跑啊！」寧安被驚醒，哄說沒事、沒事了，乖，噓噓，安全了，沒事，好好的。昏昏沉沉又睡去，眉間緊攏，眼角濕潤，握她的手不放開，像女兒從前，必得要二人睡至天亮醒來，不得離床。寧安淺眠，支起身看他。清醒時他從不讓她細撫他的身體，連仔細辨睇都不能。現下她才能讓指尖如一葉小舟，泛拂他遼寬的，硬實的皮面。

那是不完好的膚。

關於皮膚的疼痛，寧安以為自己比誰都清楚：用針挑清黑頭粉刺、激光去斑去印美白、脫毛脫痣。她的客人，每月一遍前來躺臥於小小的護理床上，承受折磨。狹逼的房內，男女子們眼眶發紅，流淚，喊痛，失去尊嚴般求饒。

商場外的街道，白煙飄散，人們眼眶發紅，流淚，喊痛。黑衣裝束者，每週幾遍走到巷子與馬路間，屏息，奔躍，吶喊。

鐳射儀開動時，機器有「啪啪」如電流的脈動聲，沿下巴、臉緣、唇間、蘋果肌、鼻子、眼皮、眉目、額頭，來回掃射，按色素、斑紋、毛孔，一一戳擊，有烤烘皮肉的焦味。

小教授飽滿渾圓的麥色小腿側腹，有幾塊嶙峋黝褐的痂，彎彎如一勾、一撇、一點的小群，以及一塊尤其大的，不規則的弧形，紫黑的中心處伴隨周邊深淺、凹凸、層次不一的塊狀，或紅或黑或啡，滲出血粒凝成小點，邊處已長出粉嫩鮮肉，與痂間結出黯白界紋。

於是它成了一片被縫上身體的乾涸版圖，怵目，如缺水的島嶼，硬綳綳。

寧安曾替一個十六歲的少女脫痣。痣在她上唇左側，近一枚尾指甲大小，且上面長有小毛，確實不討喜。她問少女是否已想清楚，激光脫痣的意思是，以鐳射把膚肉表面面積燒走，會有焦味，好比一片皮肉流失了，會很痛，不會麻醉，並必須注重及後護理，若傷口發炎潰爛，留下的不僅是一顆痣及長在上的一根毛。

少女說，她知道，她願意。

這樣灼熱，帶著風險，有焦味，燒及膚肉的痛楚。樓下傳來槍聲，擊打聲。他們又是為了甚麼而願意。

一片皮肉流失了。而且永遠不會好起來。

寧安替小教授掖好被子，他剛做完惡夢，因激動、緊綳而踢開被窩。此刻，即使深知小教授日後仍會滔滔不絕講他那些憤然譏諷的看法，她的指尖仍從臉頰撫起，跳至眉間把之舒開，並往上摸起他剛洗好沒多久，颯短及頸的髮。她猜想，哪天，哪天他再講經講得她心煩時，她就要不客氣而唐突地伸手去揉他的髮。那時候，小教授或會錯愕得愣愣閉嘴，微微低頭讓她抓摸，那麼在難得的安靜中，她將再次確認這種質感，恰似她剛上高中就剪短，且少有塗揉護髮品的女兒，扎手微刺的髮。

輯二

日常

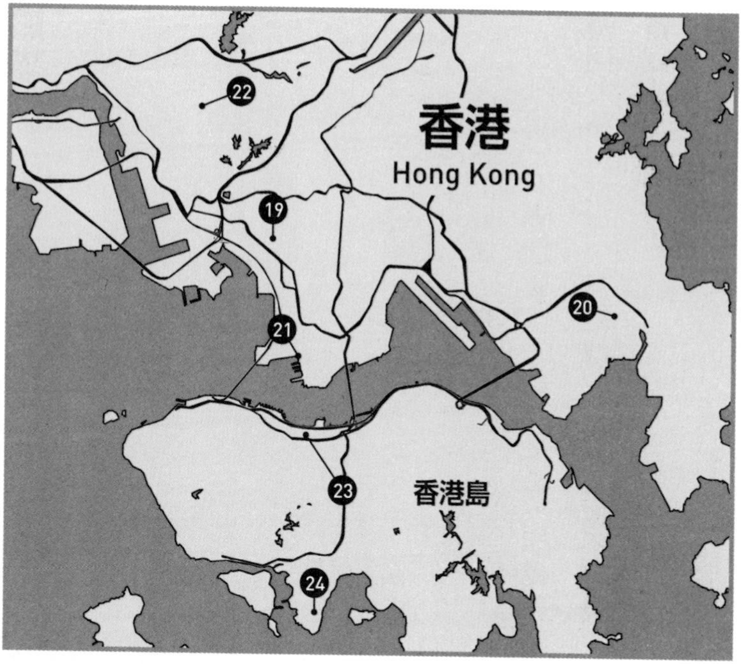

熊貓

19. 深水埗警署
    (與媽、蘭姨、阿默、阿離)
20. 家裡(與媽、蘭姨、阿默)
21. 維多利亞港渡船
22. 公屋(阿默家)
    (與蘭姨、阿默)
23. 立法會
24. 海洋公園(與媽、蘭姨、阿默)

熊貓

（一）

天色暗沉似煙，化不開。

阿離分不清是夏秋交替的氤氳，抑或差館對出這條街日前施放過的催淚煙，仍凝閉於樓房兩岸，無縫洩散，故迷濛不可見；如同當下頸間刺癢的辛痛感，也難以辨認是沾了化學物質，還是整天勒緪肩項的揹袋帶粗麻，磨擦到汗癬而敏感起來，疹子一片一片像風掠過的草皮蔓起，扎癢難耐。

如果熊貓在，準會唸她又這樣搖搖擺擺不成樣子：「就是催淚煙啊。怕甚麼太主觀武斷？上星期我家附近被放了幾十枚，燻得全家關窗開空調，翌日鄰居家養了十多年的貓便死了，但漏夜帶去看獸醫，沒一個敢說與煙有關，都說是貓太老了。嘿，騙誰呢。」這就是熊貓，黑白分明，磊落果斷，如同高中時的連署活動，她在班上極其奮力游說眾人參與。阿離則游游移移，手定在簽署表格上，捏得皺亂仍沒有放開。

阿離拿電話的指尖顫抖，探聽資訊忒也忙亂，鬆下氣來驚覺近十小時沒有進食，整個人虛虛浮浮，一顆心半懸不下。

找到了，找到了。阿默在這裡。應該在這裡。要告訴熊貓。

好久按不出號碼。汗滴滑拂小腿，兩腳軟巍如忘記放回冰箱的果凍——「啫喱就啫喱，果甚麼凍。」如果熊貓在，必會語氣平緩糾正她，還有很多，譬如是「薯仔」，不是「土豆」；是「二奶」，不是「小三」；是「叮噹」，不是「哆啦A夢」，這種對語言的修正，一半關於族群，另一半關於成長——熊貓對於身分這回事，非常執著。

按來按去找不著號碼，終於記起儲存名稱不是「熊貓」，乃本名「洪奕」。（她們鮮有以電話通話。）中學時，恰好同班，生疏至連名帶姓直呼，到大學成為室友，才喊起暱稱來。那時大家笑話她是國寶，嚷著生日要跟她到海洋公園慶祝，調笑要抓她跟盈盈一同到四川學習交配。

盈盈是和樂樂是兩隻園內熊貓，是中國政府為慶祝香港回歸（洪奕大概又會忍不住反白眼，暗自嘮叨：「是主權移交。」）十週年而送予海洋公園。來港多年一直膝下無兒，近年急煞兩地人員，以及一眾看熱鬧的民眾。他們像期許看顧多年的鄰家小妹公布婚事、或遠房親戚的姪兒重考多年後終於考上大學的勵志故事般，樂於收集那些與自身全然無關痛癢，但可權當茶餘討論的喜訊一樣，期許兩隻與生命中毫無關係的動物孕育生命。開花結果，開枝散葉，連生貴子，傳宗接代，可喜可賀，可喜可賀。

為此，盈盈曾被送回四川與當地熊貓交配、植入精液、催谷生育，終是未果。

好不容易懷上的胎兒，於一週內即被母體吸收而胎死腹中。

哪怕吞吃胎兒。

熊貓盈盈始終以一種偏執而暴烈的態度，近乎湮滅肉身一樣，抗拒繁衍，生育——即使這原是動物本能。

洪奕與阿離說：「我們曾無比堅信喜愛的物事，最後避之如洪水猛獸，為甚麼？」

（二）

二零零八年八月，電話響起時，洪奕舉家正凝神聚在電視機前，看北京奧運開幕。曾有一瞬，以為那通電話，就是她心心念念等著的通知。怎料傭人卻跟媽媽說，出事了，出事了。

十二歲的洪奕第一次來深水埗差館接回蘭姨和表哥阿默時，並不知道十年後的自己還會再來一遍，而且為了同一個人。她愣愣望著橫跨於欽洲街及荔枝角道交界，整幢矮而寬長的差館，看不出這是警署，似艘船艦。畢竟長居新市鎮，對政府部門的想像，總是摩登高聳如塔——但跟前建築，不就是在旅遊節目上看到的歐洲博物館嗎？

圓柱門廊，半月形騎樓腳，窗外有低密欄杆，若在欄旁放幾張桌椅，悠悠吃份法式吐司，感受午後的陽光就太好——猝不及防，媽巴了她的頭，耍耍眼色，回頭與律師細談。

洪奕遂從口袋掏出兩個已近壓壞的麵包向二人遞上。蘭姨跟阿媽出自同一娘胎，自然同樣世故。接過，笑著道謝，讚阿妹好懂事喔，抱歉麻煩你們云云，阿媽插嘴，佯裝生氣道，甚麼說話，這樣見外。

阿默則倚在附近圓柱下，沒有表情說，不用了，我不餓。

她捧著已涼掉半硬的麵包的手就這樣擱在半空，像一個尷尬的姿勢，不知該繼續盛情勸說，抑或識相收回。對於阿默表哥，她總有點怯怯，平常的伶牙俐齒都使不出。

如同過往多個週末，當阿媽與蘭姨在狹小並拉上摺門的房間裡，用著她聽不懂的客家話聊八卦，任二人在客廳中「玩玩」時，阿默會清空雜物聚置的沙發，輕拂可疑的塵埃和碎屑，示意她坐到跟前，扭開電視，看每星期皆會播放的「道地星期日影院」。如禮拜教堂般，肅穆沉默整整一個下午。

其實來來去去都是那幾齣港產片輪流放，不是警匪片，就是無厘頭喜劇；不是「砰砰砰！」，就是「嘩嘩嘩！」。但不知為何重重覆覆看完又看，趁機學了不少粗口和俚語。洪奕還發現一些共通點，譬如開槍時會有白鴿群飛；槍戰要選在商場或鬧市街上；劈友則在晚上的油尖旺，好多個大霓虹燈牌，紅光和血彷彿匯成一片，色調鮮明。

那時看電影，只記得鮮明情節，格局、電影語言、鏡頭甚麼的一律不管。還是相當久遠後，待阿默去了唸電影，才告訴她那些「白鴿」、「槍戰」、「霓虹燈牌」，原來都是象徵。學者喜歡研究它們，指稱是這個城市的特色。

洪奕最愛看周星馳和吳孟達，即使重播熟記至倒背如流，仍會笑得咯咯聲。奈何表哥木著一張臉，害她連幾乎要叩出嘴的笑，也逼著咽回喉裡，渾身不自在。討厭，尷尷尬尬。

就像現下。打著呵欠，眼近半瞇，想著要不是那通電話，她怎會落得凌晨一時多，還得在街上討好他的窘況。

二零零八年八月，電話響起時，洪奕舉家正凝神聚在電視機前，看北京奧運開幕。曾有一瞬，以為那通電話，就是她心心念念等著的通知。

在那兩星期前，她就整天與家裡那條同樣十二歲的老狗阿毛攤在沙發，百無聊賴，等待——阿毛迫不及待向所有回家的人搖頭擺尾；洪奕則待著一通不知會否敲來的電話。儘管心態有極大落差，同使兩者毛毛躁躁，坐立不安。

同班的阿詩早幾天說，他們班五月末時寫過那篇「悼念汶川大地震」的作文，由老師一舉投稿參加了救災徵文比賽。日前她接到機構來電，通知作文已入圍複審，將收錄於即將出版的文集內；另將舉辦發布會，同場公布結果，相當刺激，讓阿詩預留時間出席及訂購文集。

阿詩跟洪奕最要好，屢屢追問有否收到通知，裏有微尖刺人的炫耀感。十一、二歲的女孩間，早蘊著某種尚未成形卻細薄鋒利的暗湧，像片弧鐮的浪，調笑閒聊之間，稍一失神就要被割去甚麼，自此被壓下來。

洪奕不要輸掉，她要像守護向同學炫耀的明星寫真照般，「只可遠觀，不可褻玩」，小心翼翼捍衛同儕間目光，不容任何人奪走。

她記得那篇作文，其時不知要參賽，仍寫得極是用心——作業若被評為佳作，語文老師會在簿封面上貼星星貼紙，儲夠三個將獲發嘉許狀，張貼在課室壁報。醒目的名字像星星，在淡藍壁紙上綻著光，多神氣。

於是，洪奕開始練習悲傷。

為了貼紙，她願意犧牲課後跟同學逛精品店或租漫畫的時光，趕回家邊閃避阿毛熱情的舔吻，邊凝神於電視和報紙上。她看著塌陷的頹垣敗瓦，試圖透過想像填補物理距離——縱使不在現場，但她可以，她可以自畫面中提煉痛苦。老師說，寫作的共感往往源於生活，因而石礫中傷者和屍體在她眼中，像待炸前的天婦羅，蒙上一身糠粉，混著泥濘和污血。

電視台派出記者到四川採訪，追蹤消防隊如何從瓦堆中奮力潛爬，輕拍碎叢，搜救生還者；主鏡頭以外，是發瘋似地徒手抓挖泥石，哭鬧著要扒出親屬，磨得指頭血肉模糊，被勉力拉開，崩潰嚎叫的村人，或是呆滯圍坐於周邊，一動不動，裹著披肩的獲救者。

好多好多故事，一個母親緊緊抱著嬰兒，以身體擋去所有衝擊，嬰兒被救出時仍在熟睡……腿被夾板壓著的男子持續與人員對話，直至救出後送院途中不治……臉頰濕潤，鼻子一抽，還當是阿毛的大舌頭親熱得又燙又膩，直到眼睛澀疼才覺都是眼淚。

不可能，不可能的。她用力擤過鼻涕，拭臉，以為自己自那年領成績表回家後，便堅定起意志，聽從媽媽的話，人自然不會傷心。

小學三年級，家長會當日，班主任跟媽媽說，這孩子理解事情的一套，好像跟別人有點出入。譬如中文考試有一題重組句子是這樣的：「使人╲勤勞╲懶惰╲成功／使人／失敗」，正確答案該是「勤勞使人成功，懶惰使人失敗。」但洪奕答成「成功使人懶惰，失敗使人勤勞。」答題卷被紅筆劃起大大的叉。她大惑不解跑到教師桌前問哪裡錯了？一本正經提出見解：「一個人常常成功，自然容易自滿，隨之鬆懈。像《龜兔賽跑》，兔子就是太常跑第一，後來才會輕敵輸給烏龜；相反，失敗才讓人勤加練習，像愛迪生也是花了八千多次實驗才發明出電燈泡嘛，這怎麼是不對的？」

一番話堵得老師啼笑皆非，遂解釋做人不能這般悲觀負面，成功帶來的喜悅往往讓人更為上進；後句卻接不上——難道要跟孩子說重重失敗的絕望與挫敗感可能會徹底把人擊沉，自此一蹶不振，根本不可能屢敗屢戰？不不，這太殘酷了，只好祭出「標準答案」打發她：「總之洪奕你別再東拉西扯，你這答案與標準答案不一樣，就是錯的，明白嗎？話說回來，你的分數本來就是全班第一，何必再追逐分毫之差呢？」附近的同學隨之起鬨，罵她不知足，得了高分還要再討，不是在低分者的傷口上撒鹽嗎，成績好了不起啊？

洪奕回到家，關上房門，哭得撕心裂肺，連自己也解釋不了傷心緣故，只知道連爸媽哄她時說「這已是很高的分數，不用對自己太嚴苛」後，眼淚流得更兇，心裡竟是更更難過。

那種難過是，他們不明白，這些人他們無法明白，她執著的東西。

媽媽推開門，摸摸她伏在手臂裡的頭。阿妹，有些事情，足夠就好。你是聰明的孩子，但有時候還是不夠聰明，會傷身。

很久以後，熊貓才知道，那個下午發生的事對自己往後的影響有兩點：一、原來她對事情的執著，非關制度或利益；二、也許正因當時老師沒告訴她，恆常的失敗將如何磨滅人的志氣，致使後來，她長成了一往無前之人。

然而如今在電視機的她，陌生而直感的悲傷不由分說襲來，充沛的想像力如一個陷落的洞，讓洪奕重重墮入，益發深沉。

許多許多與她年紀相若的孩子，不過正在上課，突然就死了。

十一歲的洪奕渴望理解，像梳理作業一樣覓得確切答案，畢竟學校督促他們追求準確絕對。她嘗試辨認悲傷的來源，猶如選擇題：是爸把阿毛從動物醫院載回家的黃昏，意識到鍾愛的一切都始有別離的痛苦；抑或是看小說和電視時，讀到喜愛的人物離場或逝去時會忍不住眼淺的不捨；還是，像爸媽所說，因為這些死傷的人，是與她血濃於水的同胞？

她的悲傷呢，要被納入甚麼種類？

週末，她起得早，逕自參與附近社區中心舉辦的募捐活動。她是活動中年紀最小的，個子也矮，背著透明錢箱，奔走區內，聲線洪亮，喚叫：「請支持四川大地震捐款！幫助我們的同胞！拜託大家！救救同胞！」揚手，殷切，汗流浹背，在馬路邊向等待過路的行人呼喊，用力央求，握緊拳頭的迫切。

中心阿姨點算她那塞滿花綠綠鈔票的錢箱，像參加自然考察歸來，抓了一盒斑蝶，在內飛飛拍拍的翅翼，忍不住誇她：阿妹你中氣十足，又夠大膽，沒準將來就是靠拿咪高風搵食啦。

阿姨不知道，多年後的「將來」，洪奕會在鬧市，與夥伴拉開帳篷、海報架、長桌，日夜不止奔走，提著音箱與大聲公擺街站，向路人發傳單，聲嘶力竭，表達主張，已駕輕就熟。彼時喊的口號卻是：「撤回惡法，反對送中條例！」、「一息尚存，抗爭到底！」

同樣堅定、拚命，企盼周邊路者曉以關注，低低的，乞求一般。仍是高呼救救她所愛與珍視的人們，她所在乎的同胞。

至於曾誇她主動大膽的社區中心阿姨，已白髮垂垂，拖著買菜籃，站在對街馬路與她四目交投，撇嘴歎息，轉身而去。

那都是許久以後的事了，十二歲的孩子不會知道這些。洪奕的作文如願獲得星星貼紙，理所當然，她付出的時間是真的，悲傷也是真的。她甚至覺得，因為流下了真摯的淚水，她的作品必然，也應當比阿詩那篇炫弄詞藻，引經據典般的豪情壯語式文章獲得更高評價，理應獲獎。要知道，平常在學校，她的分數向來拋離阿詩一大截。

畢業後某次聚會，幾個舊同學湊在咖啡店，光鮮的女孩們爭相分享誰誰的蠢事，談到那次「徵文比賽」，笑得花枝亂顫。對此明晃晃的騙局及一腳踩下去的阿詩肆意嘲諷：「笑死我了，怎會在比賽結果尚未公布，就讓人訂購，這就不是比賽啦，是買獎好不好？我記得那時班主任特地電郵全班同學，宣布你入圍，還附上發布會詳情，呼籲我們一同出席支持你耶。唉唷，幸好沒去，不然幾乎要成水魚[8]了。」

洪奕卻明明記得收到電郵翌日，跟前同學到她家做作業時，還撇著嘴說不懂阿詩的作文有甚麼了不起，不就是老用些筆劃好多又深奧的詞語麼，這樣便能入圍嗎，哼哼，她也會寫，只是覺得這樣沒意義而已。

「不，你不會。」洪奕心裡回道，並若無其事指正對方作業上的錯字。

承認吧，那時候，尚未需要太多深沉交錯的估量前的青春期，誰不想成為閃閃亮亮的一個呢。哪怕拱出光芒，復又深埋其下的，竟是遠方的血污泥濘。這些寫於方格紙間的字，或七情上面，或迂迴悲慟，或高亢激奮，聚成一頁頁、一篇篇亮麗精緻的作文，像多面筆挺端謹的旗幟，輕輕交疊，覆於觸不及的死者面龐，過分光

8 編註：俚語，指容易上當受騙的人。

潔，連血和瓦礫皆沾不上。

洪奕想為自己開辯，想把自己與他們撇清——不，她不一樣，她的眼淚和傷感都是確確切切發生過，她才沒有在文章裡矯揉造作，賣弄，只為了榮譽。她、她還曾為了死難者籌款，她才不——但，這又有甚麼特別的，想起都可笑。明明當時也緊張如小狗，守在電話旁，不敢喝水，怕尿急會錯過響鈴。盯緊話座，只待機座閃出綠燈，即抓起電話應答，「你好。」由於太緊張，咬著舌根，講起話來有點含糊，倒苦了來電找爸媽談正事的客人們。

還不是，被小小的虛榮心啃得著急難耐。

媽說她這模樣，跟阿毛等人回家般如出一轍。

任何時候，只消大門前稍有鑰匙窸窣聲響，阿毛會騰馳而至，跳來彈去，前腿幾乎要蹬掂鎖處，像落井之人拚命攀抓邊處，對自身老態並未知曉，害得有一回太激動時，摔斷右腿——「咔勒！」一聲，對年邁動物而言，與逝喪警示無異。

爸把阿毛從動物醫院載回家。洪奕撫過其髒亂如硬塊的毛下，虛薄嶙峋的身軀，凝睇懷中顫顫抖動，仍殷勤落著口水的狗臉，首次感受蒼老和虛弱，蟄伏如經年蟲蛀，覺察起來，卻如此突然。

後來許許多多的事，也是經年蟄伏，然覺察起來，竟不過剎那。

阿毛是條北京犬，洪奕認為，意思就是，這條狗長於北京。好長時間，她都以為名字的意義必然與其指涉的載體有所關連，好比「地球」就是一個「球」；「鉛筆」就是「鉛」做的「筆」之類，畢竟剛識字學詞時，爸媽就是這樣教導她的。這種牢如根蒂的想法，在往後曾鬧出笑話，譬如蘭姨向媽斥罵姨丈是個「大渾球」時，她暗自納罕這罵法不怎麼準確，姨丈高瘦得跟釣魚竿沒兩樣，怎會是圓渾的球？

又譬如初次從尖沙咀，晃著綠白相間像薄荷蛋糕的渡海小輪到灣仔時，她嫩圓的臉皺得打了幾個褶，搓成一團。好不容易把淚珠扣在眼內，不致滾落教大家難堪——她嘮叨媽媽一星期，終於坐船跨渡的維港，卻非心心念念的港——深濁如油膜凝脂的水面，簇擁的膠袋、發泡膠盒、垃圾，在暗沉的水裡浮漾，漂來漂去。

短促得僅五分鐘的船程，就是「過海」的距離嗎？這哪是「海」呢，頂多是「湖」或「溪」吧。不不，這不是她想像中，「香」鮮舒爽，碧水似的的維多利亞「港」，不是這般又臭又濁的——畢竟，「香港」不該是「香」的嗎？

媽媽見之，逗她看向不遠處群集的透明膠袋，想像成淡薄律動的水母，一張一放，「噗哧噗哧」，一攏一鬆，軟柔無根。

陽光折射於袋叢摺複處，映起來一塊一塊的亮，片層交疊，波紋閃閃。

哪像水母，倒似墜水的蝶。

還需相當久後，洪奕才明白，名字這回事，像端午節時替外婆包的粽，意義並不在於被命名物，而在賦予者上。「命名」本身蘊有混雜的種種，諸如寄託、欲望、計算、想法，好比勺子一敲，甩出黏答糯米餡中的蝦米、鹹蛋黃、肥豬肉、香菇，細細碎碎，大葉一裹，統統包在裡面，誰管你喜不喜歡，都要接受。

還得紮成一束，被揣到懷中帶回家。儘管她喜歡的，明明是甜得掉牙的鹼水粽，仍得硬著頭皮吃上一個月，誰叫她是大家都寵愛又討人歡喜的阿妹呢？

洪奕討厭「洪奕」這名字，老被誤會是男孩子，兼之只有二字被喊起來連名帶姓，冷冰冰的。有時還會錯認打招呼為喝令，與人起了不必要的爭執；她也不喜歡長輩會「阿妹」、「阿妹」的喊，捏她粉圓的臉頰，抓亂頭殼上的髮，笑問阿妹怎麼長得矮，是否沒好好喝牛奶哎哈哈，又往其手裡塞些散鈔，讓她買零嘴。

洪奕每次都把鈔票塞進瓷製的卡通儲錢罐，發誓打死不要摔破罐子，自然用不上這些被踩躪得來的「小費」——她討厭這樣，彷彿當她小孩子——要知道十一、二歲的孩子最討厭被當成孩子了。況且如今媽媽的肚裡才住著真正的「阿妹」呢，這樣豈不是搶了她的稱呼麼？這樣不好，得趕快想個屬於自己的暱稱，聽起來都舒舒順順。

話說回來，甚麼才是屬於自己的暱稱呢。洪奕攤在沙發上，抱著猛淌口水的老狗，等著電話，邊嘴上嘀咕。

（三）

午夜無風。遠遠望去，差館閘內旗桿上的黯紅國旗，垂皺如放得過久的菜葉，頹頹癟癟。熊貓記得太多個這樣的夜，無眠，神經繃緊，躺下仰望天空，便見這攝皺褶的紅布。

溽暑的、乾冷的夜，在黑密的潮群中擠攏緊貼，囤圍於立法會，自公民廣場外蔓開一泛一泛，好比浪紋。汗滲滴於背上，許久，乾了，便成鹽粉，顯於黑衣，如同白末。

這是哪年的秋夏？

有時比出手勢，有時緊抓彼此臂彎挽成人障，有時搬動水馬和鐵馬。摩肩或交握間，能嗅到汗焗的味道，像不怎麼乾淨的海水，鹹鹹臊臊。他們曾在這裡，喊過好多好多遍「撤回！」，撤回國民教育科——撤回新界東北規劃——撤回八三一決定——撤回逃犯條例——熊貓有時想自己是來得遲了，錯過了從前尚能包攏整幢中環舊立法會大樓的日子。

彼時的議會大樓，矮寬，立於市區，通有拱形柱廊，柱與內室間鏤建陽台，一枚枚揚開的洞。後來她才知道，這些都是殖民地建築，新古典主義。開揚寬廣的設計，是為了避免陽光透入室內，以作散熱。

如今的議會，玻璃密閉，廣場闔合，閘門鎖封，辦公室內長年盛開空調，冰冷如雪房，熊貓在中學時曾來參觀，打過好多噴嚏。

她來得那樣那樣的遲，何止呢，這一切一切，也許都來得遲了。

整條欽洲街聚滿被捕者親友及聲援者，差館外架起巨大水馬，彼岸冷清，這邊人們則忙於聯絡通知，為剛趕到的親屬解釋情況，傳達資訊。

她在路燈下找到半蹲坐的阿離，瑟縮如貓。冷不防往臉頰貼上溫溫的涼茶和一碗生菜魚肉：「原來我們幾個聚在一起時，似乎都是吃。」阿離打開碗蓋，霧氣蒸騰，額臉間即滲有水氣：「那時你帶我去沙田跟他一起吃漢堡包，現在回想，你就是處心積慮要把我跟他湊一對。」

「沒有啦，真是純粹吃飯——」熊貓剛抬頭，阿離看似淡然，眼眶已泛紅，撥手讓眼淚倒回去：「沒事沒事，碗裡熱，蒸氣罷了。你知道，他這人沒甚麼朋友，我也不認識，霎時間也找不了誰……我甚至不知他是否真的被帶到這裡……」

熊貓攬過她的髮輕撫：「沒事，沒事。都說全送到來深水埗了。」常是這樣緊繃不安的夜，兩人一起眼紅紅，已非第一次。

四處樓房緊靠，街燈綻亮，夜空裁成方形。

等到近乎天明，川流的民眾談著流晃如織的資訊，雜音交錯，有的聽說被捕不檢控，有的聽說將全部控以暴動罪，有的說即日提堂……聽得人心情躁亂，熊貓遂扯開話題：「阿默有沒有告訴過你，我從前也來過接他，很小很小的時候。」

「他犯了甚麼事？」

「你把他想得這麼勇猛？別看他現在這樣，平常很靜的，像碌木。那時蘭姨——阿默的媽，現在去深圳住了——跟姨丈——前姨丈關係很差，常吵吵鬧鬧。有一晚出事了，蘭姨報警說姨丈出手打她，鬧上差館。我們去看她時，她的左眼紫青，腫得像顆雞蛋。」

二零零八年八月，電話響起時，洪奕舉家正凝神聚在客廳的電視機前，看北京奧運開幕。

表演者們並排交疊，一大群白白的，手握竹簡朗誦；另一群浮擺躍動成方塊字，排出萬里長城，又傾流成桃粉花海；好一會兒，另一群黃衣者組作京劇方陣；黃綠衣女子們拱托「畫卷」，匯為壁畫；藍衣男子們舉著木槳裝成船行……每個表演配合音樂、燈光、特效，皆磅礡宏大，看得人雞皮疙瘩冒了一身。爸媽「嘩嘩」的驚歎聲此起彼落：「瘋了……怎能做得這麼誇張……太瘋了。」

洪奕大力拍臂，想把皮膚上冒起的顆粒逐一拍散，狐疑感動歸感動，這疙瘩卻該與激奮心情無關——平常，她都是看到不安之物，才會如寒氣刺背般霹靂啪啦豎直體毛——譬如可怕的密集圖片，蜂巢、青蛙卵、蓮蓬，甚至是爸拿來嚇唬她的士多啤梨，一顆顆密密麻麻的微粒，想起都頭皮發麻，臉龐僵痺。

現下又是怎麼回事？

放廣告時，媽說：「還是有點抵觸，明明幾個月前才死了這麼多人，如今又舉國歡騰，粉飾太平似的。是很壯觀沒錯，就有點……怪怪的。」

爸從廚房端出剛熬好的桑寄生茶，說道：「不就是越傷心，才越需要些鼓舞人心的事嗎？人總不能活在悲傷和過去呢。而且，國家就是人多嘛。」電視又接續播放，媽應了句「也是呢。」便靜靜看回螢幕，不再多話。

洪奕摟著阿毛，覺得爸的話哪裡怪怪的。這話講得勵志積極，她卻覺得有甚麼梗在心胸不太舒服：那句「國家就是人多」是甚麼意思？

繼續看下去，她終於明瞭疙瘩冒起之故——從電視俯瞰式拍攝中，每一片由人叢織就的畫面何其壯觀，動作一致，一絲不苟。然而，她卻無法於偌大而碎屑般的衣色中，辨認出任何一個，人，任何一個。

所有、所有的人都沒有臉，密攏團圍的集體，面目模糊的從眾。

這種如潮聚般集靠於一起的場景，往往讓洪奕沒來由地，感覺矛盾和不安。好比後來她曾在金鐘添馬公園裡，參與過那些關於抗爭的集會。

電話響起，傭人接過，在亂作一團的對話裡，洪奕的思考也隨著電視被關掉而一同中斷。

洪奕從沒見過蘭姨這樣子。

蘭姨的眼半瞇不開，腫得像顆雞蛋，頭髮散亂。衣衫皺破，臉上一塊白一塊青。他們趕到時，蘭姨在差館竭斯底里般大吵大鬧，指著姨丈尖叫：「他打我！他打女人！你們關他啊？你們怎麼不關他？！救命！救救我！」被幾個警察喝令冷靜坐下，別在這裡大呼小叫。

姨丈倒很冷靜，一遍一遍重申：「我沒動過她。都是她自導自演。」

阿默坐在蘭姨旁邊，沒有說話。

媽心急，找了律師。事實上警察似乎沒打算起訴誰，替二人筆錄口供後，問蘭姨要否落案提告，原來激動失控的蘭姨靜默片刻，與媽和律師交頭接耳一會，最後只在報案紙上簽名，離去。

坐車回家時，蘭姨睏得已在座上睡了。洪奕把玩車門上開關窗子的按鈕，被媽惡惡瞪視，不敢再動。風從縫間呼透而至，有夏天與街外的熱氣。

街燈如流光掠過。阿默靠窗，突然細細問了句：「你信不信？」

「甚麼？」她聽不清。

「你信不信，我爸有動我媽？」

聲音很輕，輕得她幾乎以為自己聽錯。

蘭姨溫婉能熬，只是命不好，都是我們欠她的。你要待她好一點，知道嗎？每逢週末，洪奕和傭人跟媽提著菜肉，走六層樓梯來到阿姨家門探訪時，媽總不厭其煩，在迴曲高窄的樓梯間，一遍遍告誡於她，要聽蘭姨的話，你平常給我擺臉色不要緊，絕不能輕慢蘭姨，知道嗎？

她似懂非懂點頭，不明白「我們」的意思包括誰，是他們一家人，還是她跟媽？「欠」了甚麼？還不就行嗎，像她平常欠交功課，都是當天留堂完成啊。她不明白，素來張揚如大紅花的媽，怎地談及姐姐，竟訕訕恭敬如學生。

瘦削的唐樓像個環迴的塔，一層一層繞圈往上爬。

蘭姨一家租住深水埗區的唐六樓，租金便宜，沒有電梯。每個週末阿媽攜著她和傭人爬樓梯，叫她別嫌人家，其實洪奕不怎麼怕，不外是橫陳於梯間的蟑螂屍體、東歪西斜的酒瓶和可疑帶臭的液體，以及從掛著「按摩」字牌小房中步出的老人，痞痞的橡膠拖鞋，泛黃寬垮的內衣背心，哼著小調子與她們迎面撞上，還不願讓路。「嘖！」一聲以肩膀撞過媽，風騷得踩「嗒嗒」的鞋聲下樓。洪奕不怕，更喜歡一支箭似地跑上去。想來，是媽嫌的人才是，哼哼。

待一口氣跑到六樓，氣喘吁吁要按門鈴時，媽便從後喊住，讓她止住喘息，回氣後，才一派舒爽拍門。起初不明所以，好幾遍心急，先按了，蘭姨來應，看她上氣不接下氣，便一臉訕笑道歉。

辛苦阿妹你這樣小，每星期走得汗流浹背的來。不好意思。

「不好意思」是蘭姨的口頭禪，在街上被誰撞到會說，在餐廳點餐前會說，面向他們一家時說得更頻密：「生日快樂阿妹，姨丈今天事忙來不了生日會，不好意思。」、「我們舊樓有味又有蟑螂，不知你慣不慣呢阿妹，不好意思。」、「哎喲又買魚買肉上來，真不好意思的。」直至她和阿默住進他們家前，洪奕仍一直以為這是由於蘭姨非常有禮。

媽說過，蘭姨小學輟學，到工廠車衣。明明也長得標緻，不知是心頭高還是怎樣，拖到快三十歲才經朋友介紹，匆匆與姨丈成婚，三年後有了阿默。

媽不喜歡姨丈，老說他唇上那撇八字鬍礙眼，看起來好奸。幸好平常也沒碰面——九七年後，姨丈到大陸工作，一個月不回來一次，會準時轉帳生活費，該缺的都不缺。

媽比蘭姨小七歲，倒跟蘭姨差不多同期成家。據說是唸文憑時認識爸。畢業後工作一兩年，直到爸考上公務員，二人便結婚，至一九九六年六月二十八日生下洪奕。親戚有時調笑，她是「蹦」得及時，趕得及七月前出生，多吸幾口尚是英屬時期的空氣。

媽說她生時有三公斤多，頭很大。在私家醫院分娩，陣痛十多小時，一直抓著爸喊得撕心裂肺，指甲抓痕深可見血，連說以後不生了。爸聽得心如刀割，猛說不生不生了，要去做結紮，但若干年後還是有了細妹，這是後話。

下午三時多，終於順產生下女嬰，有這麼一張菲林照片，是爸手腳笨拙拍的——躺在床上汗濕得頭髮膩成一團的媽臉色蒼白，仍綻開笑容，枕頭上有一塊失焦的粉色肉團，五官皺成一塊，像沒有理好的淺色塑料袋，看不清狀廓。後來爸媽抱著洪奕坐在大腿上看相冊，指稱這是她出生第一張照片，她都不相信是自己。

多年後她看紀錄片，才知道僅僅三天後，晚上十一時三十分，香港回歸交接儀式開始。時任中國國家主席江澤民和英國查理斯王子分別致辭，大禮堂內放置中英兩國國旗及四支旗桿。午夜十一時多，「米字」英國國旗連同印有龍獅紋章的藍色香港旗徐徐降下，另奏起英國國歌 God Save the Queen，象徵百多年的英殖時期正式終結。

沒有人知道，短短十多年後，兩隻腳踩綠色島嶼的獅子和龍，以及頂端手持珍珠的小獅，整個盾徽，將會再次被銘印於旗幟上，卻從高貴封閉的官邸落至香港街頭，在遊行中被揮動起來。

午夜十二時，一九九七年七月一日，五星紅旗和洋紫荊區旗在無風的夜裡升起，香港特別行政區正式成立。這段直播片段在醫院無人的大廳中播放，此時媽和洪奕均在產後病房好夢正酣。

蘭姨後來半帶嗔怨半開玩笑說，阿妹你命好，有個聰明的媽，懂得替你申請ＢＮＯ[9]，唸過書是不同點。呵，你那阿默表哥跟著我這娘，可甚麼都沒，是投錯胎了。洪奕似懂非懂，不知ＢＮＯ是甚麼玩意，媽只在執屋時拿過出來，一個暗紅小本子，似利是封[10]，但又存不了錢。她不明白這小本子跟命好不好有甚麼關係，如同她不明白，那天蘭姨送給她的餅乾禮盒，怎麼打開來，全碎成塊末。

（四）

秋夏之交，天氣越冷，洪奕的心情就越鬱悶。先是家裡突然多出兩個人——自差館那晚，阿默與蘭姨就住下來。蘭姨睡她的房間，爸睡沙發，她跟媽睡主人房，阿默則在傭人房打地鋪。她不知這次會這麼長，以往蘭姨來過幾次，也是夜半跑來，幾天後氣消了就走。她以為這次也一樣，只當是兩口子還在處理，解決問題需

9 編註：British National (Overseas) passport，簡稱 BN(O) 護照，為英國國民（海外）護照，一九八七年七月一日起簽發給香港的英國屬土公民，港人需於一九九七年六月三十日前出生及指定時間內申請方會獲發。

10 編註：紅包袋。

時。畢竟老師說，人們要相親相愛，忌爭執，要理性溝通，和睦共處。

那時，對她而言，沒有修補不好的感情，也沒有老死不相往來的關係。

小小的洪奕十二歲，不知道的事可多著呢。這個秋天，好多她相信以為之事，都是過眼雲變。

媽那時的肚子已有多月，白天常不在家，到了傍晚才跟蘭姨和傭人回來，脾氣卻越發暴躁，夜裡關上房門後會執著瑣事諸如洪奕沒穿室內拖鞋、頭髮沒吹乾、指甲未修好為由，大加責難。媽大概以為門關上就是密室，無人知曉，但翌晨蘭姨會悄悄把兩顆牛奶糖塞進她掌心，說著：「阿妹，不好意思」；連負責送她上學的阿默，等過馬路時看到她紅腫的眼睛都會說，今晚回家找個熟雞蛋敷一下吧。

洪奕想起那晚遞出去但被阿默拒絕的麵包。原來人在落泊時面對善意，只會彆扭認作施捨而倍加難堪，憑甚麼？為甚麼？她好生委屈，媽平常不是這樣的，發飆咆哮，是懷著的妹妹不乖嗎；還是白天發生了甚麼事？但媽卻對她說，這與她無關，她要做的是服從，是聽聽話話，不問多餘的問題，不關心額外的事，只要乖乖，不為任何人添麻煩就好。

但為甚麼？這是她的家，這是她的地方才對，卻好像有甚麼在崩解，再迅即重新建立，而她完全來不及適應。

以往放學後，她會在客廳把襪子脫得東歪西倒，校服都懶得換，漠視傭人不明所以的碎碎唸，躺在沙發吃冰條，看卡通。然而現下，阿媽和蘭姨整天就坐在客廳無日無之地聊，彷彿要把一輩子能講的話的額量都用光，仍不足夠。

哪來這麼多話講？她跟阿詩聊電話，一小時，話筒已燙得耳廓冒汗，面龐發熱，爸罵她浪費電力。但這對姐妹卻不然，從過去每個週末的唐樓房間，聊到他們家的客廳，沒日沒夜，直至媽稍感疲累才關燈罷休。

有時用廣東話講，她會聽到一些關鍵字，譬如上面，祖屋，村口，鹹雞，鄉里。有時用客家話講，她便不懂了，卻會聽出語氣短而急促，夾混不忿、惱怒——微微的恨，但話鋒一轉，節奏一鬆，蘭姨即笑得清脆，對話緩下，反是媽接得懾懦，低低的，好像做錯甚麼事。

洪奕向來覺得蘭姨是個體面而慷慨的人，儘管她常為老舊的唐樓、阿默不愛講話、姨丈不參與飯局而說著不好意思；家庭聚會時，出手卻好闊綽，總搶著付帳，特別是對洪奕。

同住後，一家人去飲茶，蘭姨一坐下，就向部長要點心紙和菜單，點蝦餃、燒賣、煎堆、錦滷餛飩、鹹水角，一枱都是煎炸物，又油又脆。媽阻止不來，瞪著洪奕，警告她別浪費要吃光。洪奕無辜兮兮，雖都是愛吃之物，但太多則膩，可憐她過幾天還有朗誦練習，只得睇向鄰座表哥，想這些都會是他愛吃的吧。怎料他手腳很慢，快半小時才夾起一份鮮竹卷。

她想他是害羞，靠向其耳邊說：嘿，你喜歡吃甚麼都可以喔？隨便，不用客氣！阿默聞言，非但沒起筷，悄悄拿過點心紙，快狠準剔了數項，在枱底交給她：「那你告訴我媽，你想吃這些。記得，是你想吃。」她一看，鳳爪、牛栢葉、雞扎，沒一項是炸物。

洪奕隱約猜度，但她不想了解，這與她的家無關，與她無關，雖有種偷吃了別人糖果的罪惡感。

那天晚上媽對她的訓斥又多了一項：「不准，以後跟蘭姨逛街吃飯時都不准向她提任何要求、對任何東西表現興趣。」原因是，在阿默的目光下，她把點心紙交了出去，換來半張枱的菜餚得外帶；飯後，他們去逛百貨公司，洪奕不過連連回頭看了幾遍，一個背部可上發條奏樂的娃娃，但阿媽早告誡她不可揮霍而訕訕離開時，蘭姨竟瞧出端倪，買來送她，那情狀，是跑著搶來付款。

到了這地步，她開始發現，蘭姨的好，或如她一直愛吃的麥樂雞。長久以為是用純粹的雞肉製成，脆香可口。直到最近，她跟阿默在麥當勞蹓躂的午後，他看她吃得樂著時，冷冷告訴她，那是把雞肉處理後，攪拌成肉漿，再加入麵包粉製成的加工食品。她氣得掩著耳朵跺腳罵他：你騙人，你騙人。

剩下的雞塊，一塊沒再碰。

蘭姨帶來的衣衫有整整三箱，另有一個開起來層立式的流動梳妝臺，全是化妝品、精華液、保養產品；阿默進駐她房間的，則只有小小的行李匣，洪奕以為會是模型、漫畫或不能公開的小黃刊，卻毫無驚喜地只有一些家居服，以及一張電影海報——不是原裝，大概是網上找來的劇照，用噴墨打印在A4紙上，因潮濕已有點脫色暈糊。

是他們一同看過的《喜劇之王》。張栢芝濃妝豔抹，倚在樹上，周星馳一手撐腰，一指挑起其下巴，二人對視。樹後有海。

「我可以貼起來嗎？」他問她。

洪奕當然不想，搞笑歸搞笑，精緻歸精緻，就像平常她會跟同學看些屎尿屁的笑話並樂在其中，卻絕不會想把它們張揚地貼在房間，看起來低俗而沒有品味。

但她不敢直接拒絕：「你、你在家裡也有貼的嗎？」媽說，要讓阿默住得像在家裡一樣。

他說沒有。

洪奕舒一口氣，他續道：「我媽不准。」她媽也說，不准，不准怠慢蘭姨、蘭姨在時不准在沙發上吃雪糕、不准掰開腿坐、不准接受蘭姨的禮物，不准不准不准。頃刻，孩子間的同仇敵愾讓她改變主意：「我准！你貼，你貼！」

有這麼一瞬間，洪奕覺得阿默素來平睇的下垂眼好像睜大一點，當然本人絕不承認，他迅即從膠紙座撕下幾片，貼到四角，彷彿要趕在她收回許可前快快黏好。

「還有，我媽說明天要來接我們放學，如果她帶你去逛服裝店，勸你不要去。」他撫平左上角：「她一定要給你買些甚麼，最好是換完後直接穿回家那種——你明白吧？」

洪奕眨眨眼睛：「你怎麼知道？說不定她也會買給你。」

右上角的膠紙貼歪起折，阿默用指甲輕刮，再攤開重鋪：「你明白的吧。只有你。她想要的是你穿給阿姨看，巴不得你轉兩個圈，天真爛漫告訴阿姨你多喜歡我媽——送的禮物。」

「甚麼？」她覺得他刮扯的那片膠紙也像她心裡某塊，似要快被掀開，但她不喜歡這感覺，想喊停。

「我只是覺得，你和阿姨都不是壞人。要你做磨心[11]就太慘了。」海報貼好，阿默又回到那個下垂眼不講話的狀態。

於是張栢芝和周星馳就此留下來，與似懂非懂的洪奕一同滯留原地。哪怕兩個月後阿默搬走，乃至多年後熊貓離家，毫不猶豫取來文件夾，打算把它從牆上扯下。她已極其慎微，但海報附貼壁面經年，且反覆經歷潮濕又風乾，已與粉面完全糊合，勉強撕拉只會裂成塊碎。於是它又繼續留下來，以迷濛、半帶殘缺的姿態，留下來。

開學後第一份家課，要求學生訪問家人，寫成短文紀錄。飯桌上鋪著報紙，放了一碗臘肉碎，一碗蘿蔔絲，一個大盆盛滿粉。蘭姨教媽做蘿蔔粄，洪奕不懂客家話，媽說，即是茶果。蘭姨在廚房開火煮些甚麼，媽把水加到粉裡，邊做邊講。

「我是坪山客家人，上有一個大哥，三個姐姐。六十年代尾，我爸爸先帶了大

11 編註：俚語，即夾在相互矛盾的各方之間受折騰。

哥和兩個姊姊，抱著沙灘球來港。半年後，我媽子挺著肚子，不走不走還須走，帶著三姐，就是你蘭姨，坐船下來。剛來時，環境不好，一家人分開住，媽子在馬仔坑木屋區生我。後來大火，終於上了公屋，才算一家團聚。」

洪奕心中默數，一個大哥三個姐姐？不對啊，聚會時向來只有一個舅舅兩個阿姨，何來一個二姐？她剛要追問，蘭姨抱著另一個盤子過來：「怎麼了，提到我喔？哎我們在上面怎樣，你媽可不知道呢。還是下來好。當然啦阿妹，你媽跟你命一樣好，跟你一樣到了香港地才蹦出來嘛。哪似我們二姐，抱著個沙灘球以為終於有好日子了，卻游不過來，沒了，還不知有沒有餵鯊魚。」

「三姐……」媽才開個頭，蘭姨即靈巧以手封唇：「嗯嗯嗯，不講了不講了。吶阿英你看，這是粄嫲，先煮熟一些粉，拍成一塊，再揉進生的粉裡一起搓，這樣皮就不會爆啦。」她把盤內一糊像固狀豆腐花的片塊倒入大盆，混著原來的粉開始搓。

媽靠向洪奕耳畔悄聲問她就得現在訪嗎，大家亂糟糟，沒空招呼她，待會蒸粄時才回房談不成？洪奕寫了些筆記，想說但現在也頗閒的啊，不都是蘭姨在做嗎，媽是在介意甚麼？蘭姨看似漫不經心，卻非常自然接道：「不亂啦，哎阿妹功課要緊嘛，晚點也許要跟默仔去放狗呢，現在問現在問，呿，有甚麼不能在這裡說的，哈。」

頓時，媽又期期艾艾如聽話的小學生，似被繡花針刺中甚麼穴道，軟軟的，弱下去。不知怎地，洪奕卻不待見媽這模樣，就要衝動贊成媽原來建議，回房再談。但想想，又似沒這必要（她甚至帶著月來被媽責難而生的報復心，故意要暴露其窘狀），遂據作業大綱依序提問：「下一題，你童年時最深刻的事情是甚麼？」

媽接過盆內的粉繼續搓，認真思考：「最深刻啊……多著呢，去大伯的店買爆炸糖啦、躲在同學家的床下看電視、蹲在街邊漫畫檔看公仔書，都是回憶耶。」

蘭姨邊炒起臘肉、蘿蔔絲、蝦米、蔥蒜，不忘唸媽：「要搓得均勻點啊，不然待會一包就裂。」

「要最深刻啦，你看工作紙留了半頁給我寫，你隨便挑一件吧。」洪奕有點不耐煩。

「嘿你媽想不起，我可知道呢。」蘭姨插起話來相當順熟，無縫銜接，理所當然：「她小時候啊，住木屋區那會，養過一隻小黃雀。那時我們只有週末，一家人才能聚在一起。你阿公常覺得要我們三母女相依為命，過意不去，就想補償甚麼。我和阿英便央他買黃雀，在雀仔街，捧著個竹籠，好興奮。你媽長得矮，籠又大，幾乎拿不起，要我幫手。」

蘭姨手下沒閒著，掰了一塊大皮攤在掌心，放個柑仔進去弄成小碗形狀便開始夾餡；嘴則像隻啼鳴的鳥，綽綽約約張個不停：「阿爸帶我們去茶樓，會把鳥籠掛在窗邊，看雀仔跳來跳去。我們幾個小孩子不怎麼愛去，是你阿公喜歡，以為我們會開心。哈哈，你媽那時還嫌茶樓老土，許多麻甩佬，又吵又髒，還有人會抽個痰盂出來『咳哼！』一聲。我還記得，爸點了好多點心，一籠籠叉燒包、蓮蓉包、雞扎、牛肉球，一枱都是，哈哈，是不是似曾相識？不過我們沒心思吃，只顧逗籠裡的小黃雀。他便很氣，罵我們再不專心吃，這『籠』裡的雀便煮成那『籠』裡的雞扎，嚇得阿英忍不住哭出來，哈。」

洪奕百無聊賴，不明白這不怎麼有趣的事，蘭姨說得眉飛色舞，眼睛都亮起來；相反媽低頭包著餡，每個都太多滿溢，合不攏來，像蘭姨的嘴。洪奕想盡快完成功課，毫不客氣打斷，朝向媽：「所以你童年最深刻的事，就是外公給你買雀嗎？」

「哎哎不，」蘭姨擺手：「你看我，怎地越扯越遠，總在離題。好啦好啦，剩下的讓你媽告訴你好了，我來搶救這些可憐的粄。」

媽喝了一口水，斜眼望望蘭姨，對方確實沒再理會她，巧手挪摸茶果。媽說：「好啦，我們為那小黃雀取名翠兒，是那時很紅的卡通人物。我爸說東西一旦有了名字，便有了重量，要好生保存。我自然不懂的。放學放得早，媽子和你蘭姨都去了上工時，我常伸手進籠去弄雀，牠便跳來跳去，弄不清是歡喜還是厭棄我。」

「直至我們住的馬仔坑，有晚燒起來。」

洪奕在沙發上寫記錄，筆尖硬利，驀地在紙上戳出一個小孔。

媽說，火很大，像塊紅色布幕，蓋在整個木屋區。她們是睡到一半被煙霧嗆醒的，咳嗽連連。三母女在漆黑中摸到彼此，媽子還想執拾甚麼，臉盆衣衫，被蘭姨狠狠喝罵催趕，只得連滾帶跑奔到大路。好黑，好熱。

仔細的，她不太記得了，只知道焦頭爛額又熱又嗆，才發現漏了翠兒。那時才八、九歲，天塌下來也不懂分寸，鬧彆扭大哭大叫嚷著要翠兒要翠兒。蘭姨嫌她吵，摑了她一記耳光，轉身跑回邨裡，別人都抓不住。

蘭姨此時抬起頭來。

「噢所以你對蘭姨這麼好，就因為她替你救回你的小黃雀！」洪奕搶著嚷出她預料的結果。

媽沒再答腔，蘭姨也沒有。前者的笑意泯然，後者的笑意則像一抹翩飛的鳥影，輕輕躍到唇角稍佇，又淺淺垂散，一閃而過。

開學後，班主任隆重宣布阿詩的得獎文集發布會，呼籲同學結隊出席，以表支持。洪奕跟阿默帶阿毛去散步時提起此事——從前都是傭人姐姐負責，（雖則她知道有時姐姐偷懶，就這樣坐在樓下，拉著狗繩放晾阿毛，自顧自談電話。）如今姐姐負責跟出跟入陪媽，照顧阿毛的責任就落在她和表哥上——更糟的是，媽總愛塞些小錢給阿默，著他多看顧她——她耶，都快上中學了，還要找人管三管四嗎？所幸，他懶得拿著雞毛當令箭，大多時候都帶她吃麥當勞，兩人下課後在快餐店做功課，有時他會教她寫。

「其實大家都不想去，但不去的話就似不合群，誰都不要被標示出來，所以越多人答應，就越多人答應。到最後不去的人反會被老師關心怎麼不去？是有甚麼難言之隱嗎？唉，好想不去。」

他們在家附近的單車徑帶狗散步，新市鎮規劃是頭痛醫頭腳痛醫腳，往往只有部分準備好。有時上一秒還是屋苑，拐個彎或過個隧道即成雜草叢生的荒野，以鐵網圍住，據說是將要發展的地，時有野狗出沒，偶爾與阿毛對吠。

散步的時間實在無聊，他們訂了個無聊的規則：彼此都得分享一件在意的事——且必須誠實，說謊或沒貨的人要負責替阿毛收拾便便。

「你不想去是因為你沒等到電話吧？」上星期，她講了作文的事。

「才不——」她想起規則，嘴下一鬆：「……好吧，我明明寫得比她好，比她真心，比她難過，我、我絕對比她更著緊地震，但卻不是我。我還有去賣獎券

——」阿毛走到一棵樹旁，揚起後腿。

「也賣得很好，還被社區中心的阿姨誇獎，不是嗎？」前幾天，她連這個都忍不住分享了。

「對啊，我敢打賭我賣獎券時，阿詩還在家裡玩ＩＣＱ。」洪奕扭開瓶子，把水灑向尿處，沖淡味道。

「你想聽真話？」

她最討厭阿默這句話，根本沒有選擇，聽了傷心，不聽則印證自己是膽小鬼，簡直是逼人引頸受戮：「你也不會安慰我啦。算了，可以先略去這部分，講你的？」

「……也可以。」阿毛許是累了，剛下來時是牠拖著韁繩跑，此刻卻是他們自顧自談，阿毛被繩半拽逼前行：「前幾天我不是遲了來學校接你嗎？」

「哈，你還好意思提。」害她逼著一個人在校門等，怕他出意外。

「我爸來了找我。」阿默突然定住，翻找背包。大道上一個騎單車的阿伯猛敲車鈴，掠過時破口罵了他們祖宗。

「他送了我這個。」張開手，一枚滑蓋的灰白色手機靜靜躺在他掌心。

「癡線！這是Nokia 5300吧，是傳說中集照相、播歌、拍片功能於一身的手機！」洪奕搶過，細察機身，推滑機蓋，試用功能：「癡線，之前依惠帶過回學校炫耀，氣得阿詩悄悄告發她帶手機回校，被老師沒收兼見家長，我都沒見過實物——哇一首歌都沒有的？你知不知道，討論區有人教下載MP4後可以把片子放進去看，到時就隨時隨地都可以看電影了。」洪奕說著，心想不對，怎麼是送他，不是送給蘭姨？不是要哄回她嗎？

「他問我要不要跟他。」

她剛試用照相功能，拍下阿毛躺在地上不想動的模樣，沒跟得上，下意識接道：「跟他甚麼？」

「你真不知道我媽怎麼要搬來住，她跟你媽每天出出入入去哪你都不知道，對吧。」

洪奕不說話了，嗅到不對勁的苗頭，她握緊阿毛的韁繩，這是她當刻惟一能抓住的。

「呃……可能是我得準備呈分試和升中面試，我媽沒告訴我。」

「當然啦。」洪奕不習慣阿默這神態，這不是他素常沒起伏的下垂眼，也不是讓她去交點心紙和被允許貼海報，或二人一起吃麥記雪糕時那柔柔的漫不經心。

現在他的眉蹙起來，語氣酸酸的。

「你要考英文中學，要專心應試，她們怎會讓你知道。我媽要離婚，要找政府，帶著我兩個人申請公屋。但她一個人搞不到，她不懂英文，不多識字，要你媽陪她見職員和社工，開緊急個案，說我爸家暴，寫文件，每天等號碼牌，但永不知道會不會成功，不知道要等多久。我也不知道，不知道這一切會變成怎樣。」阿默大概從沒講過這麼多話，說完，竟微微喘氣。

洪奕眨眨眼睛，抽象的概念如同空中投擲的導彈倏忽落地，炸得她腦袋開花

——離——婚——？

這不是電視上演演而已的嗎？兩個人結了婚不就是一生一世？生老病死，互相

扶持——而且，他們是阿默的父母哦，是爸爸和媽媽啊，爸爸和媽媽怎能分開呢？不是立過誓、相親相愛的嗎？他們要去申請公屋？那現在的唐樓怎麼辦？那陰暗有味的樓梯、午後帶風的客廳和竹椅、小小的廚房怎麼辦？她再沒機會去了嗎？她不知道上一次就是最後一次，她怎麼可能知道。

老師明明說，沒甚麼是不可被原諒的，每個人都有做錯的時候，只消願意道歉、悔改，我們便應原諒他們。就像她激怒過媽好多遍，但最後媽仍會抱著她親親面頰，疼她愛她。這不是必然的定律嗎，就像太陽從東邊升起，物件往下墜落般，都是必然的。

（微妙的是，後來，那個與她如今同齡，此刻尚在媽肚子中的妹妹，在她因偏執而不再回家時，也問她相同問題：「有甚麼是不能原諒？有甚麼是不能和好的？」）

喘氣可能會傳染，因為她開始覺得心臟被揪住，呼吸困難。洪奕突然好想阿毛站起來，歡快興奮地奔躍如閃電，那麼她便可以順理成章地離開這裡。

「那——你會跟你爸媽？」如果阿默跟了姨丈，往後，她還會見到他嗎？

阿毛確實站起身，甩甩頭跟尾巴，卻是跑到附近垃圾桶旁，蹲下便便。

阿默比她動得更快，自洪奕腋下抽出報紙，逕自走往糞便處，用報紙蓋過執起：「也許吧，我不知道。」

（五）

天亮了，欽洲街拐入北河街交界，三三兩兩的小販擺起攤子。大清早，貨車運來蔬菜、水果、海鮮、肉，一車車，工人前後抬轎般運送一隻隻燒鵝，蜜汁滴瀉；或一隻隻剖腹的豬，血水淌溢，兩種汁液匯成一道幼幼的暗流。

熊貓叫昏昏欲睡的阿離留神，避免踩到。律師剛告訴等待家屬，現時情況應不會提堂，可保釋，但需在警署多待最少一天，讓他們先回家休息，晚點再張羅物事。二人稍稍安心，決定回宿舍補眠。

臨睡前，熊貓拽拽阿離的被子：「你怎麼不問我接著是怎樣？」

「甚麼接著是怎樣？」阿離剛洗完舒適的熱水澡，全身裹在暖暖的被窩中，快要進入夢鄉。

「我和阿默小時候的事啊，講到一半律師就出來，沒了下文，不覺得總像差點甚麼嗎？」熊貓是說得興起，需要聽眾。

阿離拒絕：「你自己想說罷了，我沒所謂。又不是他要跟我說。我要睡了，起身還要去阿默家挑幾件——糟糕！」一個激靈醒來，彈起、坐直，眼瞳睜大：「要幫他『執屋』[12]，清理門戶，收走東西，我完全忘了這回事——怎麼辦怎麼辦？他們會不會用搜查令——」這是她身邊第一次有關係密切的人被捕，手忙腳亂。

「沒事，冷靜冷靜——我來找你前先清掉了。其實都沒甚麼，少量物資而已。」熊貓經驗較多，已處理好：「放心啦，你已經很累了。」

阿離沉默半晌，為免被發現自己鼻頭已酸，她再次埋進被窩，大被蓋頭，傳來悶悶應答：「你說吧。我當是催眠曲。」

熊貓一笑，隔著被褥大力抱她：「好好好，我說我說。」她繼續說，嗓門大的

12 編註：反送中運動用語，即抗爭者被捕後，其親友先於警方登門搜查前清理家中物資或敏感材料。

關係，娓娓說著的聲音，漸次蓋過被窩內瑟瑟的抽鼻子聲響。

書店中央大概擠了十多個人，店員指示嘉賓、得獎者、家長和學生走到發布會區域——他們把店內原先置放文具、飾品和勞作用品的貨架移到別處，排出幾列座椅，前方有小講台，牆上掛起一道紅黑色為基調的橫額，印著「身連身、心連心——汶川大地震徵文比賽頒獎典禮暨文集發布會」。換言之，這是一個完全開放的空間，沒有圍欄、沒有獨立房室。顧客、小孩、倉務員等，往返川流。工作人員測試咪高風，不知怎地沒有聲音。

洪奕頭上打出幾個問號，坦白說，這規模、這排場，與她原先想像的頒獎典禮確實有所落差——好吧，她不會讓旁邊的阿默知道，直至上星期，她仍死心不息，抱著一絲僥倖，揣估來到會場後，在得獎者登記的名單上，終於——百密一疏而巧妙地，竟找到自己失落的名字，甚至位列阿詩之上。然後她將指著「洪奕」二字，首次慶幸它在云云三字名的表單中異常醒目，向工作人員報到，並在對方表達歉意前，率先大方有禮地表示沒關係。

她想像，工作人員將導領她走進一個劇院或舞台般寬廣的會場（更可能會有紅地氈和此起彼落的閃光燈），施施坐在阿詩鄰座，在她驚訝的目光裡淡淡笑說，哎是他們弄錯了，原來我們都有份，太好了。

至公布得獎一刻，射燈將不偏不倚落在她的頭頂，然後她會在台上邊哭邊分享預先準備的得獎感言——不能太個人太內在，別把時間都花在感謝家人朋友老師主辦單位，要公共一點，必須把握機會，呼籲大眾關注汶川死難者及相關復建工程，心繫祖國，血濃於水的同胞，只要人人肯付出，國家將會更強大。洪奕彷彿要聽到大家肅然起敬的掌聲，電視上的樂壇、金像獎頒獎現場都是這樣的。

典禮完結後，或會有記者採訪她怎麼年紀小小，已對國家有如此強烈的歸屬感，感言說得成熟真摯。那份報道將被張貼於課室壁報，蓋過其他同學的嘉許狀，將全是她。是她。

為此，她特地挑了一條腰繫蝴蝶結的白色洋裝出席。

但這裡既沒登記處、紅地氈，更遑論射燈、舞台。

他們進場時，職員僅奉上場刊，遙指中央處，沒過問二人身分。人煙稀薄，三排座椅只有第一排填滿。她見到阿詩和爸爸媽媽一起來了，還有幾個年齡相若的孩子及其家人，皆挺直身子，興致勃勃翻看場刊。洪奕在後方打量阿詩，她那身黑色晚禮服，在去年音樂節的鋼琴獨奏演出中也穿過，胸前繡有一片玫瑰蕾絲。可惡，連她都不得不承認，真好看。

快要開場，主持催促參與者盡快就位，然人數依然零丁，洪奕奇怪，本說好一同支持阿詩的同學們，怎麼一個不見？阿默隨便在書架抽一本書翻，打起呵欠。眼見場面尷尬，主持即邀請在場顧客隨意加入，一同見證這極具意義的發布會。結果許多原本伸頭探腦，左顧右望的路過老人、照顧孩子的婦孺馬上不客氣坐下，湊個熱鬧。

多年後，熊貓待在宿舍百無聊賴的上午，因好奇和八卦而亂碰阿離的書櫃，其中一本書名與毒品相關而吸引她，翻起來卻是阿離一貫愛看的文藝小說，有一句是這樣寫的：「人的心靈豈不就像一架秋千，得到一種推動力，向著人性的善意方面擺動，這也就肯定了它必然要向著非人性的惡意方面擺動。」—

對於難明抽象的句子，熊貓會嘗試在過往生活經驗中梳理例子驗證，以檢視自己同意與否。她直截了當，說得對就對，不對就不對，那就拋開論述或書本，承認與自己不投契。阿離呢，會質疑是否自己誤讀，或是程度不足以理解，不夠乾脆，太多包袱。

於是熊貓記起年幼時，這個小小的發布會。

根據場刊，流程是這樣的：開場白、嘉賓致辭、播放紀錄短片、表演者朗讀文集選段、全體肅立默哀三分鐘、中樂表演、頒獎、合照，完結。

從開場白至短片放映過程中，洪奕不下多次抽出面紙拭淚，主持人婉轉低回的聲線透著濃濃哀傷；嘉賓（好像是甚麼太平紳士）談到事發後，他隨國家團隊前往災區視察，並奉上從香港募得的物資和捐款後，當地人民表達卑微而激動的感激，爭相邀請他們到家中作客、醫院裡缺了一隻手或一條腿的孩子告訴他仍想到學校上課、打球、貧窮者在大街上向人員乞討食物和資源……紀錄短片中，中國派出軍隊及消防員至四川進行爭分奪秒的救災工作，講述英勇盡責的救援人員連夜趕來，二十多個小時未有合眼：「但時間就是生命，他們晝夜不停搜索被埋在廢墟下的同胞。」旁白如是說道。

片中重點拍攝軍隊拯救受困者的一個事例：多日缺水的小女孩被埋於瓦礫，只露出凌亂的髮背，人員邊接駁飲管至其嘴內補充葡萄糖，再動用千斤頂、挖掘機鑽開洞穴，整隊人冒著若樓板塌陷將一同陪葬的生命危險，衝入穴內英勇抱出女孩：「令人驚奇的是，當天竟是小女孩的生日！小女孩和人員的毅力戰勝了死神，不知是誰先開始，但現場一百多名軍員開始唱起生日歌，為女孩活下來慶祝，想必在她的餘生，都必不忘記這一年的生日——她生命中，最大的奇蹟。」

片末，國家領導人站於廢墟灰燼的最高點，鼓動眾人：「我相信，任何困難，都難不倒英雄的中國人民！」

不僅片中的搜救人員被擊中，此刻，包括洪奕在內，現場有近半數孩子、家長、路過的遊人，都為一種閃耀的，如調味料般濃烈的人性光輝而感動。

美好和高尚像一襲毫無雜質的絲絨，滑順包裹、緊纏、攫住每個人熱切跳動的心臟，蔓延至其他臟器、四肢——她、他們，為人類的生命裡竟有如此純粹的愛和付出而深深撼動——由於紀錄片的敘事一再強調家國概念，使得觀眾們非常順遂把情感來源，歸類於國族的身分認同——多麼值得驕傲的民族，多麼厲害的、了不起——他們的國。

片段放映完畢，主持人領示眾人進入默哀環節，閉目沉默，為災難中所有受難者弔唁。他們依言低頭，雙手合握，虔誠、沉重、投入。

然而同一時間，兩個在洪奕附近的婦人，似乎只把座位當作休息處，並未留神於偉大的放映，更開始竊竊私語暗自交談。聲浪漸大，說到甚麼更嘰笑起來，嘻嘻哈哈。

張眼後，洪奕即猛地瞪向她們，意圖以視線告誡二人收斂——在這嚴肅感人的氛圍中，這兩個無知的人怎能無事一樣，翹著腿，如常聊天？在生命的危難與救贖當前，她們難道不會感到羞恥嗎？

洪奕惡狠狠地想，一場莊嚴神聖的儀式，被這兩個天殺的無情婦人，徹底褻瀆了——多麼可惜！但該死的是，她們永遠不會知道自己破壞了甚麼，只當這是一場無傷大雅的小活動——如果可以，叫她們付出代價，讓那副自由擺出嘻笑怒罵的臉，只能滿佈恐懼和後悔的淚水，或許才能收得警惕之效……她為自己生出的極端念頭暗暗驚倒。

那種惡意，如細胞蔓生。多年後人們知道，若匯集儲存起來，可像蟻群聚攏，狠上來，摟死一隻象。

晚上，洪奕自回家後就把自己鎖在房間內，死活不出來，晚飯不吃，澡不洗，連廁所都不去。哪怕媽和蘭姨軟硬兼施都沒用，她們問阿默，阿默搖搖頭，沒講，最後大夥放棄，各自關燈睡覺，反讓洪奕尷尬，擱不下面子自行開門。不知阿默是看出她心思，抑或知情，烘了兩片麵包，塗上煉乳敲她的門。

門開了。二人靜靜在房內吃多士，阿毛一躍上床，盤身而睡。她慶幸他知道她討厭花生醬和黃油。

「你不問我怎麼回事嗎？」討人問自己問題的習慣，似乎是她自小習得。

「我不猜，你想說就是。」自上個月遛狗的不歡而散後，僵局一直維持。今天也是媽逼著要阿默帶她去，二人才相對一整天。

「好啊，交換吧。我告訴你，你也要告訴我你的決定。」她耍無賴。

他說好。

「好吧，我知道你會看不起我……但其實直至昨天，我仍僥倖地想著自己或會得獎，只是大會搞錯了。然後今天我會走上頒獎台——咳，我還特地寫了滿滿一張得獎感言。」承認虛榮心這回事，比跑馬拉松更累人。

「哦。」他沒說他早知道，這幾天一直看她碎碎唸練習，甚麼「每人踏出一小步，將可成就國家的一大步。」、「奇蹟，不需要尋找，因為生命本身，就是最大的奇蹟。」好多金句，連他都會背。

「我原本很自信，我的得獎感言獨一無二，是從心而發的感動。」翻譯過來就是，那種慷慨無私，不講求個人榮辱得失，只著重事件本身，敬告同胞，呼籲關懷的高尚，她不認為其他人會具備。在洪奕眼中，其他人寫得都很爛，是為賦新詞強說愁，矯揉造作，毫不真摯。這點她在翻閱文集時獲得印證。

直至主持人現場逐一宣布得獎名單、名次、作品名稱，直至比她年長年輕的孩子們上台說話，包括阿詩。她想像中如同樂壇或電影頒獎的場面發生了，儘管與她無關。

真正動搖擊垮她的，卻是他們的感言。

居然，竟會，與她準備的，如出一轍，或娓娓道來，或琅琅上口，得體動聽，抑揚頓挫，振振有辭，箇中情操和關懷，比她的更有過之而無不及。

沾沾自喜的心情如浪潮，從洪奕臉上褪去，她越聽，臉色益發青白，她不斷比較各人感言，意圖揪出缺點或不足，與之比較，歸納出自身獨特性，卻無從狡辯——事實上，沒有比這更廉價的事了。

連賴以為辨認存在的錨，皆一同被捲翻、吞沒。

要怎樣形容這種感覺？好比走在街上發現自己跟別人撞上同款衣衫？不，不夠，不夠準確。好比老師的星星貼紙貼給了全班？在課後常到訪的無人公園碰上認識的人？

或許該這樣說，在一台夾娃娃機前，一名父親不斷反覆集中於抓夾某隻娃娃，女兒扯抱褲腳，殷切的臉讓他有著必須成功的使命感。而被相中的娃娃（假設帶有意識）在拑夾騰升離地，與脫爪頹然墮落群堆的跌宕起伏間，慢慢建立出命定的信念——她必然是重要的，她象徵女兒對父親的信任和期望；父親對女兒的承諾和愛，這種被賦予的意義讓她把自己與機內其他躺平微笑的娃娃區別出來——他們要的是她。

只有她。

因此當娃娃被夾出，由女兒抱在懷內走回家的路程，是娃娃最特別、確認身分的時間。直至這認知在房門被打開，女兒把她擠放於床頭的娃娃堆中，輕摸其頭髮，就轉身離開時再被徹底打破。

洪奕從床前眾多同款卡通的毛絨玩偶中隨意拿起一隻把玩：「我發現，原來我跟他們沒有差別。」

墮入相似劃一的集體之中，偌大而碎屑般的衣色、肢體、動態、神情，無法辨認出任何一個，任何一個，個體。如同電視直播的奧運開幕，教她生出疙瘩的從眾，沒有臉，密攏團圍的集體。

那一瞬間，所有豪言壯語，悲慟，自以為是，忐忑，驕傲與脆弱，虛榮，對國族認同的激奮，她的整個夏天，都顯得無比廉價。

「嗯。」阿默盯著碟上吃剩的多士邊，乾硬無味。

他不懂得安慰或提供建議，呵護一隻叩出裂紋的蛋的方式，並非趕緊用力敲碎殼塊，把卵液捏握成確鑿的形狀。他把它捧在掌心，不教過高的溫度燙熟它，或太冷的空間可能會讓蛋停止孵育。像這刻，二人沾滿麵包屑和煉乳甜膩的手溫熱地，覆在一起。

房間很靜，只有年邁的狗因熟睡而發出的打呼聲。

幾個月後經社工介入及斡旋，以家暴問題緊急處理，蘭姨和阿默終於獲安排位處葵青區的公屋單位，一個普通人輪候時間以近十年計算的居住空間。媽生了妹妹沒多久，要養身子，只有洪奕和傭人姐姐帶著入伙禮物去招呼。

新居是屋邨設計，樓下有社區會堂、球場、公園，走遠一點有小商場。最重要是，這裡有升降機，走道燈光明亮，設有垃圾房，蘭姨大讚，躺在沙發上說，這才是人住的地方嘛。哈哈，以後阿妹你和你媽來也省得辛苦了。

方便歸方便，好像少去一份探險的神祕感。

後來媽告訴她，蘭姨終究與姨丈離婚，著她以後說話當心。洪奕嗯嗯哦哦，似懂非懂。所以，再不可分割的關係，終有崩解的一天嗎？雙方是怎樣從愛得要生要死，走到非得掙得魚死網破的狼狽收場？抑或打從一開始，愛甚麼的，不過是自以為的想像？又或者他日一方決意離開，另一方執意挽留，最後會釀出怎樣的境況？

她不知道的事，太多了。譬如到底那晚，姨丈到底有否動手打蘭姨，蘭姨是否為了拿公屋而說謊；馬仔坑大火，媽的鳥怎麼了；為甚麼蘭姨總得處處在媽面前討自己高興，媽則處處相讓蘭姨；還有阿默，跟蘭姨是他的選擇嗎？

這個夏天，一切都變得太快太急，她轉不過來。

她呢，會否有一天，她竟發現，如今所鍾愛執著的種種，最後厭棄避之如洪水猛獸？

問題像包裹巧克力條棒的鋁箔紙。若因好奇和欲望而撕開嚙咬，探知真實，她的蛀牙們也必會在獲得饜足的同時，被貼在表面的殘餘鋁箔紙磕中臼齒。兩種金屬材質相抵，觸發電流，戳入齒腔神經，酸麻的痛楚將恆存於身體——不致命，但，癢癢的，痺軟的難受。

她便不去過問。

從小學畢業，洪奕如願考上一家英文中學，放榜那天阿詩哭得淒涼，她和依惠剛想走前，就被她大吼說你們這些第一志願的都滾出我視線，得甚麼獎考甚麼八級鋼琴有甚麼用，我的人生要完了，完了！

多麼諷刺，僅是近一年前，頒獎禮上，之於被注視的在意、執著和難過，在升學主義的逼力下，如同過眼雲煙。

一家人為慶祝及聚會，暑假時帶她和阿默去海洋公園。她本打算把機動遊戲都玩一遍，但媽抱著妹妹，一眾大人不愛刺激，只能遊覽動物館，看水母、鯊魚、鳥和熊貓。洪奕跟阿默走在最後，那時他們已許久沒聊天，沒一起看週日影院，放狗，吃烤多士，她想不到有甚麼是可以問他的，先嗶哩吧啦說近況，新學校註冊，新的校服，打算參加甚麼課外活動，每天要多早起床……她怕沉默盈滿空間，怕它像毒氣，會教人窒息。

「噯，」阿默突然往館窗一指：「你看，出來了。」

洪奕順勢看去，玻璃後是熊貓園，鋪有草皮，整齊地分種樹莖、木架和不知名字的葉叢，排設石陣、梯階，井井有條，企理乾淨的環境。竹葉隨地擺放，好教熊貓可執起嚼食。

一隻熊貓從高處推門出來，窗前的遊人即連連驚呼，普通話、北京腔、方言、廣東話交錯：「好得意！」、「太可愛啦！」、「太待人親了！」，紛紛把數碼相機湊近拍攝：「這是哪隻？安安？佳佳？還是盈盈或樂樂？」園內有兩雄兩雌的熊貓，沒人辨出露面的是哪隻，告示牌上寫著「眼圈呈八字形的是樂樂；呈橢圓形的則是盈盈。」但熊貓位置極遠，難以看到輪廓。

反正沒人關心，哪隻是哪隻並不重要，反正只消是熊貓，就是國寶。

熊貓自梯級下爬，先執起一株竹枝嚼了兩口，丟下後趴伏原地，屁股朝向玻璃方向，半晌沒有動靜，似是休息。遊人們拍得興起，苛求牠更多動態配合，起初用聲音召喚，拍打玻璃，繼而吆喝：「起來啊，怎麼不起來？」

「多吃東西給我們看啊？不是國寶嗎，怎麼不繼續吃竹？」

「去爬爬木架嘛，怎麼這麼懶啊，唉，真是的。」紛紛發起牢騷。

此前洪奕從未見過活生生的大熊貓，一直以來都只在電視、書本或課上看過圖片，宣傳教育強調熊貓的黑白分明毛色是中國獨有品種，乃瀕危絕種動物，多居於四川。本港四隻熊貓，分別是一九九七年及去年祖國為慶祝香港回歸而特意送贈，由於香港是石屎森林，無法栽種竹林，熊貓的竹糧都需從廣東購入運送而來。也許片段和圖片皆被修過，她對熊貓的印象總是可愛討喜，吉祥物般活潑，像她很想養的貓，軟軟好摸，美麗，有想親近的衝動。

但她隔著迷濛玻璃看那懶懶不動的熊貓時，無法感受一絲喜愛、興奮、歡喜——反應是：僅此而已？她未被觸動，沒有很想不顧一切，跑進園內磨蹭牠渾圓肚皮的意欲，就似見到一隻狗、一隻蛙、一隻牛、一隻羊——一隻動物般稀鬆平常。若要勉強找出情緒，大概是一陣寒冷的悲哀。

下一瞬間，熊貓驀然爬起來，在眾目睽睽下，四肢撐身，尾巴微微翹起，臀部朝向觀賞玻璃，小腹一收縮，從那如雪球的短尾下，竟緩慢排出一條條糞便，硬實有形，自肛門被節節推出，如截截香腸，垂直滾落於地。

「哇，好核突[13]！」

「小朋友不能看！」

13 編註：醜、難看。

「Yuck，撞鬼了，太不雅了！」

「去去去，我們去下一站好了。」遊人的咒罵聲此起彼落，這不是他們預期遇見的事，沒人想到支付不菲的門票價錢入園，迎來的不是國寶可愛可親的活潑撒嬌，而是其生動的排洩過程。這完全忤逆他們的期許原則，不可忍受，一哄而散。

熊貓呢，方便後，爬進石壁後一處難以窺見的小縫，調整姿態，又繼續趴下，呼呼睡了。

「哈，我覺得牠挺聰明的，懂得用拉屎趕走遊客，舒舒服服再繼續睡。」離場後，洪奕說。

「你有沒有聽說過有個都市傳說，說其實大熊貓都是人扮的？」阿默說。

「甚麼？」

「說是熊貓館員工間公開的祕密，安安和佳佳不能同時出現，習性關係，兩隻見面時會極度不安，繼而大打出手。所以若有任何人見到他們同時出現，其中一隻實則是由員工穿著布偶裝所扮，只會伏在門口不動，弓身裝睡，以免被發現胸前的拉鍊。信不信由你啦——」他看她已轉身想回去查證，即拉著手臂：「下次啦，你媽和我媽都走好遠了。笑話而已，有時別那麼認真，太用力，會累。」

開學前一晚，洪奕一直盯著牆上那幅阿默離去時未有帶走的《喜劇之王》海報，周星馳和張栢芝仍在樹上凝望彼此。旁邊掛著媽買給她的新書包，繫上蘭姨買來送她的熊貓布偶吊飾。

她想起阿默的話。熊貓會是人扮的嗎？對喔，牠們的家鄉是四川，去年經歷大地震後，家園又待如何？大家都爭相報導人類的生命故事，那麼熊貓呢，牠們有被塌陷的建築砸死嗎？有跌在震裂的地塊間摔死嗎？

牠們數量這麼少，會否大地震時，實則已全數滅絕，只是消息被當局壓下？世上會否已沒有真正的熊貓，但政府為保住「國寶」的名銜和面子，開始找人來扮大熊貓？會不會在未來，這成為一個公開的祕密，所有人都知道熊貓皮內明顯是人，卻仍興高采烈沒事一樣購票進場？那扮熊貓的人要成為一隻熊貓嗎，抑或這只是一份工作？她可以應徵嗎？

太複雜了，看，她又開始想些亂七八糟的。

翌日，中學的第一節課，班主任要求全班同學逐個起立，用英文自我介紹。洪奕緊張死了，眼看前座已說完坐下，她即彈起身，支支吾吾半晌，在眾人期許而具壓力的視線下，洪奕眼角餘光瞄到書包上的小吊飾，話語便如水流順遂溢出。

「Good morning everyone, my name is Hung Yi. You may call me Panda.」

輯三
日常運動

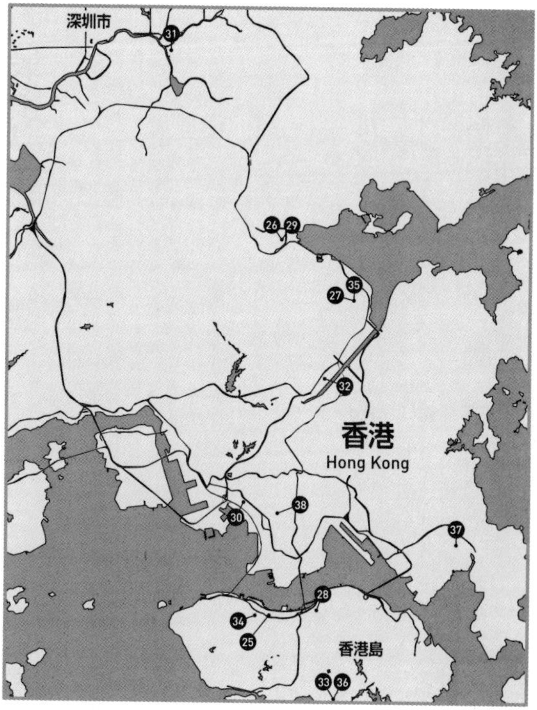

最後一課

25. 勇武小隊進場（何森與陳若）
26. 何森任教中學
（何森與寧悅、林懷）

外面

27. 大學（林懷與趙嘉）
28. 維多利亞公園（七一遊行）
（林懷與家人）
29. 林懷與何森任教中學
（林懷與何森）
30. 法院（林懷與趙嘉、黎清）

Be Water

31. 從羅湖來港
32. 舒雅任教中學（舒雅與致遠）

Be a girlfriend

33. 選區（趙嘉與江洋、熊貓）
34. 滙豐總行大廈
（過往社運現場，趙嘉與庭泓）
35. 新界大學及宿舍
（熊貓與阿離、男友）
36. 選區（熊貓與江洋、趙嘉）
37. 家裡暨投票站（熊貓與阿妹）
38. 男友家裡暨小巴站
（熊貓與男友）

最後一課

那女學生又交來長長的作品。

手寫於原稿紙上，潦亂而狠戳的筆跡，一格躍到另一格，洋洋灑灑填滿一頁頁四百格稿紙，厚厚一疊，筆勁凌厲，必是握筆用力。用鉛筆輕掃紙面，可拓出上頁嵌下痕印。好些地方幾段刪去，自某頁拉上補下，圈起數句，畫個標號插入另一頁段落。若未凝神依序細讀，很易迷失，讀過兩行便想撒手不幹，如同何森此刻。

這年頭怎麼還有人用原稿紙寫作？不，應說，怎麼還有人真的寫作？像這種創意寫作班，說穿了就是技巧精進課程。學生不情願來上課，導師也教得敷衍，每節隨便派些文本，一節講「起承轉合」，一節講「人物描寫」，一節講「人稱敘事」，老士得自己也不會用，不會信。給些作業，學生交不交他無所謂，沒寫最好，省得批改，反正沒人在意。

他用指腹摩娑凹凸如拓印鮮明的稿紙納悶——本以為教寫作班是輕鬆活兒才答應學校，卻獨獨出了個狂熱分子，如今是搬石頭砸自己的腳了。

有時何森覺得怎地一睡醒，就畢業了。四年光陰盡落在翹課、打兼職、泡妞、昏睡、在宿舍混日子裡。主修沒怎麼用的文科，起初一兩年做過書店和出版社，有過當作家的文青夢，後來還是寫不下去——書寫如此消耗，思考與建拓世界觀之難，並終日難過——他知道不可如此，渴望當個庸俗舒適之人。輾轉下經學長介紹，到中學當教學助理，多待兩年對教學未有太大熱誠，權當糊口。

第一年來校時尚提心弔膽，學校嘛，最最講求制度和約束的地方，大家精明認真，上班時恤衫筆直，領帶緊結。那時被安排坐在校務處，詢問處鍍的是大玻璃，像個大魚缸，外人路過一目了然。何森處理雜務，影印工作紙、分派信件、回覆電郵，再負責幾個課外活動，試過週六早上七時帶學生參加紅十字會急救和步操考試，總之甚麼難啃的工作都是他。

八月中，學校為競逐區內最環保大使稱號，不允校務處開空調，校長室則長年冷若雪房。天花上吊扇吵得像轟炸機。辦公室內坐著十數人，書記阿姨、會計、文員，平均年齡超過四十，話題環繞電視節目和煮食。今晚煲花生眉豆雞腳。還是不好，近來西洋菜當造，買兩斤回去搭顆陳腎，夠滋潤，昨晚看 Youtube 教的。

無聊的人說著無聊的話，樂此不疲。

翌年，何森終於擔任初中副班主任，同時任教該班中文科。他在教員室獲分配一個因移民離職的教師座位，但需與語文拔尖班導師共用，是位考進大學中文系的校友。

校友是充滿教學熱誠的男孩，剛上大一。何森起初沒與學弟相認，聽說是陽光熱血的模範生，在學時已矢志要當教師，回母校春風化雨，作育英才。常見他與學生們打籃球，大師兄似的。

看起來很真心，何森就怕。

真心的人都有信仰，通常相當堅定，以為世界就是一條衝線的紅色緞帶，有始有終，只差時間和付出。而他大多時候不會與之爭辯——不然他們就會拚命像傳教般把他拉入運動場，用善意脅持他換上跑鞋和背心，加入這場永無止境的馬拉松。老天，饒了他，天知道他大學時的體育考試就是請槍低空飛過。

更甚者，生活不過是一個盛大繚亂的大滾輪，迴迴繞繞，不論人之性情、事情的發生總在重演，轉得人意志消沉，暈眩欲吐。然而沒發現這點的真心者，卻會一直拚盡全身能量，巴望轉盤上永不可達的遙遠頂點，只以為自己未臻盡力，自責而益加使勁，直至消燃殆盡，要不猝死暴斃，要不徹底抽身，窮此一生不再相信任何幻覺。

上月有幾個結伴上街的學生被捕，有人保釋期間接受訪問。終是初生之犢，或以為外貌及聲音已經過處理，激昂坦白講了真心話：反政權、搞革命的宣言，又同時批判民眾過於安逸，遲遲不肯把行動升級，耽於捉鬼云云——沒人知道是否原意，畢竟事情曝光後，學生怒極反映這是剪裁而成的結果，多次去信該網絡媒體下架片段，但反正這段相當真摯地把兩邊各打五十大板的訪問，是觸動觀眾神經了。

要知道這年頭，人人都是名偵探，小則從訊息發出時間日期地點推測發送者位置，大則從一個限時動態、一張相片、一個表情歸納出對方背景、階級、與誰出軌、暗暗交往。年中不少偶像因此身敗名裂，民眾則如蟻群，摟死這隻象，屍骨全無，沒趣了，往下一攤。

學生被起底後，先是校門外每隔幾天囤集中老年人，穿同色背心，拉橫額和印反了的國旗在門外叫囂抗議，指責校方包庇黑暴，灌輸洗腦教育，培養少年兵顛覆政權。烈日當空，他們喊得近乎破喉嚨，要求校方回應訴求，即時把幾個涉案學生踢出校。

教師們在教員室內，撐開百葉簾偷看：「他們不累的嗎？猜他們一小時收多少錢？」

「可能包飯盒呢。唉，啲人都無腦，吵得我班學生上課只懂湊窗邊看，咯咯笑，無心上課。中六啊，要考大學啦，皇帝不急太監急。」當班主任的阿 Sir 翻著報紙應道。

然後是學校開始平白無事收到大量外賣訂單，二百份薄餅、一百個蛋糕、一百多份炸雞……全是餐廳用客貨車新鮮送到校門才知悉事件，不能退單，只得硬著頭皮接下，在操場開放眾人自取，可樂了學生們。（坦白說，作為一個陰謀論者，何森一度想過除了首一二宗是被盯上的惡作劇，往後的可能是學生看穿情況的順水推舟。）

到了學校教職員的個人資料也被搜刮出來，網民更把歷年上載到校網的班照、員工照、旅行相任意亂傳塗改時，校方緊急開會，要求涉案學生先暫時停學。這是殺一人，息眾怒。從前唸中史的典故，如今何森親身得見。

於是校外干戈止了，校內又起。

十月一日，學校區內有個中五少年被警方用真槍射擊，子彈鑽入距離心臟僅三厘米位置——「三厘米即是幾多？即是好近？我文科出身真的沒概念。」聰明的教師從不在電話群組內留言，卻在舒適密閉的教員室內侃侃而談。

「你想像，大概一個硬幣的直徑左右。」生物科老師沖茶時說道。

「哇，那小子又真的幾命大喔，大難不死，必有後福。我是他媽，今晚就去買六合彩。」蔡主任是有名的口沒遮攔，似乎在何森出生前已在校執掌教鞭，據說是真的打人那種，舊生都忌他幾分，開會時校長也尊重其意見，儼如長老。反正他明年退休，人人抱著再忍讓一下就過了的心態熬下去。

「哎你們看看這邊，昨天是血書，今天是跪，明天會是絕食嗎？他們搞這麼多東西不累嗎？」靠窗女教師又一次掰開百葉簾，在縫間偷望樓下操場。

操場中約十個學生跪於地上，一字排開，跟前有寫上字句的白色橫額。

早幾天校內會議上，除了學生處分，管理層提出一些實際操作的應對措施。學校算是區內名校，以往校風蔚為自由——除了較保守的教師自我審查外，向來無甚禁言禁表態的指引，從前還曾邀請參與學生組織的舊生回校分享社運經驗。

然本星期初起，學校拒絕攜有物資的學生進校，訓導主任要求幾個高年級學生解釋派發單張中部分字眼意思，沒收物資，又要求帶黑色口罩的學生脫下，否則會記過失。

國慶第一砲，晴天霹靂。

何森想起陳若說過，立法會外望見的第一顆催淚彈。直到它被發射，擊於群眾間，釋出白煙，刺鼻嘔吐前，沒人想過它會這樣，確然，真的，發生了。一個公民社會，猝不及防，被投射炸爛。

他記得學生們錯愕的臉，失望衍生的過程與幻滅同樣緩長：混亂、拒絕相信，嘗試辯解，據理力爭，相信討論和溝通，以為仍有空間，至頹然失敗，開始夾和忿怒、被背叛、不甘。從理性到發飆，繼而不得不，不得不接受投降。

何森手持垃圾袋，學生們憤憤把一枚枚黑色口罩投進去，投入一個全新的、不見底的洞。

但絕望與幻滅往往不是剎那而成。它與改變不同，改變是驀然豎立的閘門，迅捷築成，使人覺察存在；幻滅是不可見的籬，每次跨進被戳刺有傷，然未禁止嘗試，虛設希望，反覆戲弄、嘲諷，直至消燃殆盡。

寧悅在創意寫作課的作品便是一例。

他以往沒教過她，只知道她中四，唸普通班，科任老師推薦時說：「她慢熱，但會思考，認真，肯學的，就怕你覺得太木納。」確然，何森上課時常備短片、文本和一堆用不盡的冷笑話，炒熱氣氛，好些學生會笑，好些會主動提問，好些就是瞧不起整個課，特地找碴似的問問題。

寧悅都不是，屬於「南瓜類」，即全然沒反應，很靜，像一棵沒生機的蔬菜，只有抄一點筆記這點彰顯運作。交來的作文卻全然不根據「遊戲規則」：她可以順手拈來任何、是任何題目都能寫成自己想要抒發的方向，哪怕方向實在單一——運動、抗爭、指控政權、憐憫抗爭者。

課堂性質使然，何森擬出的題目發揮空間很大：「又一次」、「車上風景」、「一次偶然的相遇」、「空座位」，教材自他大學起沿用，原以為會如以往收到「又一次犯錯」、「車廂百態眾生相」、「失散多年的子女與父母重遇」、「博愛座的反思」或「一場因故缺席的聚會」之類，然而寧悅交來的卻是「又一次因為立場相悖被家人趕出家門的孩子」、「車上被全員搜身查身分證的乘客們」、「兩個在抗爭現場相遇的同學」，以及「因被捕而再沒上學的鄰座空位」。

不僅如此，人人以電腦、手機、螢幕截圖交功課的年代，她仍堅持用同一疊自購的巨人牌原稿紙。綠格白底，直排，四百格一頁，中央一列長空格，用以寫篇名及頁數，紙質順滑而厚，不透底。

她寫得很亂，有時圈起左邊某行拉到右邊，有時悉數刪走半頁，似是不滿意鋪墊，多次修訂重寫，坦白說，確是比那些膽敢用電話記事本寫兩行就交功課的學生認真多了。然而其作品結局，不是「願我們總有一天能煲底相見」，便是「香港加油！」，美學上完全為依附意識形態的文宣創作。若是往常，若是學生最喜歡寫的「家破人亡」、「連環殺人狂」、「富商竟是我爸爸」等套路，何森已圈起許多煽情字句，要求作者注意，避免情感流於表面。

然而她堅拗地寫，赤裸地寫，不追求好看、亮麗、優秀，沒有包袱地寫。

這是要教人怎樣對待呢？

不該如此，學校和教育界不是適合坦露的場所。

大多數成人用愛和溫柔包裝聲稱保護孩子，實則懶得承擔；學生們自小被教育要知所進退，體面溫順，在教師前恭敬有禮，在考卷上寫著自己都不相信的價值，在作文上寫取悅考官（大人）的感人大道理，孝順父母、當個有用的人、勇於追求夢想。漂亮話像肥皂泡，吹得越大越圓就越高分，出了校門馬尾一甩，領帶一寬，那模樣才真實——但誰管他呢？與學校無關。

何森一直以為，這是學生與教師間不上枱面的共識，誰不是這樣成長的。名為保護的，迴避的、疏隔的膜，小心翼翼，禮貌地，誰都不去僭越、戳破。

「我不是說這些作品有問題，它們都寫得很好，但面向心智發展未成熟的青少年，我擔心會有反效果。討論議題這回事，很易落入二元對立的極端，學生不知頭不知路，易被煽動，或許可以再想想？」會議上，一名在教育界德高望重，兼有寫過幾本散文集的中文科老前輩如是說，隨即把眾人找來的文學作品，逐一刷掉。

去年何森剛入職，就被派去跟隨中文科的林老師參與一本本地文學地景選集，是跟大學合作的出版計劃，找來不同學校代表的語文教師給予意見，畢竟編集源起是以啟發中學生對文學的興趣為主。大學方由研究助理搜尋各區篇章，並於會議上討論適合作品。

於是老前輩提出剛才顧慮，建議刪去含有吸毒、妓女、性、政治、地產霸權、逼遷、劏房等議題的創作，保留山水、人情、建築、歷史、個人抒懷、感人道理的篇章，當中包括自己的，和自己學生的作品。

非常純潔，如清水般乾淨的字。

席上分為四類人，一類是老前輩膝下門生，一類是老前輩膝下門生的門生，一類是老前輩的友好，餘下一類人是何森、林老師和寥寥幾個與老前輩無關的教師。頭三類人自然點頭附和，只差拍掌稱頌；第四類人中多是被半推半就喚來，要不就懶得開罪前輩，沒有吭聲。

此時林老師開口。

「選集的本義，定位除了學生，還有十八區地景特色。我認為如今資訊發達，學生要知道甚麼，了解甚麼，在手機上按個鍵就找到了，甚至或比我們想像的更誇張更極端。然而若就此完全迴避，學生或會以為文學只講求修辭、技巧、文筆，距離價值教育就會越來越遠。這些議題本就是香港一部分，如能以此為契機，讓學生多解城市狀態，或會有意想不到的收穫。」

何森暗暗佩服。

結果卻是，兩週後，學校代表從林老師換成另一位葉老師前往洽談，全程會議皆用文件蓋過自己用手機悄悄滑著的微博。

至於文集，最後整本選上那些無垢無瑕的晶瑩文字，統統置在櫃台窗前，陽光蔓矖，任其兀自生輝。

就是這麼回事，教育、文學無非關乎話語權，這是不上枱面的共識。然而寧悅那些不論在筆勁或內容上，皆深刻用力的原稿，都讓人無法忽悠推搪過去——她跟發起行動的學生一樣，溫和、不卑不亢而坦蕩地，表達自身。

何森不知如何應對，把稿件收於文件夾內，未有批改，也未有發還，就此凝藏於教員室。

被沒收口罩的翌日，幾個高年級學生竟運得布疋進校，以紅色油漆寫著「還我自由校園」、「還學生上學權利」、「學校不是法庭」，在小息、午飯時間於操場前空地攤開，他們一字排開下跪，望向高樓教員室，惹來同學圍觀。

「昨天是血書，今天是跪，明天會是絕食嗎？他們搞這麼多東西不累嗎？」靠窗女教師掰開百葉簾，在縫間偷望樓下操場。

「唉，就是我那班中六，都不知是不是上個月見到其他人在校外叫囂，就有樣學樣。我常跟他們說，他們現在的身分是學生，要爭取話語權，要有 Say 不是這樣做的，人微言輕，誰理你？君不見警察專瞄孩子來打來抓？就是無生產力，又沒權沒影響力，像捏死一隻蟻般沒後果嘛。按我說，應該先考上大學，當個專業人士，有頭有面，誰欺負你？」上次搭訕的中六班主任陳 Sir 邊用手機看股市邊搭腔。

「然後成為像他這樣的既得利益者，」午飯時，學弟在無人的茶水間跟何森說：「就沒有然後了。」

學校群黨分明，分有外出吃飯隊，常是消費力較高的中層和年輕女教師；校內用膳小組多是已有家室的女教師，由家中傭人準備飯膳。她們會佔用四樓新裝修的休息間吃飯，有即磨咖啡機、沙發和雜誌；至於像他們這些教學助理、外聘或技術人員，則多在沒有空調的茶水間加熱飯盒。

「這種人以為自己甚麼都懂，以為自己閱人無數，目空一切，才最噁心。他懂甚麼？天啊若長成他這樣多可怕，白天當教畜，無事時就炒股票，滿身銅臭，批判學生，他怎會明白？」

何森想叫跟前的理想主義青年注意聲量，茶水間沒空調，窗戶大開，時有校工、書記進來裝水，鄰近就是校務處，他可不想被當作嚼舌根的共犯。

儘管不想承認，儘管這番話出自他也不喜歡的既得利益者，何森卻無法不認同。他看著少年們在滾輪上越堅定跑，就越覺虛無——他看過他們投擲的燃燒瓶，砸壞的玻璃，把挑釁民眾的愛國者打得頭破血流，敲碎的磚塊——他們非常、非常努力，如同學制教育曉以他們的，堅信付出會有回報，訴求會獲許回應。

有時他跟陳若出去。陳若專擅滅火，戴隔熱手套撿起冒煙的催淚彈殼至水袋中，遏止煙勢。然而，隔熱手套能有多隔熱呢——那是高溫，燒灼熔毀皮層，連柏油路都會燻黑的武器。

陳若的手套往往熔至與指腹黏融，腫脹，乾燥，脫皮，結痂，並在未及癒合前繼續灼燙，後來形成一種詭異的，猶如嬰兒般光滑幼嫩的膚質——指腹很薄——這些都是他們做愛時他發現的，他緊緊扣牽著她的指，壓下把它們逐一輕吻的衝動。

街頭與學校不同，這裡沒人會獎勵付出者，惟一的榮譽，只有狂潮擁簇下，從地獄來的掌聲。

有一回在金鐘的高等法院外，民眾於電車路上排成人鏈傳送物資，黑密潮群定於夏慤道，未敢朝添馬道前進，那大概是他們最安全的距離。不時有哨兵回報，警方剛推進多少米，增援了多少輛豬籠車，大家便越散越開。

直至後方傳來哄動，一團雜音混有叫喊和拍打聲。他們很緊張，怕是多方包抄，後有追兵。

然後看到，一行全身裝備充足的小隊，自太古廣場方向走來。

小隊各人戴機車頭盔、面罩，長袖衫褲另綁護肘護膝、穿手套、有背囊，包得密不透風，手持纖維盾、棍管、雨傘，約五六人，浩浩蕩蕩，朝人們退守奔逃的逆方向走去。

鏡頭似是凝住了，一種MV式的浪漫、慷慨、帥氣、從容構成不真切的濾鏡，映入所有人眼裡，儘管它實則由狂熱與怯懦交疊催生。

一瞬間，民眾頓下手中所傳物資或逃跑腳步，徐徐靠邊，使這隊勇武小隊彷似摩西分紅海般把人群剪開——儼如偶像出巡，人們熱烈拍掌，歡呼，哄動，吶喊，夾道歡迎：「加油！」、「謝謝你們！」、「要平安回來！」、「安全至上！」、「一個都不能少！」更有一個休閒衣著打扮的中年女子跑上去，向領頭者獻上擁抱，嚎啕大哭。

對方拍拍她的背，禮貌退開，繼續走，在所有、所有人的目光中，與整個小隊漸沒於街角盡頭。

直至小隊被新的街道吞去，全然不見任何身影後，電車路上的人潮又重歸中央繼續遞送東西，覆貼如海潮，不時有人大叫「剪刀！」、「水！」、「雨傘！」，就有人一把收集十多件送到發言者處。

「就這樣？」陳若不敢置信地問何森：「他們知道他們走過去後會是怎樣的吧？為甚麼仍能這樣？」此處的「他們」和「這樣」都有歧義，既可解讀為「民眾知道小隊走過去後會是怎樣的吧？為甚麼仍能歡呼拍掌？」，也可解釋為「小隊知道自己走過去會是怎樣的吧？為甚麼仍能走過去？」前者指向對旁觀者的批評；後者指向對當事人的愧疚。他猜她說的是前者。

「那要怎麼樣，跑到他們跟前跪在地上求他們不要去送頭？問他們知不知道去到可能被打到頭破血流被捕被姦被殺被丟到海上當浮屍，死了都冇人知？問他們有冇想清楚後果才出來？然後呢？」何森想讓自己住口，他不應如此。

他承認，剛才一幕後，自己同樣亟需在感動、崇拜、歡愉，猶如英雄殉身般的氛圍中擺脫。不巧，比他先一步義憤填膺的陳若當上最佳的發洩口：「就是這樣，不然你去代替他們衝？你敢嗎？」

何森在討論區學到最精闢的便是「勿認真」。認真的人彷彿是人民公敵，所有人會團結起來排擠他逼死他。好比一封連鎖信，要避免被詛咒的最佳方法是將其轉發出去，把詛咒帶到下一個人。彷彿脫手甩出後，便與自己無關。要避免認真的要訣在於站在一片永遠戲謔、笑話、聳聳肩、滿不在乎的道德高地，否決所有認真的嘗試，狠狠打擊，硬硬把閉合的暗處掰開，直至對方灰心、痛苦、氣餒，然後他便能堂而皇之地擺手：「See? I told you so.」

他原以為陳若會推開他轉身跑走，那或許他會比較好過，然她靜下來，點點頭，臉色慘白和應：「你對，你說得對。我不敢。我都是一樣的。」

這不是他的本意。

何森繼續教創作班，來的人越來越少，寧悅仍是每節都來，準時交作業，默默等待批改及發還。間中有學生會舉手追問進度，何森推搪工作忙，後來乾脆搬出最新通知作擋箭牌——中文科主任打算在開放日派發一本學校文集，已從董事局籌得資金，著何森和學弟盡快動手籌劃出版。他蒙混過去，解釋正挑選佳作，歡迎同學踴躍投稿，若獲刊登將贈以書券。

他發誓，在談到這回事時，寧悅的眼睛驀地亮起。

那些尚放在抽屜內不知如何評改的作文；還在操場默坐的學生們；還在忙於撿滅彈頭而越加平滑的陳若的指——統統如石頭，要硬硬剖開何森的肚皮塞進去，丟往大海。他拒絕，反抗，為轉移注意力，趕緊別過臉去，繼續根據簡報教著自己都不相信的創作理論。

禁蒙面法通過那天，是星期五。前幾天坊間一直盛傳會通過新的法規以遏止抗爭運動，讓城市進入緊急狀態。有人說是宵禁，有人說是國安法，最後記者會上公布的是，援引殖民時期的《緊急法》，毋須經立法會審議，直接由行政長官下達命令，禁止任何人於遊行、集會期間使用可能阻止辨識身分的蒙面物品，當晚零時起生效。

記者會於下午三時舉行，學校約中午已收到教育局通知，要求當天所有課外活動暫停，所有學生於放學後必須即時離開校園，校舍也必須於師生離去後盡快關閉，另印發有關法例通過的通告予全校學生，需帶回供家長簽名。

沒有人知道那天晚上會發生甚麼事。

午飯時間的氣氛相當詭異，教員室內幾乎沒人外出，致使平常流動率極高而顯寬敞的空間變得相對狹逼。何森和學弟窩在茶水間吃飯得多次挪移座位，奇異地，出入此間裝水沖茶打開冰箱吃甜點沖咖啡的人流較往常多出幾倍。

所有人安坐位前，很靜，沒有講八卦，只有鍵盤和滑鼠的按鈕聲，以及列印機反覆吞吐紙張、磨擦、舒放的機動聲。通告是這樣寫的：「……事實上，人與人間的交往，一般慣常、合理做法是不會為避免讓人認別而遮蓋臉孔的，同學們進行正常日常活動及與師長及同儕相處時絕對沒有必要，亦沒有理由遮蓋臉孔。」

「我們亦想藉此機會再次強調，學校不是表達政治訴求的地方，學校與持份者應協力為學生營造一個安全、平穩和寧靜的環境，讓他們正常學習和健康成長。在校外同學們應避免接觸陌生人，亦切勿參與可能出現混亂、危險或違法的活動。」

「本校籲請家長為子女樹立良好榜樣，以身作則。期盼家長能與校方攜手合作，竭力守護學生，讓他們在平靜和安全的環境中專心學習，健康成長。」

直至上課鈴聲響起，教師們到列印機前取走已成實物的通告，核對數量後，夾於教科書上魚貫離開。

何森沒有課，跟學弟在教員室內討論文集，並開了一個雲端，各自選些佳作上載，再一同審稿。

這個非常安靜、詭異，帶有躁動的時空中，他意識到自己無法集中做任何日常教務。所有社交平台、圈子、新聞和對話匣都在瘋傳消息，彷彿隨著法例於十小時後生效，城市的軌跡將會徹底，沒有餘地，步向無法回頭的方向。

他覺得自己在這怪異的時刻中，必須做些甚麼是只有當下可被處理的，如同兩小時前囤擠於列印機前，依序如學生般等待取得通告數算的教師們，歷史要求他們縫上嘴巴的鍊線，乖乖排隊。

於是何森翻出寧悅所有作文。終於，在距離放學前兩小時，仔細、認真、純粹地把她的作品讀了一遍。他發現她最新交來的一篇寫得大有進步，雖仍是抗爭題材，卻未再囿於精神勝利八股文層次。

題目是「假如我是——」，她寫成六段，代入六件不同物件，分別是子彈、警察制服、相機鏡頭、記者會上的咪高風、公園裡的樹，以及中槍的身體，六段說辭和描述相互補足，又各有矛盾，以嘗試還原早前的槍擊事件。不論是當事人、傷者、記者還是無關痛癢的旁觀者間的觀點辯證，寫來節制不煽情，頗有諷刺味道。

他留下長長評語，把作品掃描上載至擬定文集出版的檔案裡。

三時多，記者會結束了，全校仍在上課。何森去取作業時，發現有個女學生竟在此時跑到走廊，跟林老師在談些甚麼。她脫下眼鏡，林老師從褲袋抽出面紙，何森好奇，抱著功課故作不經意路過，看清了，是其中一名帶頭的關注組成員。

下課鐘聲響起，蓋過兩人交談，學生如夢初醒，同時向何森頷首示意，再朝林老師鞠了半躬，匆匆離去。

學校在廣播中交代事項後，即要求所有學生盡快離開，所有社團、課外活動、校隊或舞隊訓練暫停，校舍將於一小時內正式關閉。自此，廣播即無間斷響著一種非常刺耳，如火警警號，或車子被偷時的尖嚇噪音。何森從沒聽過這種聲響，他不知道學校系統原來有此功能。

教師們一一收拾物事，有人說，欸開始堵路了，彌敦道已塞，九龍塘站都有人掉東西到路軌，地鐵癱瘓，要走快走了。大夥便加快腳步，頃刻，又人去樓空。

倒是林老師本已把書簿放進公事包，一個助理驀地衝進來跟他說了甚麼，即立馬往室外走去。學弟在何森耳邊說：唉，好慘，聽說有一班中六不肯走，留在課室抱成一團大哭。不知怎收場。

中六課室就在二樓，比校務處高一層。何森離開時，沒乘升降機，一層一層樓梯往下走，到了二樓，終究管不住腳步。其實不用走太遠，課室門沒關，門口處幾個男生頹坐地上，紅著眼流淚咆哮些甚麼，往內一點有一群女生抱著彼此，哭得不能自已。有幾個想要安慰對方，說著說著還是哭得鼻子紅腫。

其中一個男生無法抑止向窗外咆哮大叫。

「不要這樣，不要。你們先冷靜一點，你們現在這樣太情緒化，解決不到問題。」副校長向來重視體面。

「為甚麼要逼我們走？這是我們的學校，我們的課室，我們連留在這裡哭一會兒都不行？」

「不是不讓你們哭，我們明白啊，大家要消化消息都需要時間，但人身安全也很重要！你們越遲走，外面就越危險，我們是擔心你們啊，傻瓜。」社工的嗓音柔和，像兒童節目主持人哄孩子的變調。

「我們不介意，我們只想這刻，就是這刻，可以跟同學待在一起。」

上次看股市的陳 Sir 是他們班主任，似是被派來談判：「我知道你們很無力，我明白，我真的明白，但現在這樣對事情有甚麼幫助？我常跟你們說，這階段應先專心應試，考上大學你們才有 bargaining power，才有機會改變社會啊你們明不明？」

「不明白那個是你啊！社會都變成這樣，還考甚麼大學，做甚麼有用的人？」一個火爆的男生哭得邊抽搐邊大喊：「我們有同學被捕了，學校不准他上學，我們帶黑色口罩表態，學校沒收，我們甚麼都做過了，甚麼都沒用，然後你現在說我們太情緒化？收皮啦你！」

「嗚——嗚——到底我們還有甚麼可以相信？我們不想走啊——嗚——」另一個女學生在同學懷裡哭道。

「那你們現在這樣有甚麼用？你們說說看？坐在這裡哭，不走，要佔領學校？你們想要的東西就自動變出來了？」副校長說。

何森太熟悉這技倆，權威被挑戰，無法反駁，則立刻迴避，從原有的戰場隱身，豎出新的區域，躲進去，繼續張牙舞爪。

「我知道，我們知道！不需要這樣逼我們。我們只想學校願意尊重，尊重一下我們的情緒。學生都是人！」男生接過林老師遞上的面紙，擦著眼淚說。

漸漸，課室外站了一夥人，幾個教師，班主任，林老師，副校長，學校社工，以及何森。

除了班主任，副校長和社工致力處理狀況，務求盡快把學生們趕出教室而軟硬兼施，其餘圍觀的教師皆非常沉默，包括何森。時間每過去一分，他們回家可能遇上的變數便倍增一分，然而他們都留下來，佇在課室外，既無法走進去或出言捍衛、支持、表達同情，也不忍心就此轉身走掉。

在猶豫不定的舉步間，暴露其憐憫和疼痛，實則非常輕薄。

何森站在走廊中央，秋風微涼，刮到他的頸項。俯首一看，地面的學生或教師皆匆匆奔往校門，閘門大開，密麻的人群往外散去，有時停下——有車的教師們從停車場駕車離開，需行道者配合，蕭索無雜音，只有汽車開動前後的響號。

離開者亡命而逃，拚命留下的人反不被允許。

課室內，真摯的，無望的，受傷的少年們，被視作一個亟需解決的問題。

擾攘半小時後，校工大概把全校課室的門都鎖上了，提著清潔工具和鑰匙來到這裡。那時學生們的淚已流盡，賭氣般坐在門前不想走，也許還相信，只消留在這裡，像童年時相信的故事——只消留在被窩，不找死不露出眼睛不下床，鬼就會離開一樣。

副校長作出相當到位的情感勒索：「你們看，你們的情緒為別人帶來困擾了，如果已經冷靜下來，就不要特地鬧脾氣了。工友還得打掃，鎖門，回家，她也有家人的嘛。你們也要為別人，為我們想想嘛，不要為難大家了，好不好？」

話已至此，幾個男生咬著牙迅速拎起書包衝往樓梯，力度之大把幾個旁圍教師撞得摔個踉蹌。女生們則慢慢走出來──他們敗了，喪氣的感覺如此鮮明，連尊嚴都被權威的愛理不理徹底粉碎，儘管從一開始不為贏得甚麼。

其中一個女生走了幾步，抵不住氣，回頭向在場所有成人說，我不會原諒你們，不會，不會！

何森看到，那是消燃殆盡的餘燼，失去潤澤的眼瞳。

「呼，真難搞。」

「哈，還說原不原諒，小學生絕交嗎？」

「青少年是這樣的啦，誰沒年輕過，當正大人是仇人，長大了才會明白大人也有大人的難處嘛。」

赤裸裸的，毫無防備保留般，剜出一顆血淋淋的心，捧到他們這些在教員室內插科打諢的教師跟前。

這是要教人怎樣對待？

迴避認真，抗拒真心，把少年們奉上的真誠坦露隨手丟掉，貶抑，嘲諷，棄如敝屣，怕動搖秩序，賴以為生的圭臬格律，一旦稍稍放寬墮入混沌，則萬劫不復，繼而不得不，信手推開。若有甚麼生出，是他們一同豢養育成的魔。

幾天後，學校外牆開始出現噴寫塗鴉。

「話說原來寧悅是你教的創意寫作班學生？」幾天後，學弟與何森討論文集事宜：「我從前辦校報時她已常常投稿，原來這麼喜歡寫。她也有來上我的語文拔尖班，都很能寫。」

「是嗎，你那邊也會寫作文？」

「對啊，我這邊應試為主，會出舊試題，上星期給了題『重遊舊地有感』，天啊誰知道她會寫——」學弟一頓，確認附近無人才續道：「添馬公園。還私下問我，想把作品拿去投稿，該怎樣修改。唉，她從前都是很靜那種女生，沒想到寫起作文這麼激！」

何森心下一沉：「是嗎，你怎樣回應？」

「大佬啊，可以怎樣回應，當然是先勸止。她連口號都寫進去，又寫『義士』、『手足』，投稿出去，標上的是學校名，我們要背鍋子的。所以我就想說，要不文集篩選上，我們先有個共識，寧悅的就刷掉吧——寫政治的都不要出就好了——我有看到你選的那篇，寫得很好，我也喜歡……欸欸欸，這可不是甚麼自我審查喔，不是說寫這些不好，我覺得是好的——但，畢竟面向學生嘛，謹慎為上。平靜和安全的學習環境，記得嗎？」

噢，似曾相識。

是環境催生人的同質性，抑或類近者自會聚合？

寫作班最後一課，何森向學生逐一發還作業，同時公布哪些作品已選入文集出版。班上都知道這課上，最愛寫的是寧悅了，在他朗讀名單時起哄喊，寧悅、寧悅！大作家！大作家！沒三篇，都總有一篇吧。寧悅訕笑著別捉弄她了，她知道自己寫得不好。

最後一個入選學生（常常缺席，實際寫得普通，僅憑小聰明偶然寫出亮眼句子）的名字也被朗讀後（他甚至錯愕得大聲說，怎麼是我？我只交過兩次功課耶），何森繼續上課，全程專注於文本，不讓自己望向左邊，與坐在前排的寧悅有眼神接觸。

那節課他講得倉促緊張，沒有短片，沒有寫作小遊戲，沒有冷笑話，只有講授文本。他是臨時撤掉原有教程，改為讀《百年孤寂》中香蕉公司大屠殺的一段節錄。他一點都不從容，不如平常，控制節奏得宜，適時提問，再誘導學生思考，導向他想要的答案。沒有，至少這節課沒有，何森帶來的兩瓶水到快下課時已全喝光，他一個人講了一個半小時，無間斷地，講著席根鐸在目睹大屠殺後，拚命告訴所有人，血和屍體。

但村人皆說：不曾發生。

他從不介意學生在課上睡覺、遊魂、玩手機，他不喜歡做醜人，不喜歡惡，學生有否學到甚麼與他無關，反正他就是必須要教，不如選個輕鬆的模樣。然而最後一課上，何森特地去敲每一個昏昏欲睡的學生桌面，讓他們到廁所洗個臉；短暫沒收學生藏在抽屜內偷滑的手機。

他不討喜地，要求大家，就這一課，就這一個半小時，他懇求專注。

哪怕甚麼都沒有，哪怕專注是負擔，哪怕不夠討喜優雅，哪怕他可能很快就為自己的嚴肅而後悔，但何森從沒如此需要一節眾人都專注的課。

課後，同學們收拾書包離去，有的跟他道別；有的拿回電話後一聲不吭走了；有的問他《百年孤寂》其實是講甚麼的，或有甚麼書籍推介；有的說自己寫了個一萬字的穿越小說，能否給他看；有的連桌上派發的讀本都沒拿走。直至他走出課室，發現寧悅佇在門外，手捏著那疊，被發還的，厚厚的原稿紙，似有甚麼想說。

為怕她眼裡的光會在她啟齒前黯淡下來，何森搶先開口：「你有興趣把作品拿去投稿嗎？不是學校文集，是外面的文學雜誌。」

外面

林懷沒想過會遇上趙嘉，至少沒想過會在這裡——縱然，這又十分合理。

十一月，全港停課，他佯裝校內有緊急會議而離家，妻和兒子未有起疑，事實是並未搭理他，前者為堵路後交通情況苦惱，電話遙控下屬工作；後者則為突來的假期雀躍不已，忙於聯絡同學結隊打電動。

他根據群組貼出的需求，先到藥房購置物資。其實群組只說急需生理鹽水、蘆薈水潤乳和消毒酒精棉紙，但店家說都賣光了，他便甚麼都要點，凡士林、敷料、繃帶、噴霧創可貼、醫療用膠帶都買，連消毒酒精都買了幾瓶一公升裝。搬上車後仍覺惴惴，特意駛到遠一點的商場，那是供遊客消費的高檔區域，有一層全是藥妝店，他打算碰碰運氣。

他慶幸自己這樣做了，因為他在一家日本特許經營的店內找到水潤乳，儘管價錢比市價貴了幾倍，林懷想到的，卻是人們把黑衣褪去後，紅腫痛癢、腐壞模糊的血肉，亟需它們舒緩痛楚，因此他把全店存貨掃光，並在另外兩家店同樣以貴逾數倍價錢買得其餘物資。

他在群組內嘗試找回列出物資的原帖者，但新訊息如浪，不斷淹過他快要抵得的岸，包括一些開槍和抓捕短片、尋人帖子、戰術策略、各區最新狀況，間中插入管理員幾句髒話和口號。

當他私訊第一個人時，才知道不過是海上浮標，對方問他買了甚麼、最近可送到何處，請他拍照看看，然後給他另一個人的帳號ＩＤ，著他再聯絡，如此幾遍，每次一問一答皆非即時，最少半小時以上。林懷告訴自己，他們在經歷戰爭！在槍林彈雨中血流披面，受苦受難，擔驚受怕，想他一個無力參與的場外者，等待是何其簡單普通的付出。他在車內接妻的電話，討論女兒的小學面試，夫婦二人衣飾如何配搭。

談到晚上要替女兒補習時事英語：「他們會問國際狀況多於本地新聞吧，也許是總統大選？」妻說到一半，訊息閃動，對方請他致電自己，他草草打發妻，連忙撥過去。

對岸背景嘈雜，接電話的女子嗓音低沉沙啞，似是個老煙槍：「聽說你在新界？可以過來大學嗎？如能順道買些飯盒更佳，大家都餓壞了。」

大學尚未畢業，林懷已跟同屆中文系同學獲學校聘任，一年後考上教育文憑，兼讀兩年取得學位後轉為正教師；同年在非牟利組織當助理的女友跳槽至一家上市公司任職行政人員，經濟基底穩定，便計劃買樓結婚。

一開始他們買了一個三百呎的二手單位，首期由雙方父母各付一半，當是結婚禮物；連訂婚時期都已預定，要趕在翌年年頭擺酒，需早一年求婚。他跟幾個兄弟包起一輛電車，砌滿字母氣球和彩燈，女友赴約時已心知，仍在答應時流下快樂的淚水，畢竟攝錄機一直拍攝，設計好的驚喜還需在婚禮上公映。

計劃好了，一切便順遂，生命裡許多決定都是順水推舟。麥兜故事說，火雞的味道，將吃未吃和第一口之間，已經是最高峰。之後的，不過是開始了，也就吃下去。小時候喜歡看《黃巴士》和麥兜四格漫畫，長大才了解箇中苦澀的幽默。他有時講給兒子聽，可惜兒子說英文還比看中文流利。

然後買車、生孩子、唸碩士、升職，樓換樓，重新裝潢房子，再生一個，間時去旅行駕車露營買音響組合投資上育兒班，中產生活穩定，間中去遊行，也去六四燭光晚會。

兒子兩歲，林懷帶著他與妻去七一遊行。他們知道港島封路，先把車停在西區或東區，再轉乘地鐵到維園等待出發，沿路有大量街站，宣揚議題，籌款，派發刊物，文宣。義工們站於梯上，竭力呼喊，為組織和議題灑汗獻聲，振振有辭。幸好林懷和妻早於附近先提錢，除了每年慣常捐款的泛民組織，遇上值得支持的議題諸如反對地產霸權、爭取發放免費電視台牌照、同志平權、反對興建人工島、動物權益等，或看到些中學生組織，稚氣未脫，連拿咪高風都顫抖，就會上前把紙鈔塞進籌款箱內。

比起那些遲到或中途加入的民眾，這一家人準時，聽話，依據大會指示到維園等待起步。他們的遊行資齡約三四年，每年看著球場盈滿的人群，聽台上熱血而激昂的發言，就有種不負身分的驕傲——公眾假期，回歸日，他們本可駕車到山上遠足、去離島渡假、或去主題樂園看海洋劇場（現在不太好了，最近知道動物訓練的殘忍，儘管兒子曾看得咯咯大笑），但他們並未選擇舒適享樂，反是年復一年，與遊行隊伍的群眾走在一起，在陽光曬灼下落汗，大呼口號，充實而勞動地過完這天。難得到港島，還會在銅鑼灣預訂日本料理。

一面面高舉的橫額、旗幟、自製紙牌，甚至有人自攜樂器和造型參與其中，盛大的宴會，熱鬧多人，林懷和妻都會被深深感動——活在公民社會，能發聲、集會、表達意見，實在太好了——帶孩子來，就是為了從小曉以他這份重要的權利。

當然啦，再美妙的音樂會都會有咳嗽打噴嚏忘記關手機的人，再歡愉的遊行都會有不識時務無禮粗暴的人，破壞氣氛。近年遊行，不少人開始舉龍獅旗，以英殖時期的香港旗再設計，去掉米字旗，把原有的香港盾徽擴至中央，兩隻腳踩綠色島嶼的獅子和金龍，以及頂端手持珍珠的小獅依舊昂揚，盾中央加上漢字「香港」，藍底作背景。林懷與妻討論，不明瞭何以出生於回歸後香港的這些少年們，會這般戀殖。

舉這些旗的人很多時候無甚禮貌，行經部分政黨擺位時會出言挑釁，或乾脆粗言穢語辱罵；再過一兩年，旗幟種類如細胞變異，又生出了「香港獨立」、「光復香港，時代革命」。林懷在新聞上看，這群憤慨青年在上水驅逐水貨客，竟踢倒人家的行李箱；反對新移民，四處狙擊，講求本土優先，民族主義。

林懷搖頭，他反對暴力，爭取所求的底線是，不能傷害他人。人若只想到自己，不去理解他人，與禽獸又有何差別？每年初中德育課，他都會教一節「人禽之辨」。

他時時把早年一通輕率莽撞的電話引以為戒，心存愧歉。

羞恥既可為抓人下墜的深淵，也是引路的火矩。積極如他取來紅焰，恰似每次遊行時灼目若盲的烈日，鞭撻自身——如今，他要長成更好的人。

回到家，他和妻執拾行裝，總發現基於善意和不忍推卻，接受了太多文宣，諸如單張、刊物、貼紙。他們來不及消化過多概念和想法，每份文宣都彈出一盞鎂光燈，爭著要用十五分鐘當上主角，渴求關注。然他們已回到房子，更替衣服，舒適的單位不需要過猛亮度。林懷最後僅保留一張張印滿口號、組織名稱、手繪圖像和議題的貼紙，形狀不一，色彩繽紛。

他靈機一動，把它們全都貼滿於兒子的衣櫥上，驕傲宣稱：待這面民主牆被完全填滿時，香港便會獲得真正的民主。

運動開始後，有學生成立關注組，籌備活動，聯署、罷課、在校內巡遊高唱抗爭歌曲，參加人數日多。然回想開學時的首次罷課，敢走到操場內靜坐表態的學生只有小貓幾隻，大多團圍於場外，猶猶豫豫。有低年級學生躊躇不定，兩個女孩子牽手，腳尖剛從紅磚塊踮進綠色塑膠質地，又馬上把腳抽回，退入群間；更有男生推推扯扯，惡意把另一個同學撞進場內，氣得對方跑回去，大罵始作俑者，他們一哄而散。

外面與裡面，一道白漆界線，學生們似乎當作兒戲玩意。

關注組幹事們經驗尚淺，只懂佇於空蕩的操場中央叫大家別怕、別怕，走進來坐，人越多才越不怕。林懷知道，這時需要一個具魄力的師長呼籲，他決定走出來，接過咪高風，想想他平常在課室內對學生的循循善誘；想想每年遊行時動聽鼓舞而不粗鄙的話語；想想這些年讀過的報紙專欄；想想，想想大學時意氣風發，曾擔任主席的自己。

他的說辭不是那種自信領導型的，這可能與他多年教學習慣有關，細水如流，平實，解釋公民權利，關於選擇、價值、信念，他並不鼓動學生，而希望眾人願意思考和選擇，建立視野，理解自己需要，嚴肅、認真而不兒戲，不受他人慫恿和動搖下，做自由的決定。

那天起，關注組開始當林懷是社團顧問，凡事向之請教、細問、懇求意見。他非常樂意，視之為一場集體公民教育計劃。

車子勉強只能駛到九肚山路迴旋處，前方已堵滿其他車輛，黑衣者與休閒服者混走於車縫間，忙於搬運物資：食物、急救用品、瓶子、頭盔、雨傘……林懷抱著買來的二十碗雲吞麵和早上張羅的物資，往大學側門走，沿路見著大夥忙於搬動鐵馬、掘磚、拆竹枝設路障。

接頭人說她正從某幢宿舍走來，林懷想說也往同方向走，或有機會路上遇到，反正是他母校，地方都熟。剛跨步，門前有幾個黑衣青年組成小站，要求他出示學生證方能進校。「我是這裡畢業生。」「也可以，你有校友證或校友信用卡嗎？」林懷抽出錢包，校友證是沒了，多年沒回來，信用卡嘛，剛畢業時覺得現金回贈不錯，但後來別家銀行把他的信用評級提升後，便多用另一張了——很好，也沒有。

「——不好意思，我是校友，他幫忙運送物資，可讓他進來？」女子遞上證件，從林懷手中接過一袋二袋，青年們比對半晌，點頭放人。

「謝謝你——」他隨女子進校，覺著這嗓音好生熟悉，比起電話內的雜音變調，如今他更能確認其低沉沙啞必定是長年煙酒所致——為何這般篤定？女子戴黑色口罩，只能看到半臉，額間稍高，頭髮染成紅色，短短切耳。

林懷突然認得她了。那通電話，那次道歉，那回難堪難看的局面。

趙嘉反顯自在，把東西運到據點後，她問他：「你今天應沒其他事？可以載我出去？啊，方便的話，幫忙多載個孩子回家？」

四時多，林懷坐在一家粥店內看趙嘉吃炸兩，下麻醬、甜醬和辣醬，很重手。整個下午他一直被她使喚，他們先到深水埗買恤衫，由於她不確定尺寸，同一款式買了兩三件不同碼數；接著買了些日用品如紙內褲、牙刷牙膏、衛生巾、浴巾等；再補給一些急救物資；剛剛還走進一家涼茶舖買野葛菜水[14]。

14　編註：香港常見的草本茶，有清熱下火、生津止渴、潤肺排毒之效。

林懷奇道：「涼茶有甚麼用？」

「沒有，就想喝。最近長太多暗瘡。」另搭了兩隻茶葉蛋和一盒砵仔糕[15]。

誰能想到，他有生之年會跟她坐到一起，和平無恙吃一頓下午茶，還能與之爭辯炸兩應否下辣醬，這跟魚肉燒賣派對上豬肉燒賣派，或有雞先還是有蛋先，都是哲學問題，無底洞。林懷不著邊際扯些有的沒的，忍住一肚疑問：大學那邊打生打死，他瞞著妻兒外出，怎麼成了在此喝豆漿？

趙嘉為甚麼在大學？買這些東西要給誰？她有認出他嗎——沒可能認不出吧，彼時鬧得不可開交；但若認出，更說不通，她怎會若無其事，氣定神閒面對自己？而趙嘉報以他的，是慧黠而帶點滿不在乎，又極其從容的微笑。

她從前不是這樣的，冷冷恨恨的一張臉和嘴，蘊著高熱的惱怒。他記得她回覆的最後一個訊息。她說，你好像去了教書，祝你活回一個好人。可能你以為，一切就是好壞相抵，犯了錯，做回些好事，噢，扯平了。但事實上，你對他人的傷害並

15 編註：香港傳統小食，以黃糖、粘米粉等製成，加入紅豆，再放於一個瓦製小砵內蒸熟。

不是說你變好了，那個人也好起來。

祝你好運，也祝你的學生好運。

趙嘉終是趙嘉，永遠帶來意想不到的刺激。林懷沒想過，道歉後會不被原諒——不是說對不起、抱歉、認錯了就是免死金牌，攤出來人家就得毫無芥蒂接受，但礙於疏隔的禮節，不是無論如何也會做做樣子，嘴上說沒關係，都過去了，哪怕冷淡有骨，仍會故作原諒嗎？

這種錯愕、不能理解、超出控制範圍的壞感覺，幾年後又出現得益發頻繁。當校方開始遏止抗爭活動，作風驟改，關注組成員被請到校長室會面；在外被認出或被捕的學生即時停學；在內活動也會被教師點名，課後被勸導。

陸續有學生被捕，失蹤，缺席，退學，熱心教師會致電家長詢問詳情，有些駝鳥心態，不想麻煩，不願知道太多。有時派作業、點名答問題，未獲回應，抬頭一望空空的桌椅，林懷傾向希望他們不過是身體不適。

由此，關注組活動的參與人數日減，有成員在社交平台出文指責同學：「動動指頭轉發新聞誰不會？實際行動卻不出來，嘴上說說就會有民主？如果連唱首歌，摺隻紙鶴，靜坐你都不敢，不如回去當個死藍絲[16]啦。」

林懷嚇得即時聯絡同學，讓他們撤下動態並作道歉聲明，卻遭拒絕：「我們做錯甚麼？搞這麼多活動，見這麼多次校長、家長、班主任，有甚麼都是我們願意頂。結果無人來。他們跟班和理非一樣，只管推班勇武去死，這樣不敢那樣不敢，怕死得不得了。我們這樣說，是希望如果他們還有良知，會有點羞恥和承擔，出返來。」

沒用的，不是這樣運作的。

憤怒、嘲諷，情感勒索是最差勁的驅動力。短暫羞愧後，情感會迅速萎縮，乾癟成一張皺裂的塑膠膜——哪怕是自覺的內疚，日子一久，也成負罪十字架，壓垮神經。動員需要溫柔、耐性和希望。沒人喜歡被邊戳著太陽穴謾罵邊做事。

但他們年輕，不知價值和良知會被自尊的篩子濾走，學校沒教導這點。

16　編註：運動用語，泛指香港坊間對建制派、香港政府、香港警察及中華人民共和國支持者的簡稱。

想當然爾，這麼一齣，出席活動的學生更少。關注組內部也起分歧：各人承受能力不同，在安全的籬欄內極力蹦跳，與四周空曠無物的半空上踩綱索是截然不同的覺悟——而且並非自此端，一鼓作氣走到彼端，成功抵達即為完滿成功之事。如今狀況是，稍稍挪出半步，猛風即把索繩吹得搖曳欲斷，且霧霾漸大，更不知盡頭何處——與其如此，不如回頭，走回硬實之地。

留下來的人指控退出者貪生怕死，不願付出；對方反諷他們沒想清楚只為逞英雄，繼續辦活動只會給予校方更多藉口處分學生，消耗力量。

林懷無從介入，這個曾一度熱鬧的關注組，十多人同聲同氣，在小息及午飯時領頭揮著自製小旗，從最高樓沿課室走廊，一層一層巡走，高唱抗爭歌曲，一首接一首，在曲子交替間大喊口號。全校學生從課室跑出來，紛紛和唱，或跟隨小旗排成隊列，形勢越大，最後在操場大合唱，連教員室都走出寥寥數名教師，隨迴繞於整個校舍的雄厚歌聲，輕哼幾句。

宛如盛大的宴會。

這曾是何其壯觀，直教人欣許期待的畫面。他曾為其團結、熱血、激奮的精神，悄悄落下眼淚，這些年輕的孩子，必定能為城市帶來更好的未來。（他相信這是他的集體公民教育計劃奏效了。）

但如今，他們相互指著彼此鼻頭嚴厲苛責，為捍衛迥異的選擇各執一詞，甚至不惜攻訐中傷對方。

是他們太年輕了嗎。（他深知不是。）

更糟的是，林懷本人也收到警告信——有人截下他在個人帳戶轉發的新聞向教育局告密，說他教壞學生；連同他初期曾於罷課集會上發言，校長讓他注意一點。

「你可以晚點回家嗎？」這會兒，趙嘉問他。她接了個電話，掛線後說：「有個孩子剛在法院申請保釋成功，想找人載回家。」

一個被控告的中學生，會是甚麼樣子？窮凶極惡？反社會人格？乖僻暴戾？但種種猜測，都被林懷無比激越的念頭全然蓋過——他將要接載一個，為運動犧牲自身，貢獻前途、青春皆在所不惜的年輕小伙子——一位、一位義士。想他林懷區區一個關注公民社會，熱切於捐款、遊行、以金錢為資本協助抗爭者的旁人，竟能，親身，確鑿，在場地，協助一個身陷囹圄的孩子。相較那些透過第三者捐出去的款項，買下的飯券，他更希望能親身、近距離親炙真實的存在——好像跟聯合國或慈善組織助養多年的兒童，驀地從遠方的官方書信中掙出，活生生躍於跟前，一種確然把錢花在恰當處的真實感。

如果妻知道，或會氣得當場昏厥。最近，她習慣睡前看網紅分析政治的短片，邊看邊附和：嗯嗯，變質了，邊敷面膜。

學校出現塗鴉時，林懷非常難受。骨子裡，他由衷希望一切能以和平非暴力的方式表達，那是再理想不過。與關注組討論，或上德育課時，他喜歡講金句：「和平，是我們最大的武器。」、「當我們凝視深淵時，深淵也在回望我們。」、「矛頭要對準，如果把對權力的恨放到個人層面，正義就會離我們而去。」他相信持之以恆，以善意和溫柔灌溉，能去掉少年們的戾氣。

然後有人砸碎了民主牆的玻璃。

學校向來有一塊鑲嵌於玻璃櫥窗內的壁報板，定名為民主牆，由學生會管理。同學只需在發言或張貼物旁寫上名字及學號，便能在不涉及人身攻擊的前提下暢所欲言——反正多年來要不抱怨小賣部的零嘴加價，要不提出對某幾條校規的質疑：劉海與眉毛的距離為何必須是五厘米？內衣顏色為何只能是素色？怎樣定義？

惟一一次鬧得較大的，是一名後來從政的校友發表維穩言論，有同學印出七張白底黑字，寫著「皇天擊殺〇〇〇（校友名字）」。翌日「皇天擊殺」四字被移除，貼文者憤而上訴，學生會回覆是，顧問老師認為「皇天擊殺」是人身攻擊，故不可保留。

於是當天放學後，民主牆又重新出現四張白紙，印上的卻是社交平台最愛用的表情符號：「皇冠」、「藍天」、「拳頭」、「刀子」，這組古怪稀奇如謎語般的圖片，成功留下來，傳為一時佳話。

然而近來，學校大舉清理民主牆上的文宣張貼，從新聞、現場照片、口號、詛咒、卡通人物皆無一倖免——只消與運動有關，連一張張手繪的頭盔、雨傘、黑色洋紫荊、一隻眼珠、黃色雨衣，都被撕走，掉進垃圾袋內，近日乾脆合上兩道玻璃櫥窗，鎖起民主牆。

直球不行，擦邊也不可，想像、演繹、詮釋、指涉，都被禁止。此後，人們將活在一個越來越曖昧，越來越含糊其辭，越來越似是而非，且不容辯證的世界。

幾天後，師生們回校時發現，蓋合民主牆的玻璃櫥窗被狠狠打壞，碎片橫飛，窗內置頂的「民主牆」三字被噴漆染黑。

那時新聞上開始出現抗爭者破壞中資或親政府陣營的店家畫面，擊碎與民主牆同樣脆弱無辜的玻璃，噴漆，搗亂，打壞貨物，縱火，燒銀行櫃員機；對於現場挑釁，大罵他們「甲甴」、「暴徒」，反對其立場及行為者行私刑，一塊塊木板石頭、玻璃瓶，兜頭蓋臉狠狠悶揮下去，一臉是血。對方一倒地，眾人即群起揍之，拳打腳踢；向落單後拔槍的便衣警員投擲燃燒瓶。

一個自初中起跟隨校內宗教小組上團契，虔誠溫順的女學生，自運動起不曾缺席任何一場遊行，也是關注組留下來的成員之一，在去留的爭執中說：「沒有表態、退縮、憐憫對家、逃跑的，都是背叛。同情敵人的人，都是敵人。我們——我們現在是在戰場呀，你們睡醒沒有？」

妻從那時起動搖立場，認為太過火了，民主不是靠暴力得來的，如今淪為年輕人的發洩，多可怕。今天可以燒銀行，明天會不會燒民居？此刻可以打現場的反對者，下一刻會不會打同路人？反了反了，失民心了，他們全都忘了，天啊，這明明是一場民主運動，是以真普選為前提的啊，打死多少個黑社會、藍絲有甚麼用？不是只有雙普選才能救回被捕的人嗎？為甚麼他們都不為大局著想？

林懷就聽到趙嘉說，你這種人，就那麼害怕外面的世界嗎？

不——不是現在的趙嘉，是冷冷涼涼的她，大學時期的她。她在電話裡告訴他，她在一場社運行動中，將要被捕，靜坐於馬路上，等待被警方抬走前，先告知他無法出席當天的學校會議，向他這個主席告假，附上一句語調平緩的道歉。

那是政治冷感，認為行動等同鬧事的年代，社運、遊行、示威與不務正業、憤青、博出位同義，沒太多人會同情被捕者——甚至無人關心事件本身。對於所有因參與社會運動而承受的後果，公眾普遍反應為自討苦吃，該死。

那天大學有個會議，需湊夠法定人數才能召開，時為七月，大多數人都去旅行或兼職，林懷再三叮囑早前答允的人務必守約，有議案需表決，否則若流會很可能耽擱及後進程。

結果趙嘉來電，是林懷當天接到第六個告假的籌委。

這、群、人、談、甚、麼、社、會、公、義、普、世、價、值，卻、連、最、基、本、的、個、人、責、任、都、做、不、好。

近來八卦雜誌關注學運領袖私生活多於明星緋聞，偷拍他們上酒店、到誰家留宿照片印成封面。在校時，他聽說過哪個行動者實則在圈內的男女關係非常混亂，權當飯後談資。

不——不是如此冠冕堂皇的理由，他僅僅是，看不得趙嘉的眼睛。每次每次，高高冷冷的眼神，不為所動，倔強，找碴似地提出問題，彷彿她永遠是最清醒的，而他們就是愚昧沒腦的鄉民。憑甚麼？她以為自己是甚麼批判者，他們就是應當被鄙夷的庸俗一群麼，裝甚麼呢。他要把她拽下來，一種破壞完好事物的衝動。

所以他不接受她的告假，不接受她的道歉——他拒絕她——是的，他竟擁有拒絕她的權利，而他確實行使出來，狠狠的、不留情面，挾著僅有一次的道德高地，批判趙嘉，以個人責任、群體義務、影響他人、承諾的重要性等，意圖羞辱她。他要看到她動搖。

這過程並未維持太久，他才說了一段，就聽她輕歎一聲。通話結束，不知是她自行掛掉抑或被警方沒收。

半年後她就轉了系。

種種聲響和物事像掉地的彈珠群，一枚枚，一顆顆，乒鈴嘭呤撞在一起。

他們把車停在法院外的道上，趙嘉提傘出去，告訴他待會一回來就開車，省得記者拍到多餘的東西。林懷在車上思索，要如何面對一個獲保釋的孩子，要噓寒問暖嗎？會餓嗎，要否帶他去吃些甚麼？問他怕不怕？安慰他？小心翼翼會刺痛他嗎？大剌剌會否太虛偽？他發現，習慣而成的（教學）權威，讓他不懂把青少年視作平輩——他慣性分類為：值得鼓勵和需被教育的。

妻又來電，問他情況，說外面越發危險，多區衝突、封路、集會，很亂，著他盡快回家。

車門打開，趙嘉跑上副駕座，一個穿白恤衫的少年坐進後座，個子高佻，林懷靠倒後鏡只看到他脖子以下，不好意思特地回望，太八卦，先開車。果不其然幾個記者在後拍照，閃光燈，快門，攝錄機，此起彼落——糟了，車牌。

他心一懸，會就此被盯上嗎？現在好多起底網站，把兩方陣營相關人士的資料、出生日期、住址、電話、任職單位放到網上公開。昨天有個交通警向一個孩子開槍了，他女兒就讀學校即被翻出。人們包圍校門，試圖從相同校裙的女孩中找出

「罪人之子」。

如此，他的妻、兒、學生、朋友、同事、親戚會被騷擾嗎？他已曾被告發，收過警告信，會否已在監控的黑名單中——不好，今早買物資時沒帶口罩，到過幾家店大手買入，只要一調商場、停車場、馬路的閉路電視，行蹤一目了然。

他怎會做出這般危險的事？為著一頭熱的衝勁，置他人於度外。而他，曾挾此為軟肋，大聲苛責坐於旁邊回覆訊息的趙嘉。

一股想立馬停車並請二人離開的念頭湧至，他勉強按捺。

趙嘉用他手機輸入導航地址後，轉身問少年，律師有否說要留意甚麼，餓不餓，她今晚沒空做飯，送他回去後還得再出來，著他要不煮泡麵，要不叫外賣。少年問：「你要去大學？我——」

「你知道不可以。」她往後塞了兩顆茶葉蛋，冒著微煙：「下車才吃，弄髒人家車子不好。」

就是這個！林懷終於逮到機會，轉頭，調整倒後鏡角度，以便窺得對方全貌：

「沒關係，趁熱先吃，反正舊車沒多乾淨啦嘿。」

少年道聲不好意思，低頭剝蛋殼，脫下口罩咬食，許是很餓，未有注意前方投來視線。

林懷一個激靈，幸好碰上紅燈。

今天怎麼回事，偶遇小劇場？先是久違的大學同學，然後是缺席兩個月不見的舊生？黎清看起來頭髮長了，人更瘦削。他今年應是中五，是校內辯論隊的種子成員，話很多，性子較烈。林懷曾教他中文，開學起卻從其他學生得知他沒再上學，以為是家人送到國外唸書，畢竟家境不錯。

不對，他瞄瞄地址，這不是黎清家的住區，怎麼回事？

車子將要駛入該區時，封路關係，越加塞頓。林懷拉上口罩，把倒後鏡調得要多高有多高，身子則微微蜷縮至座背下，儘量讓椅背蓋過整個身影。他不想被學生認出，一種畏罪般的難堪。若認出來就等同必須對話，更因堵車而困獸鬥於小空間中，多尷尬。趙嘉不時斜睨他彆扭的姿勢，沒有說話。

叫黎清的少年很識相，提議在前方附近下車就可以，他走路回去。趙嘉要他答應自己回去就是回去，絕不因新聞或報道甚麼消息而忍不住跑出來，黎清點點頭，他說知道。

林懷發現，黎清的態度有別從前，帶點頹喪、疏淡、無所謂。

下車時，他特地在車窗外跟林懷揮手道謝，後者低頭虛應。趙嘉下車跟他說了一會，把買來的一袋二袋遞給他，末了，還抱他一下才回車上。

林懷問，回大學嗎，她說好。

馬路繼續塞，他放了些音樂。趙嘉真能忍，兩個人不說話就不說話，任歌曲填滿空間，更輕哼幾句。妻的電話又打來，鈴聲從揚聲器放出，卡斷歌曲，他心煩意亂，沒有接聽，剛打算重放曲子時，趙嘉開了口。

壞人同學，網絡安全第一條，要跟陌生人聯絡時，帳戶名稱千萬不要設定為名字加姓氏哦，太危險了。

他就知道，她早認出他來。

她續說，好啦我承認是故意的，舒雅告訴過我，你在那裡教，那孩子又唸那學校，就想說會否這麼巧，世界真細小，哈。你知道，我每天接很多訊息、電話，替被趕走的孩子找住處，被經濟封鎖的孩子找飯券。有很多人像你，一個訊息，哪怕誤傳、假消息，就不顧三七廿一砸大把大把的錢買頭盔、雨傘、急救用品、飯券、飯盒，甚至直接給我現金、匯款。這些人熱心，慷慨，豪爽，都是很好的人，我有時望著豐富得過剩的物資就會想，哇，好像香港真的沒窮人似的。但又不是，真矛盾。而他們的條件只有一個——不要讓任何人知道他們的身分，不要讓任何人知道他們跟這些有關係，一切都得保密。林同學，這麼多年過去了，我想知道的是，你還害怕外頭嗎？

回到家已近七點，妻半驚半怒問他怎麼不聽電話，他編個藉口，訊號不好，排隊買外賣時沒有聽到之類，奉上她喜歡的刺身料理，喚兒子出來吃飯，好幾遍沒回音，原來他在房間戴著VR裝置打電玩。他問女兒呢？妻即噓聲，要她溫習，她不肯，鬧脾氣哭了一個下午，剛剛才睡。

妻邊吃飯邊說在家工作的不便，遙距指揮下屬終歸不夠踏實。新聞卻說堵路情況尚未解決，仍有幾處公路被示威者佔領，無法通路；同時報道當天抓捕人數，最年幼的只有十一歲。妻連連搖頭，罵著政權沒人性，又問他和兒子，學校有人參與嗎？這麼激進，好恐怖。

兒子偷偷在桌下看打機直播，嗯嗯哦哦，被妻沒收手機，要求他先吃完飯。他癟著臉把不喜歡的壽司一件件塞進口裡隨便嚼吞，即拿回電話跑回房間。

妻用英文朝房門大喊：「What's your problem? 你學不會尊重的話就別待在這裡！」

林懷卻想起黎清，在他車內，小心翼翼剝著蛋殼的模樣。那仔細，生怕任意一角掉在座上。

趙嘉說，那孩子跟家裡關係不好，幾個月前被捕後打得送進醫院都沒人去看他。出院後沒地方去，轉介幾處才到我這邊。他現在沒上學啦，好像是家裡替他退了學，也不認他，哈，真能這麼狠。其實就是逼他啦，很多家庭都這樣，小孩子不聽話，就經濟封鎖，趕出街，想著自己是衣食父母嘛，斷了米路，總得喪家犬一樣死死地氣跑回來認衰仔，那就是教育啦。我都不知是香港特別變態，還是亞洲人，抑或全世界都這樣。

睡前，妻又跟他談到離開的事。起初只是玩笑，調侃一下時局紛亂，能跑就跑，近來卻越發認真——妻的公司是跨國企業，時有人事變動，她在學時到過外國交流，本就決定待孩子上大學時舉家移民海外，離開向來是一個可負擔的Option，現在不過提前執行。

妻認為，運動變質外，撕裂越加明顯，不論最後哪方成功，這裡都不會是宜居地——若政權開始肅清反對者，整個公民社會將被徹底清算，未來十年，甚或廿年都只會大倒退，永不翻身；若抗爭者得勢，如此輕率、民粹、極端的行事作風也容易被煽動成另一種獨裁，無論如何都與他們期許的溫和民主相距甚遠。一不小心，若影響經濟，更可能從第一世界退落成第三世界。

她認真分析了幾個宜居國家，林懷則意興闌珊，再次重申立場：「我一個教中文的，到外地可以做甚麼？」

他發現，妻不高興時，眉目確實與兒子有幾分相似，都會鼓腮瞪眼，眉挑得大：「你就是老被你的安舒圈困死了，終日留在你那封閉的學校裡開會教書上課一批批送學生畢業離開校園，自己卻出不了來。Ryan，世界那麼大，你可以做很多很多事啊，前提是你願意去外面闖闖看。」

趙嘉說，那孩子自此一直在外面住著，死活不回家。他的案子下月就要開審，坦白說，不樂觀。我們都不認識他有甚麼人，他又不肯開口。就想問，你願不願意以他的老師身分，替他寫一封求情信？

林懷關上燈，悶悶道，再說吧。

大學時期，林懷是意氣風發的小頭目地位，大概從迎新營吃宵夜那晚奠定。系內有個「片汽水」的傳統，每組派出一個新生，站在摺凳上手持一罐汽水，待主持人喊開始後，要鬥快拉環把汽水灌掉，直至倒罐無水滴落方為完結勝利。贏了的人能領導全場新生學長學姐帶喊系內口號。那時他就好想贏，如同所有愛出風頭的新鮮人，想站在高處被眾人仰望。他環視其他參加者，要不似社交障礙，要不傻笑的肥仔——只有一個束馬尾女孩，一腳蹬上摺凳，小腿粗壯，反震得脆弱的椅身抖移晃動，差點滑倒，要組員扶她一把。

林懷想這不合規矩吧，片汽水不都是男生粗豪的遊戲嗎？灌飲豪啜，儀態盡失，更可能沾濕衫褲，惹得身上黏癡，男生還說可乾脆脫掉上衣或洗洗，女生哪行？正如剛才組內他和另一個女生主動請纓參加，學長也以此理由勸退她，他才成功入圍。

但他顧不得那麼多了，反正女生而已，有甚麼了不起。

「三、二、一，開始！」話剛說完，椅上眾人忙於拉環，有人起步就輸了，指甲太鈍刮不起；有人一把扯壞，銀扣脫去，汽水仍完好無缺；有人起步就猛灌，才咽了幾口就吃太多氣脹肚倒嘔。在地擠簇的人們：新生、組員、學長、學弟、特地回來而已畢業的老鬼，人人興奮吶喊，又叫又笑，熱烈打氣。

林懷一剎那無法辨認他們的臉，好熱，好暈，好想吐，他見到對面的馬尾女生喝得臉已緋紅，鼓著腮，嘴裡是滿滿的汽水，一嗆住，即咳嗽連連。他更覺自己不能輸，就是不想輸給女生的倔勁，忙憋住一口氣，仰頭，「加油！」，拍拍，「壞人！」，拍拍，咕嚕咕嚕，「加油！」，拍拍，「壞人！」，終於，把汽水喝光。

他是第一名。

其餘新生尚在努力，皆七七八八完成，主持人點評幾句，又說：「不過今年破天荒，我們有位女同學挑戰！同學很厲害耶。但終歸是女孩子，可以量力而為，不要勉強啦。」馬尾女孩咳嗽完，咽咽口水，看了主持人一眼，就張口，把汽水懸起下傾，倒濕整個下巴、脖子、衣衫、鞋，再滴落地。大夥兒起哄，到後來已不知是人在喝還是衣衫在喝，湊熱鬧者紛紛大喊：「女俠！」、「夠豪放！」、「正！」、「勁呀！」，最後她抹抹嘴，倒擺鋁罐，示意完成。

這不合規矩吧。林懷第二次這麼想。這遊戲就是講求勝利者獲得注意和鎂光燈，失敗者閃一邊去，她明明是最慢的，怎能搶去焦點？

他那時便不喜歡她。

環節結束，主持人問他名字。他說他叫林懷，大家可以叫他壞人Ryan，但其實他是個收過好人卡的好人。上大學短短幾天，他知道要讓人迅速記住自己的要訣，從名字開始，要容易記得、搞笑、特別的暱稱，還帶著梗，最好。

台下大笑，爆出如雷掌聲，他很得意，想用神氣的模樣告知女孩，輸了，就是徹底輸了，沒資格擁有目光。再望才發現，對方原站立的位置，已空空如也，在眾人期待他領帶口號的狂歡中，她獨自走往遠處的洗手間。

再遇上趙嘉，已是半年後。她不常來上課，來也是頭髮糟糟，T恤拖鞋，髮間有煙味。他原以為她會在系內出風頭，擔任系會幹事，像他般就當了主席。輾轉間才聽說她參與學生報，交了個唸哲學的男朋友，整天談馬克思、左翼理論、工友權益、情欲自主。他翻過幾次學生報，不如他想像般記錄校園生活、學校景點山水遊記、飯堂質素點評，反是大量看得人打瞌睡的文章：「中國為何需要民主化？」、「員生共治——如何實現校園民主？」、「性別友善廁所真的友善嗎？」，還有人寫開房約砲經歷，搞甚麼飛機，這算哪門子的學生報？嚇得他匆匆丟下。

系內的人對她很是好奇，傳言越傳越廣越誇張，聽說報社的人都睡在會室，有床，煙灰缸萬年不倒，夜半會溜進學校泳池內做愛，裸著。癡媽根，害他體育選課時不敢選游泳項目。

那不是他理解的疆域。

在這期間，林懷惟一一次認得她，是從宿舍趕去上課的路上，發現她跟十多個學生身穿白色T恤，一字排開站在教學樓門口，一人執起一罐紅色油漆，高舉過頭。他心想「不是吧」的瞬間，他們把油漆從頭傾淋於身，如瀑覆瀉，惹來同學尖叫定望。隨即有人用揚聲器大聲譴責校方，原來他們呼籲同學一同抵制校方引入連鎖咖啡店，剝削血汗咖啡農。

趙嘉那時的髮比迎新營更短，已束不上辮子，散散垂在肩。紅漆順著髮尖、下巴、耳垂、衣角，一顆顆滑到地上。她渾身鮮紅，只有眼瞼和睫毛未染上漆漬。他想起片汽水那晚，液體也如此，沿她身體流淌，散溢，復又落地。

林懷走過，小心翼翼踮步而行，避開所有觸碰的可能性。

那年暑假，他與幾個同學競選後，如願當上迎新營主席。去年玩的時候只覺興奮，到策劃才知道是一坨屎，還是一坨放了十多年黏滿前人不停添上新味道、軟硬、形狀的組裝大便。而林懷更要推開其他人，衝上去，搶著要吃這坨臭屎，且吃得津津有味，假裝是佳肴。招募籌委的過程非常艱難，除了像他這種不知就裡，一頭熱往前衝的小伙子、一部分在加入系會時已答應需協辦的幹事、一部分捱義氣報名的同學，誰要耗上整個暑假每星期回校開會討論議程；聯絡膳食公司、宿舍租住、贊助商、校方；設計遊戲、營刊、營衣、紀念品？

因此當籌委報名人數不足時，他們想到了包裝。把一坨屎噴上香水，硬是說成夢幻逸品，大賣青春、熱血、夢想、大學生價值、一生人必須當一次籌委諸如此類概念作招睞。多年後趙嘉助選時，驚覺校園裡的政治，跟外面的如出一轍，招睞手段、開會姿態、橡皮圖章隨便通過議案，當事人卻沒權反抗，皆相差無幾。

她的加入是個意外，被相熟的舒雅拽著一同報名，後者被概念打動，以為是一趟好玩的旅程。

結果是大夥的圍爐，本身熟絡的同學聚成小圈子，工作時大講只有自己人懂得的笑話。過家家似的，相互吹捧，敬稱林懷是林大哥、林神、林師傅，聽得他飄飄然。決策做起來卻一團糟，時間盡放在討論營衣設計多精緻、主題劇情線要多起伏刁鑽，對日程的活動安排與地點遷移時間有衝突卻輕輕帶過。

趙嘉多次在會議上指出端倪，因不轉彎抹角，又人微言輕，在系上無甚關係而被當作麻煩人物，講話粗聲粗氣，像吃了太多煙。後來種種質疑直接被理解為：故意找碴。林懷年少氣盛，有一回，甚至跟她說：「別把你在學生報那一套搬過來唬弄我們，我們這邊不是這樣做事的。」

趙嘉就拿著背包起來，離開會議室。

大夥兒舒一口氣，連稱有個認真膠在這裡猛提問題會害得大家精神衰弱，那天的議程去得很順，決策下得很快，投票過得更快，一講完就投票，眾人連眼也不閉了，不投暗票，乾脆睜眼舉手，反正都是全體通過。

林懷不知怎樣形容，有種既希望她最好就此消失，不再回來的快意，又悄悄冒起，如針刺般忐忑，隱隱的失落。結果下次會議，她又如常報到，更主動奉上上回中途離席，違反議事規則的罰款。

月後，待得發現趙嘉提出的問題確實嚴重時，他們已與宿舍、食堂及場地負責人談妥，訂金也付了，不能退。怎麼辦呢，最大條是——怎樣安排八十名新生在十五分鐘內，從山腰把背囊行李搬到山上宿舍安置，再跑到山腳的體育中心參與破冰遊戲？

也是相當後期，直至他向趙嘉道歉的那年，林懷才清晰發現當時的決定，是一個劊子手的決定，與他日後反對的政權無異。

林懷與副主席、幾個部主和幹事私下談攏：在所有人中找出約十名籌委組成搬運小隊，由他們把八十名新生的行裝搬上山安置，新生們便可直接下山參與遊戲。

在他們擬的搬運名單中，幾個是死黨，屌了幾句老母後捱義氣答應替他收拾殘局；幾個是向來習慣被使喚，無甚主見的同學；幾個是與系內向來沒關係，得罪了也不怕的同學——趙嘉和舒雅是其中之二。

若說有甚麼是趙嘉後來轉系的最大驅動，除了報社和社運參與，這個通過由搬運小組抬行李上山的非人道議案投票現場，也實在是徹徹底底地擊倒她。

任她、舒雅和幾個不在名單上卻也看不過眼的同學在討論議案時再大力反對，大夥態度都是唯唯諾諾，支著腮等時間過、低頭滑手機，更有人問他們能否精簡發言，因為他約了女友看電影需準時，想盡快進入投票程序，好讓會議如期完結。

沒人認為這場毫不公義的投票有何問題。

「反正不是他們搬。」舒雅嘲諷一笑：「當然是盡快如橡皮圖章通過，別浪費他們的寶貴時間。窮我們鬧得破喉嚨又如何，我們是少數。」

投票過程不過三十秒。

「這就是民主哈。」舒雅那時就喝酒，怕太清醒，人會難受，不如糊糊塗塗，庸庸碌碌過日子。

這椿事加上及後痛罵趙嘉的事，老實說到了畢業時，林懷越想越過意不去。那時已成長不少，修過些政治理論課，讀過不同書，社會氛圍已改變，連中學生都開始介入社運。

他剛教書第一年，就是中學生反對推行國民教育，於政府總部前穿黑衣集會，向政權比出否決手勢；接下來的反新界東北規劃、雨傘運動更是啟蒙，讓他和許多人開始邁出腳步，踏上街頭，登記做選民，積極投票，關心時事。

兒子出生那一陣子，基於對生命的感動和反思（他只能如此歸納），他透過社交平台向趙嘉發了一封長長的道歉信，反省當年年少輕狂，未有顧及別人感受。為增加可憐和罪疚感，他強調自己當年也有為決定負責，有份一起搬運行李；又說希望她轉系後比較快樂，他們那時處理不當，讓她對學系留下負面觀感，他一直愧歉。

她不領情，冷冷祝他「活回一個好人」，然後多年過去。

那個恨恨的趙嘉，對他的低聲求和不屑一顧；今天卻不帶刺地與他說，林同學，這麼多年過去了，你（活）還（成）害（怎）怕（樣）外（的）頭（人）嗎（了）？

到底在猶豫甚麼？這是贖罪的好時機，為他少年時的輕率狂妄，為他竟傷害一個犧牲前途的女同學；現在，另個犧牲前途的學生出現了，寫寫信，用不著他跑出去被捕被打，幫助黎清，就是幫助當年的趙嘉。這是當行的事。為何躊躇至久久未能答覆？幾個字，可以拯救一個他時時想要親近的勇敢孩子。

怎麼未有堅定地一口答應，為甚麼？

林懷如常回校，上課，開會，跟同事外出吃飯，他們討論聖誕假要去哪裡旅行，若自駕遊有甚麼適合家庭樂的路線；哪家美容院的療程最划算；要否送孩子唸國際學校；有否買到某某歌星的演唱會門票，用哪張信用卡預購最好。

明明早上才公布，那個砸碎民主牆的學生被抓到了，課後訓導組需開會討論處分。但在飯局中，沒人討論或關心這點，鄰座的另一圍中老年教師席則在談股市、名車和手錶。其中一個更是黎清去年的班主任——整天專注炒股的陳 Sir，知道黎清現在身處何方嗎？他可曾關心？

是他，是他林懷真真關切學生，擔憂被抓到的學生處分，心繫黎清的求情信。如同禁蒙面法通過那天，那班哭得崩潰的中六，只有他和幾個老師站在門前遠望，遞上面紙；其他人，席上的所有人，只顧逃離學校，紛紛走出去。

下午的處分會議上，校長和副校長也有列席，林懷已想好一腔說辭如何為學生開辯求情，試圖把處罰降到最低。臨進會議室前，訓導主任卻忽倏把他拉到樓梯轉角，叮囑他盡量不要吭聲：「你別說是我講，校長似乎已把你列為目標。最近又有家長投訴你啦，好像是看到你去甚麼地方，還是講過甚麼話之類——」

「甚麼甚麼地方？投訴內容是甚麼？他們看到甚麼了？」林懷腦裡一炸。

「我不知道耶，可能是造謠，也可能是看錯呢，只有校長和家長知道。你不要太擔心，該沒事的。我們都想保你，但要你先懂得保護自己。同事間，你一向是跑得最前那個。不是要阻止你，但校長也要跟其他人有交代，你這陣子當避風頭或甚麼都好，低調點吧。」訓導主任是他的同屆同學，這些年比他懂得處世，職稱升得快，仍乃念昔日同窗情誼。

教師魚貫進場，會議開始，林懷卻毫無心思，全然沒留神在談些甚麼，只覺眼前一黑，一股腦兒都是最壞的想法——是甚麼地方，哪一次，甚麼人，講甚麼話？是他去過的遊行？旁觀過的集會？買過的物資？抑或就是十一月那天開過的車子？是誰投訴？家長有甚麼背景？他確然被盯上了嗎？

他會被抓走？被跟蹤？被解僱？他尚未還完的房貸、車貸、孩子的教育基金、供養父母親的生活費——妻的移民夢，他們如今擁有的，苦苦建立而得的奢侈日子。

他的妻、他的兒、他的事業、他的人生。他可以嗎——他確然，可以嗎？

「……林老師、林老師，你認為如何？這樣的處分可以嗎？」

他愣愣望過來，不敢再問到底講了甚麼。（校長已把你列為目標。）不能再添麻煩下去。（我們都想保你，但要你先懂得保護自己。）

為免顯得因質疑而猶豫，林懷極其迅速表示贊成，更像個學生般舉起半隻手，憨憨認真，逗得原來嚴肅的氣氛舒解不少。

主任續說，被抓的學生是關注組成員。是個自初中起上教會的溫順女孩。與退出學生決裂時說過：「說甚麼和勇不分，根本不能不分。真正勇的人願意押上前途、生命、一切去投入運動，不會只想到自己。你們退出的人，都只是貪好玩，著緊成績，走啦，你們走啦。」女孩的改變，印證了他這個公民教育的啟蒙實驗計劃全盤失敗。

為以儆效尤，會議結果，女孩停學，關注組需解散。

散會後，何森告訴他，管理層是調動了地下的閉路電視，對比民主牆位置，鎖定女學生。他們打算往後在各層樓梯、課室及活動室門前都安裝鏡頭，或許還能抓出塗鴉者。

閉路電視。

不就是閉路電視。他怎麼沒想到，怎麼當時不相信自己的猜測？

意念像種子，一旦紮下根，就拔不掉。內疚和無力驅使林懷全然陷於一手編織的繭中，越織越厚，越封越密。纖維中有綿密雜亂的絲，掛著拉不完的物事，他心思紊亂，一再想及從前——第一次罷課集會的咪高風、第一封警告信、茶葉蛋殼、黎清的道謝、那通電話、兒子的VR裝置、妻的面膜、求婚的電車、遊行所得的貼紙、玻璃碎片、學生們的眼淚、汽水脹滿肚內的難受。

最後，清晰如鏡面的，是趙嘉濡濕的髮，一滴一滴，順著髮尖落地。

林懷在那刻——頓在會議室門前看著日落的黃昏，他突然、終於、願意承認。長久而來，這些年來，他都想要定神，凝望水珠的軌跡和弧度，如何從髮梢，滑到端處，懸垂——如蕊般拽長——滾落，墮地，一濺而散。可以的話，他想在顆滴濺綻前，輕輕接住它們，捧於手心。

但他怕。他不敢。

「高中生在港鐵太子站破壞燈箱，以黑色噴漆於地面噴上『香港人加油』等字眼，他今日於法院承認一項刑事毀壞罪。辯方求情時指被告深感後悔，另呈上兩封分別由中學班主任及副校長撰寫之求情信，形容他天資聰穎，樂於助人，責任心重。其班主任更強調被告為人正義敦厚，心存正念。被告事後已反省，深表悔意，承諾不會再犯。裁判官判刑時指被告涉世未深，惟錯用方法表達理念，考慮被告尚未成年，決定押後至下月七日再行判刑。」這宗報道相當簡短，在疫情來襲，暴動、傷人、煽動暴力等多案無日無之接連審訊下，它確實不太顯眼。然林懷仍搜尋出來並讀完了。

向趙嘉道歉時，他期待她可以像多年前般直白傷人，以嘲諷、羞辱、謾罵回應他——那時她還說，祝他好運，也祝他的學生好運，好比詛咒。再者，嚴格而言，這是他第二次拒絕她，年少時，拒絕她的道歉，這回則是拒絕她的請求——他竟能，擁有拒絕這女子兩遍的機會，且都出於自愛。他希望她願意當個施罰者，用話語剜他的良心，凌遲他。那麼他將能如同以往每年的遊行後，彷彿已履行並結束某種儀式般，回家，換衣，繼續生活。

但趙嘉僅簡短回覆：「沒關係，理解的。」為免看起來像生悶氣或過於冷淡，她再附上兩個微笑表情符號：「真的OK，各人有各人的難處嘛。」

讀完新聞，林懷很想與誰分享又說不出：趙嘉、陳Sir、副校長、黎清本人？恭喜他？事情發展不是很好嗎，最後公開身分的不是他，他安全了；黎清也被輕判，不是各得其所，可喜可賀嗎？來，來看點甚麼助慶一下。他想起何森午飯時會在茶水間看脫口秀，有個很有名的，很愛講地獄梗的外國笑匠，一搜尋便找到他最新演出。

確實很好笑，演員很敢，不怕政治正確，性別、種族、信仰，甚麼都能拿來開玩笑：非洲小孩、墨西哥人、同志、神父……若是平常，林懷大概會正經八百拒絕這些不道德的玩笑——就像他每次經過茶水間時會警惕何森，別把這些帶進教室，教壞學生。然而這個下午，他卻一個人邊看邊笑，止不住笑聲。

直至演員講到一個段子。

有一回，演員在候機室遇到一個儀表堂堂，誠懇有禮，舉止端正的年輕人，會主動攙扶老人，讓道予推輪椅上機的乘客。演員看著，發現年輕人的左足是義肢，攀談下印證推測：他是於遠方戰爭中被炸傷而必須退役的前軍人，如今依賴微薄的救濟金過日子，這次能到別處，也是坐官方資助的廉價機票。

演員當下內心激奮難耐，對年輕人肅然起敬，想他一個為國捐軀、犧牲自身、樂於助人、文質彬彬的有為青年，卻只能屈就去坐狹逼的經濟艙位，這麼偉大勇敢的孩子竟落得如此遭遇。他呢，一個口沒遮攔，開地獄玩笑賺錢的藝人，蒙受這些偉大軍人保護下安穩享受，卻奢侈地坐在頭等艙位等著廚師奉上安格斯牛排——這過意得去嗎？

演員說：「當時我想，不如我跟那孩子交換座位吧？反正不缺這趟，航程也不遠，然對這孩子來說，被捧上掌心如寶對待，才是這個國家、我們對他與之相稱的待遇，可能是一生中只有一次的機會，而他值得。我非常感動。」

「我被自己有這樣的想法感動得唏哩嘩啦，幾乎要哭起來。我繼續坐在頭等艙吃牛排，想著自己真是一個有良知的人。因為我敢打賭，整個頭等艙的乘客，只有我這麼慈悲而熱血，會冒出與一個坐在經濟艙的殘疾年輕人交換座位的想法，絕無僅有。因此，這念頭把我深深打動了。」

螢幕裡，台下笑聲及掌聲如雷，一片嚷鬧，林懷卻發現，他的嘴唇，抿得像一道繃緊的索。

答問會上，一個女老師說到半途，為受傷學生狀況而哽咽落淚。台下校友遞上面紙，她低聲道謝，正欲接過，被坐在鄰座的校長理所當然拿去，利索抽出一張抹去額間的汗。

直播中有留言說：「這畫面 cliché 得可以寫成小說。」

舒雅站在後排，完了，論公關訓練之重要性，特別是高位者，平常霸道專橫慣了，事事備受遷就，情商不好，受不得挑戰，更遑論面對記者提問時完全沉不住氣，簡直慘不忍睹。

有個學生在現場被警方射中要害，送院急救，反在手術途中遭落案控以暴動罪。輿論群情洶湧，無頭蒼蠅般的悲憤撞往最近的捕蚊黏膠，數量一多，失去黏力，被稠密的情緒包圍，非得逼出一個交代——校方是其中一片膠貼，數以千計校友聯署，要求管理層發聲明譴責警暴，答允守護學生。

學校排名一般，近年收生多為新移民或雙非孩童[17]，向來作風保守，反對把政治帶入校園。校長常在會議強調：「我不反對學生討論不同議題，人人都有言論自由，下了課，離開校園，你要做甚麼都可以。但這裡是學校，學校是傳授知識的地方。我希望，不論外頭如何，學生回來這裡，永遠有一個避風港，一個中立的空間。請還給大家一個安靜的學習空間。」聽得舒雅用力憋笑——安哪門子的靜，明明是拳館學校，學生三日兩頭進出警局，不是在校內打架，就在校外群毆——教職員內部還有個輪更表，被選中教師要隨時準備到警局保釋學生。每逢當值夜，都別

17 編註：雙非孩童是指父母皆非香港居民，並以生育旅行方式在香港所生的嬰兒，他們均可取得香港永久居留權及相關社會資源和福利。

妄想能睡，電話隨時響個不停。

彼時神氣，此刻被記者、校友、傳媒訊問，結結巴巴：「其實……我這陣子沒怎樣看新聞，因為越看……總會越影響情緒。昨日的事其實有好多片段，好多不同角度，我都未看完。但通常在片段看到的東西，我只會相信八成，因為眼見未為真……我不是指昨日的事。」大概望到台下嘩然和怒目，趕緊補上末句。

好焗，會場又悶又逼，熱得難以呼吸。舒雅扭開瓶蓋，透明液體傾入喉間，辛嗆的辣很醒神，她淺呷一口。未幾臉頰爬上微紅，幸好胭脂掩去。

「現在好像一個家庭，父母做錯事……是否等同孩子可以打砸家裡的東西？暴力是否正確？是否受傷了等同沒問題、沒做錯？」可以的話，最好找人一棍打暈她或校長，直至全劇終，局面認真難熬。

「你知不知道自己在說甚麼啊？」

「但現在是父母弒子嗝。」

「吃屎吧你！」

「屌你老母！」

校長言語不靈光，對粗鄙說話則猶如安裝感應器般異常敏感，即執起咪高風指向台下大喊：「誰說髒話？在哪裡？誰說的，跟我出來！」

唉，沒救了，災難級。

起初趕急決定召開答問會，開放校舍予校友回來對話，旨在平息眾怒，避免事情越鬧越大。高層待在校園多年慣了，鮮有被公眾質詢問責經驗。幾個年邁教師尚以為校友等同學生，仍是當年生澀害羞，會乖乖被嚴厲責訓的孩子，提議發聲明反擊他們冇大冇細，以下犯上，幸好被否決。

但幾個管理層想的法子仍蹩腳，限定出席人數，需先於網上表單登記，名額聲稱先到先得（實則搞小動作打算先篩走積極分子）；故意選址於狹逼細小的排舞鏡房，想說空間小，容納人數不多，好應付；連發言方式竟也打算向現場派發紙條或於網上留言，領導層再逐一回應——務求全方位控場，滴水不漏堵塞所有機會。

他們確實以為這些已畢業多年，或唸大學，或已工作，或已為人父母的群眾，仍是在校時被壓制至動彈不得，只可咬牙忍下的少年——這是一貫做法：但凡學生會、校內社團、學會換屆選舉，皆不是由學生自組內閣參選，乃直接由顧問老師挑人任命，選好團隊，再假意宣傳拉票，召開週年大會，使全校通過，永續機制。把問題先寫在紙條，放箱內再抽出回應的做法，便是承繼自每年校內大大小小諮詢會的傳統。

爛點子總讓事情更壞更爛，結果校友把記者找來，無法入校的擾攘情況被拍下，於網上即時更新；已成網絡名人的舊生更全程直播，上頭半推半就，如意算盤打不響，只得讓所有人進校，致使如今小小鏡房擠簇得空氣稀薄。

更糟糕的是，背靠鏡子發言的代表們，似乎不知道其桌下小動作、手勢、拉褲子、汗濕透底的背、搔屁股等模樣，全倒映在鏡中，使在場者一覽無遺。

才半天，校長在會上的模樣被瘋狂截圖，製成迷因：「解決的方式是去遊行！」、「誰說髒話？跟我出來！」，他發怒的臉被 P 到不同地方，更有音樂人把幾段話混音成歌曲，校長被修裁成一枚笑話。

畢業後，舒雅當起教師，沒有考研。同屆同學都說太可惜了，明明是一級榮譽畢業，書讀得用功，論文又得了A，題目也好拓展，這不是明擺著做研究的材料嘛。身邊甚至有好友為此爭吵：一個認為應當尊重她的決定，旁人不該置喙；另一個覺得這決定是好生糟蹋才能，不反對的人都是瞎了心智。兩名友人的爭執，舒雅沒有參與，也沒調停。雖心裡為難，也沒摻和進去。

後來她負責的班上爭執，她也沒調停或介入。

有時仍記得幼年的夏天，她蹲在鄉下的外婆家門外逗著母雞玩，撒一把米。母親和家族的人在房子裡吵個不停，尖聲厲叫，大呼大嚷。蚊子和蒼蠅在雞糞上飛來繞去，叮得她的腿上一塊一塊。未幾，母親敞開大門跑出來，晦氣之大，嚇得雞們鼓翼奔飛，落下一地羽毛。母親扯著她上機車，漠視身後氣急敗壞追出的親戚們指罵，迅快插匙開車，車輪在半軟的田地上叩出坑紋。

她最喜歡環抱媽的腰，任車子像風奔跑，多暢快，到天涯海角，她都可以。以至於母親在加油時問她，願不不願意到香港時，她毫不猶豫，狠狠點頭。

往後吃盡的苦頭，讓她學乖了，不再輕易主動做決定。

在學校，該有的社交她一點沒缺，同事和學生們都喜歡舒雅，關係純粹，少有小圈子，如此最好。她最怕複雜，人際、難明、難以解釋、難以定奪的東西可要殺死她所有腦細胞。因而進入學校，有序可依，根據標準答案授課，簡簡單單，就是她最舒適的場域。相較唸研究所，拋擲日子和心機至一個寫完後被儲存於論文庫且無人關心問津的學術問題，與初中學生討論微博、網紅和學校午餐更實在可感。

他們會在週記內寫自己的內地見聞，麵條只要幾元一碗，房子夠大，爸媽開車駕他們四處玩，好開心。由於文章結尾必須有所昇華，學生往往會以「長大後我必定要當個有用的中國人！」或「我愛我的祖國，她太強了！」作結。

是與香港頗為迥異的生活經驗。

很多人不知道，香港現時普遍的第二或第三組別學校都不易聽到廣東話，校內七成以上學生都是新移民或雙非兒童，父母當年被中介大力游說來港生子，推銷各種福利：教育、醫療、經濟……只要成功闖關，孩子在港出生，一切好康等著他們。多年前，舒雅有一個表哥帶同妻來，好不容易在私家醫院訂到床位，待產幾天特地找她幫忙，那時他們相信孩子將有美好將來，香港是福地，生活水平高，英文好，學習壓力沒上面大，到外國唸書更方便。

幾年後，風向一轉，香港成了背靠祖國的龜兒子，祖國強大厲害，發展一日千里。表哥表嫂在家鄉的日子捱出頭，早年囤下的地被收購，建鐵路站，雞踩著屎跑過的田埂，鋪成光鮮的購物城。夫婦打算把孩子放在身邊養，卻發現因戶籍問題，孩子拿香港身分證，在內地上不了公立學校，只好狠心托給舒雅的媽，每月轉匯生活費。

學校情況類近，新移民、跨境學童、雙非，五湖四海的方言和普通話在班上混雜，班群需用微信聯繫；收來的電子作業時有大量繁簡轉換時的錯字；閒時瞎聊的話題全是內地綜藝、網紅、大V、帶貨、流量藝人、劇集、超話。每班平均只有幾個香港學生，配合大夥兒說普通話，發音不夠標準還會鬧出笑話，他們私下自嘲是少數民族。

舒雅覺得時勢變了，想她剛來香港，一句廣東話都不會講，被喊左一句「大陸妹」、右一句「北妹」，沒惡意的調侃，嘴裡卻噙著不屑的笑意。幼稚的男同學還會故意在她跟前模仿，嘲她的口音跟樓下米線店的大嬸一樣歪。她戴著厚厚鏡片的眼鏡，想起雞屎附近的蒼蠅，分別在於如今她坐於光線明亮整潔的課室內，不能肆意一巴掌了結煩躁。

剛來港幾年，舒雅與哥哥和弟弟一家五口寄人籬下，狹居於香港親戚手上多個物業中一個小小的套房，廚廁兼容，煮食爐旁就是馬桶。她在夜裡待全家入睡，蹲坐於馬桶蓋上，一遍遍用手機看港劇，跟著台詞默唸，無暇享受情節的笑與淚，如同囫圇吞棗，只大力咽下新的語言。

為了不被覺察辨認，不動聲色地，在這個她不愛的城市，生活下去。

童話中，人魚以聲音換取可供行走的雙腿；她收起自己翹捲的舌頭，擯棄語言，學習噴氣，合唇，舐掂齒後，顎間用力，用新的語言換取新的身分。

然而經年後，跟前孩子們再毋須藏起口音，毋須低隱自卑地在語意不通裡，低頭避開；相反他們結黨成群，各自用熟悉的句子鑲嵌成巨大的集體，自信而從容，在餐廳、商店直接以母語下單、交流，理所當然。倒是香港學生們，反需配合，被感染，從喜好、話題、語言，到價值觀為了不被覺察辨認。

當然不是所有學生都這般順利篤定身分，校內還有部分雙非跨境學童，家住深圳，因戶籍問題只能在港上學。他們每天準時下午四點必須離校，趕車上羅湖[18]，再從深圳轉乘兩小時大巴回家，抵家時已晚上八、九點，勉強做完功課或溫習完就睡，翌日四點起床，每天通勤時間近八小時。

同事說，他們就是制度的犧牲品啊，兩頭不到岸，成長裡只有無日無之的坐車、學習和作業。

有一回，舒雅在中文課上教感官描寫，談到香港街頭小吃，好些學生搖搖頭——原來他們從沒到過旺角。十多年的人生，往還香港的，只有鐵路圖上的東鐵

18 編註：羅湖位於香港及深圳的交界處：深圳河以北屬中國所有（今羅湖區）；深圳河以南則屬香港所有。

線，羅湖、上水、粉嶺、太和、大埔墟、大學、火炭——最遠只到學校所在的沙田。至於九龍或港島有甚麼商場、街道，皆一概不知。

媽還告訴她，原來現下有門生意，中介在港各區租下單位，分劃房間，再僱一名傭人負責打理起居飲食，以寄養家庭形式向國內的雙非父母兜售，托付孩子在港，與同一村子的孩子共居，宿舍式生活，每個週末再一併回鄉。一條龍服務，何其方便。媽說可苦了孩子，小小年紀就沒爸沒媽。

何止呢，他們的青春、社交、興趣、時間、生活，或許都丟失在往還家鄉與香港的路上。

舒雅主動向科主任爭取，專教初中。初中生比較坦白好懂，喜怒哀樂寫在臉上。譬如上一學期的德育及常識課，她教學生們基本法、香港歷史及政制發展，一個女同學舉手發問：「可是湯老師，我們學這個有甚麼用嗎？我爸媽說我將來考內地的大學，比較好考，以後就不回來了。」其他同學和應：「我也是！我媽說中央政府給香港有優待，成績要求比國內的低。」、「我都跟朋友約好要上哪家大學了！」

舒雅稍稍止頓，思考如何把這似乎涉及身分認同的問題處理得簡單一點。但在中一的致遠眼中，卻以為是同學群起的七嘴八舌，把老師刁難住了。這可不行，他得幫助舒雅老師擺脫困局，說不定她還會因此嘉許他。於是他站起來，相當粗暴地向其他同學說：「別問這麼多好不好？上你的課就是，誰關心你將來要不要留在香港啦！」結果弄巧反拙，其他同學鼓躁得與之開罵，爭持不下。餘下半課，舒雅不得不介入勸止。

該怎麼說呢，學校裡總有這麼幾個讓人頭痛難纏的麻煩人物——當然這裡更多，打架、偷竊、欺凌……中一的致遠榮登榜上，以其無比找碴、口沒遮攔、事事愛搭訕的性格，且無人駕駛式成長，教師們皆退避三舍。

他熱愛介入，置喙，給予意見，哪怕毫不理解語境脈絡，就要摻一把嘴。從女孩們的衛生巾長度，男孩們支持的球隊，放學後去哪裡玩，到上課時老師的決定、進行的教學活動，都要高談闊論，若拒絕還擊，甚至可能被報復。有一回，他在體育課上向課堂分配的運動作業指指點點，年輕剛入職的老師氣不過，為讓他住口，要求他以廣東話表達。

（也蘊含些微惡意，以語言的流暢度，遏止聲音。）

一個月後，體育教師被家長去信教育局投訴，說他歧視。

致遠也是雙非，父母在上面，勢力頗大。他跟集體共居，或有親戚家可寄宿的孩童不同，雙親在學校附近租了一個寬敞的私人單位，有電梯，裝潢光鮮，兩房，供他獨住，另聘外傭照顧，每星期只有週末得見家人。剛入學，他就因同學不理會他，出手揍了人家，打得人門牙都斷，要見社工。由於沒家長陪見，需由舒雅作為班主任替上。她發現他時常憤怒，握緊拳頭，口沒遮攔，偏愛與所有人唱反調，彷佛存在目的就要惹大家生氣。

或許他要把家裡無人可與之對話的額量，一口氣，統統花在學校裡，向所有人，任何人，討獲注意、關懷和愛。

在門外等待見社工時，致遠仍喋喋說著被打至門牙鬆脫的同學向他投來的眼神，如何難以忍受，他討厭，似心頭塞了一把沙子。

「你看，握緊拳頭，裡面甚麼都沒有，是不是？」舒雅讓他張開手：「伸開手指，才能獲得更多喔。」他掌心中多了一枚牛奶糖，是其他教師送的旅行伴手禮，她向來不吃乳製品。

舒雅的原意僅僅是，堵住他的嘴，讓他的舌頭和口腔在含嚼著糖果的短暫時間裡，可得以耳根清靜——這些年她學懂了一巴掌外，處理聒噪問題的方法。沒想過一顆微不足的糖果，會種成狂熱癡纏的根。是的，孩子簡單直接，單純得小小而廉價的關懷已能擄獲純真的心。

自此，致遠成了她最忠誠的跟隨者，揮之不去。

在學校，每個小息、午息，甚至午飯時間完結前十分鐘，致遠都會跑上教員室叫舒雅出來，泰然自若。原因自然離不開學習疑難，課業問題，人際關係，總之就要聊到時段結束，花盡所有能與舒雅共處的時光。全校都知道，他是舒雅的擺尾小狗，平常對其他同學或老師態度囂張粗暴，只對舒雅溫馴乖順。

同事們揶揄她，致遠是雛鳥效應，死心眼認定你了。

她回嗔兩句，走到座位，趕緊扭開水瓶，棕褐色的液體，咕嚕咕嚕灌進喉嚨，眨眼沒了一半。

答問大會過去兩天，校內仍一片愁雲慘霧。受傷的高中生開朗熱心，來港後一直努力學習廣東話，與香港或新移民學生皆混得很開。去年擔任中文學會會長，語文週時，更主動舉辦粵語拼音工作坊，又邀來老師分享本地俚語笑話，是校內風頭人物。

同級的好兄弟似吃了炸藥，易怒易悲，在課上故意挑釁師長，被罵被罰也無所謂，反正就要挑起衝突；同學們在缺席的空座上放滿摺好的紙鶴串、鮮花和慰問卡；低年級的學弟妹較為懵懂，會在班內討論、問起事件，教師們皆略去無視，實則是，無法談。

一個女學生哭著告訴舒雅，那天，他們明明是一同出去的，但如今，為甚麼只剩下她跟幾個同學一起無事般上課呢？舒雅又從水瓶灌了一口，故作鎮定跟女孩說，無論如何都別再告知任何人那天誰和誰到哪了，因內疚而暴露自己這回事，太危險不智。

她心裡那句是，也別再告知她了。

一個在答問會上有份發言的舊生聯絡舒雅，告訴她，自己現時與十多名大學生組成團隊，來自不同院校科系，想多做一點，回母校或相熟中學聯絡學弟妹，以小組形式作情緒支援及公民教育。她問舒雅，槍擊事件後，有否學弟妹情緒崩潰或需要輔導，可轉介給她，畢竟駐校社工向校方負責，學生一向不敢信任。

舒雅相當好奇，問她這學生團隊有甚麼心理系或輔導員背景嗎，輔導形式是怎樣呢？若學弟妹問到一些難以解釋的曖昧問題，他們當如何回應？陳若回覆，團隊內有曾擔任義務輔導員的學生，有心理系同學，也有修讀過短期諮商課程的成員，都有與人接觸的經驗。

「其實我們是覺得在運動裡，中學生是最無助的一群，有口難言，既難以向家人陳明，也不敢與師長多談，始終權力不平等；而同學間討論，又常流於情緒化，長久憋下去，很易有創傷後遺。想說我們這群哥哥姐姐都是過來人，帶有類近傷痕。我們十多個人也是，機緣巧合下結識，試過一同分享傾訴。發現講出來，有人懂，原來很 work，被理解的感覺太重要了。所以才想到，如能把這種感動帶給青少年，鼓舞或更大。特別是近來學校還出了這麼大一樁事。」

舒雅幾乎以為自己在聽傳福音，談彼此見證的撼動。

「湯老師，我知道，你是關心學生的。社會撕裂，校內有立場的同學肯定不好過，我們是真心想幫上忙。你用不著現在就告訴我，慢慢，不急。」

她沒告訴陳若，對計劃有所保留——同齡間的平等分享，與從上而下的循循善誘終究是兩回事。

原以為運動歸運動，街頭歸街頭，學校歸學校，生活歸生活，如溝壑分明的調色盤，顏料互不相沾，界線分明。

有一次，她陪母親去腦神經外科覆診，醫生照片後建議留院。翌日探望時，發現同一病房內，對面床上的女孩吃飯時傾拎哼楞，有金屬撞擊聲，舒雅多望兩眼，發現兩個軍裝警員坐在床邊監視，原來她兩手鎖上手銬，活動範圍有限，拿得筷子就用不了湯匙。此時有人來收走其衣衫，在她跟前逐一確認：全黑的上衣、褲子、波鞋、背囊，一件一件放進證物袋。「這些都是你在現場的衣著，我們會收走做證物，另有新的衣衫給你。」語畢即拉過床簾。

離開時瞥見另一面的男病房，有個約莫十五、六歲的少年坐在最近門的床，同樣有警察看守。他戴眼鏡，鏡片裂開，很瘦削，臉上有敷料。

從前在電視劇才會看到的情節，在生活中，以事實而日常的形式，發生了，像一枚枚炸彈於附近爆破。所有人，包括她繼續走路，腳步靈活繞過燒焦之地，權當無關。

但四散的火種，終會燒至後院。

竟、真、會、有、學、生，參與運動。她一直以為香港不過是他們被逼佇留的過路之地，如她當年。父親傳來消息，告知她和母親終能申請來港時，舒雅跟朋友哭得似要此生無法再見。來港後好幾年，她跟母親睡在狹逼的雙層床上，沒有房間，夜裡因父親在客廳傳來巨響如轟炸機的鼾聲吵得無法入睡。

她不愛這裡，不愛任何人，不過是將就，只得停駐此地，骯髒、擁擠、昂貴、空氣不好、急速的城市。

是哪個瞬間，感知到變化已滲進學校——是在走廊間瞥見石欄上一排手摺紙鶴；還是批改遣詞造句的作業時，學生寫道：「只有人人鋃鐺入獄，社會才能獲得安寧。」？她何曾想過，街頭的槍火血淚以外，秩序安全的校園，她和同事眼裡無害順從的學生們，竟會躍出羊圈，在廣闊驚險的外頭尋來意義，並叼銜回歸，生出爭執。

班群中，意見分作兩堤，極端的兩堤。想當然爾，熱愛表達的致遠大剌剌轉載微博新聞，指運動發生是香港經濟發展每況越下，廢青們考不上大學又找不到似樣工作，就來搞破壞。於是罵戰燃起，雙方鬧得不可開交，管理群組的同學乾脆把所有涉事者踢出群組，並公告呼籲：請還公群一個中立安靜的空間，這裡不談政治！卻招來更大批退群潮，一群從沒發言的同學看不下去，認為做法野蠻，紛紛離開。最終四十人的班，群組內只餘管理員、舒雅和三、四個同學。

有些沉默的同學沒發言，卻在週記中問她，該相信哪一邊？為甚麼兩邊說的話相差那麼大？湯老師，他們應該怎樣做？

馴順的綿羊提問牧者，想知道欄柵外、草原外不僅只有吃喝拉撒睡，廣闊的，曖昧的，矛盾的，晦澀的世界，想知道一輛輛帶有濃烈氣味，載著同伴的卡車通往何處。

不安動蕩、眾說紛紜的日子，他們顫顫巍巍張手，向舒雅索求答案、定義、堅實的陳述句。

她接不住。

舒雅十四歲來港，乘地鐵上學，要不站得腿酸腰軟，要不坐在平硬的金屬座上，想念老家母親每天用機車載她時那軟得快要塌陷的布褥後座，表皮穿洞，露出底裡黃白的泡綿，她喜歡用手指猛摳它，把洞越戳越大，直至被母親喝止。

為甚麼要待在這裡？她問哥哥，哥以指按住她的唇，叫她別問，並叮囑她在外面，他們要說廣東話。

直至大學時選中文系，發現比她口音更重的同學更多，都是來港前，在大陸的中文基礎不錯，如今公開試成績俱佳，只可惜英文爛，又想找份穩定職業，剛好教育局開始推行普通話教中文，他們有條件，可以當教師。

她唸下來，發現可能不適合，但不如趙嘉具行動力（還有男友支持），硬著頭皮熬下去，將就將就，反正不過是一個學位。

舒雅害怕要把情感湧動的物事捏成一個明確的大餅，再絲絲縷縷撕開，與他人分食，講解箇中成份。那些讓她讀得投入、痛苦、憂傷、沉鬱、惱怒而壓抑的文學作品，她訝異於同學們竟能泰然自若安好冷靜地分析解構，兩大主題，四大技法，應用思潮主義，在論文和報告上精準利索。

把抽象曖昧矛盾而看似對立的溫熱作品，逐一理性撫平，張開，梳理，掃出脈絡，輔以理論思潮，斬件，截裁，精闢細緻地闡述解釋，如剖解屍體，切出臟腑、器官、皮肉般冷靜且一絲不苟。

她也可以，但寫久了就怕。之於複雜渾沌的情緒，她傾向讓其自顧流動，不作打擾。

所以她去了教書，初中教程簡明直接，一就一，二就二，判斷或事實都較為科學，少有爭議。校內友儕群體同樣分明：本地和新移民學生相處融洽，平常各有圈子，河水不犯井水；在講求團體時合作得宜，她深信不會出亂子。學生愛戴她，同事間關係不俗，界線分明，如此很好。

「跟所有人都很好，與跟所有人都不好，可能是一樣的，都是怕判斷。」有一回吃飯時趙嘉說。

畢業後最常聯絡的，竟是她。彼此都很毒舌，最愛互懟，她笑趙嘉那整天妄想要當恩格斯二代的左統男友；趙嘉嘲諷她安於逸樂而犬儒的教學生涯。從前二人在圖書館熬夜寫作業，耐不下去就跑到外面抽煙，談了好多遍，敏感的人或許都會被人文科系吸引，卻被學制冰冷輾害，退學吧退學吧，保命要緊。卻仍會被館前簷下的燕子巢牽住腳步——尚有值得期許的生機，就再努力一下吧，於是罵了幾句祖宗，又埋頭逼迫自己。

有一次，她為一隻覆落於地的燕子碎巢而哭了，幾天下來竟無人來清，最後趙嘉把巢和雛鳥屍體埋到樹下，舒雅不敢直面，心裡卻默默篤定，這個人，她要交一輩子的。

「逃跑可恥但有用，OK？」去續攤途中，舒雅呷了水瓶內深黑的飲料。

「哇你還真是隨身攜帶。這是甚麼？可樂配威士忌？」趙嘉接過也要來一口。

「那個膩了，現在是利口酒搭黑松沙士。」

「OK，狗也不屌，牙膏味汽水留你今晚漱口。」趙嘉塞回她的包包。

教書後，舒雅把煙戒了，缺少安慰劑，人漸躁動，趙嘉教她往水瓶混入調酒：

「你知道威士忌混冬瓜茶、高粱混檸檬汽水是絕配嗎？」她發給舒雅一條調酒短片，標題是「便利店也能搭配的調酒組合」，教六種便利店買到的飲品，先喝去四至五份一，再倒入小瓶烈酒，調酒即大功告成。平日喫飲也只當是尋常飲料，旁人不覺端倪。

一開始，舒雅只在冗長的課務會議中偷喝幾口，飄飄然，精神放鬆，應答時唯唯諾諾，平安收工。然後開始在學校冰箱常備一瓶，好教室息時當救命用，且懂得敷衍過去，棕色的是麥茶、透明的是水、黑色嘛，是涼茶——當然並未有人過問，她很低調。

上善若水，水利萬物而不爭，柔順無形。最好透明至不被看見。她奉之若人生圭臬。

所以致遠是個意外。

校內狀況越趨緊張，有學生在圖書館逐本抄下疑似鼓吹運動和抗爭書名，時長遠至零七年的保衛天星皇后碼頭運動；零九年的反高鐵，保護菜園村行動；一四年的雨傘運動，相關紀錄書名；連一些政治或新聞系學者所寫的散文、社論，乃至社會分析書籍，皆被記錄，擬成名單，交予家長，再舉報至教育局；也有學生在校外大喊抗爭口號，被居於鄰近的市民報警投訴，招來警察到校。

四分五裂，分崩離析，此前所有看似和諧無害的秩序俱為虛階，踏空了，即粉身碎骨。

舒雅把瓶內酒精與飲料比例大加調整，不夠、不行、搞唔掂。

在這急劇緊綳促變的氛圍中，惟一不改的，是致遠每天誠心而堅毅的來訪。開學後升上中二，舒雅與他再無交集，因此話題變成他在班上如何努力控制脾氣，學習廣東話，還走出安舒圈，與香港同學結成好友。當然，他也會把從班上、微博上、微信朋友圈間獲得的資訊和觀點現學現賣，哪怕他不知道甚麼是逃犯條例、林鄭月娥或五大訴求，但他喜歡發表，指點江山，透過激起反應，把辯爭、和應皆扭曲為理睬，有人願意答理於他，多好。

他寂寞，且一無所知。

舒雅仍會給他牛奶糖，敷衍稱讚，未有仔細聆聽，像應對會議上校長和主任的發言，因而沒留神，最近他開始在自己的微博上發表意見，罵得越厲害就獲得越多支持，都是中國網民，說他年輕有為，未被洗腦，是國家棟樑，不禁教他飄飄然起來，猛問舒雅是不是很厲害？她同樣飄飄，出來前先喝了兩口，只唯唯諾諾，沒糾正說法。

複雜渾沌的情緒似線球，若不欲費勁理好，只會纏得越緊，黏連越多，越滾越大。然後，事情發生了。

訊息的間接傳播往往比直接行動緩慢。因此當舒雅收到相熟學生發來的截圖時，事情已發生了。

有人把致遠在個人微博內的發言，連名帶姓截下圖來，放到香港的討論區公開，伴隨其個人資料：照片、名字、電話、住址、學校、出生年月日。歸納全部，標籤迅即生成：「雙非」、「紅底」、「大陸仔」、「講普通話」、「小粉紅」——行了，毋須再審，木已成舟，身分是原罪，萬劫不復。

最具刺激性的，大概是致遠轉發受傷男孩的新聞時，寫了這麼一句：「射得好，我還怕他沒死掉呢。」

老實說，有關言語的動機和詮釋方向，致遠這句話實是很好的示範教材：對致遠來說，這只是又一次透過唱反調以獲取關注的惡作劇，把事情弄得越糟，話講得越壞心眼，關懷他的人就會以一副拿他沒輒的模樣教訓他，憐憫他，給他需要的熱度；對好事之徒來說，這是正義使者出動的時刻，儘管多月來他們躲在螢幕後鍵盤前未有現身街頭，並不意味他們沒有貢獻——譬如此刻，他們如此竭力而熱切，透過羞辱的話語及公開敵人資料，以殲滅害蟲呢；對去年被致遠揍過兩拳，牙齒甩脫的瘦弱男同學來說，這是惟一復仇機會，他毫不猶豫把截圖投進嚐血的鯊群。

然而上述眾人的情感密度，都不及男孩的兄弟濃厚，因而欠缺現實中行動的決心。對這些連日壓抑，悲憤難耐的孩子來說，這是，早幾天尚在一起打球、上學、溫習、吃飯，一個活生生，在身邊的朋友，驀然在鏡頭前，中槍倒地，突然不再說話，血自胸間暈開，如今仍無法得見真人的現實。

為甚麼他倒在血泊裡，而他們仍無恙地繼續上課，寫作業，吃飯拉屎睡覺滑手機——仍無恙活著？

要怎樣消化？

那天小息，致遠難得沒去找舒雅，因為新結交的香港同學邀請他一起去小賣部買腸粉，他請客。於是二人走出課室時，渾然不覺有幾個高個子的學長已在後尾隨。至他心滿意足看著朋友把擠滿甜醬的豬腸粉遞來時，他聽到有人問：「你係咪鄭致遠？」

「係，做咩？（是，幹甚麼？）」他沒想到難得竟有其他香港學生找他，試圖應用從朋友學來的廣東話。

然後就是，腸粉摔地、尖叫和牙齒甩脫的畫面了。

事後，舒雅和香港同學驚魂未定，被安排坐到操場一隅，下午的課擱置。香港同學的褲腳沾有黯紅斑漬，他順著舒雅的視線望去，猛力擦拭：「是甜醬，是甜醬啦！剛剛嚇壞時，整盤腸粉連醬倒了。」

她和訓導主任趕到時，致遠已被摑得臉龐腫起，一嘴是血。主任立馬衝上前，如欖球比賽般從魁梧的男子群手中搶回致遠。但他們殺紅了眼，不欲放手，甚至連主任也挨了幾拳，要他大喊「住手！造反啦！」其他訓導組成員一同拉開學生，鬆出空隙才讓主任抱著致遠逃開。學生們知大勢已去，高舉雙手，一副踎痞模樣。

主任和其他老師急急護送致遠時，舒雅呆於現場，不能呼吸——在他們趕來前，現場，在場，小賣部前、操場旁、樓梯上的所有、所有學生，皆知悉原委，目睹事件的發生，然而他們都只是，觀視，默許，沒人採取行動，沒人跑去向老師求救，沒有——這跟以往校內恆常的毆鬥不同，旁觀的學生並非只為湊熱鬧，看戲。相反，他們跟受傷男孩越要好、或越支持運動，就越恨不得致遠被就地正法，旁觀者相信，他們沒有動手或參與的勇氣，但具有睟目並保持沉默，成為共謀的決意。

他們是確確實實，鐵了心，毫不留情，想讓致遠被活活打死。這彷彿是，他們微小的範圍內，惟一能行之事。

以至於師長趕來，儀式被中斷，致遠被救走時，現場，在場，小賣部前、操場旁、樓梯上的所有、所有學生，皆驀地定止動作，默默盯視他們一行人，包括那幾個高年級學生在內，目光緊鎖、尾隨，直至他們跑進醫療室。

如同狼般，漫長，細微，深遠的眼神。

香港同學再次開口：「湯老師，你知道致遠心地不壞，是喜歡裝模作樣。為甚麼他會被這樣對待？『黃』不是正義，『藍』不是邪惡嗎？為、為甚麼他們這般暴力？為甚麼所有人都無動於衷？」

學生的提問，在舒雅腦中突然長成一具溫熱的軀體。滾回來了。她逃得遠遠的，不欲理清的，複雜曖昧晦澀的線球，繞上指尖，勒得皮肉萎縮，有痕。

「我不知道，對不起。」她抱著學生，一個無法曉以學生準確答案的教師，一遍遍，一遍遍，真誠道歉。

幾天後陳若來找她，再次提起大學生團隊可提供協助的事。舒雅沒頭沒腦問：「如果一個學生因為說了褻瀆抗爭者的話而被黃絲同學私了，打到甩牙。而他的好友也是黃的，目睹暴力發生，你們團隊會怎樣做？」

「湯老師，甚麼暴不暴力，打架而已，濕濕碎啦。我們這些拳館學校，一年到尾不是打爆缸就是打甩牙啦。以前你們一年去保釋學生都十多次啦，」陳若反在話筒輕鬆笑道：「你覺得暴力，是你加上了政治濾鏡而已。至於你講到他的朋友，嗯……這個案聽起來不是我們主要服務對象，我們比較想針對那些真的經歷運動創傷的同學……不過，我明白他真的有夠慘的啦。」

她續道：「但有時候，對敵人仁慈就是對自己人殘忍，只能祝他慎交朋友啦。」

舒雅只覺口乾舌燥，忙不迭要扭開瓶蓋仰頭暢飲——才發現，瓶裡空空如也，已見底了。

選舉將至，沿街插滿江洋大頭的旗幟在轉運站旁晃動。老實說，趙嘉不太喜歡他這幅誇張掰嘴大笑，眼瞇成線，像個白癡的照片，要知道江洋向來不苟言笑，那次是拍攝時被逼強笑而擠出的怪表情；她認為另一幅唇線內斂微弧，五官端正的更適合，但最後選舉團隊選了這張，彷彿故意以否決意見來告訴她——女友嘛，終歸不夠客觀。

結果這張參選照片在公布時成為焦點，搞笑那種，人們轉發恥笑：「Know Play」、「白癡也能選？」、「誓死捍衛殘疾人士的參選權利！」；討論區上有人改成迷因，配以不同字句。團隊說這就是惡俗行銷，反應越大越好，先爭取注意要緊。形象工程嘛，慢慢建立就行。趙嘉不同意，從前跑工運、學運、議題、組織行動，不是這樣做的。

不要想，不要內訌，不要鬧分裂，現在是非常時期。

趙嘉帶著新加入助選團隊的大學生與不同社區組織打招呼。學生說她叫熊貓，但討厭海洋公園。這種帶梗的自我介紹是大學生活承襲下來的習性嗎，她想起一個舊同學。

幸好熊貓主動、有行動力，熱衷與街坊搭話打招呼，被存心找碴的路人挑釁時，情商也高，應對得宜，趙嘉很快放心帶她一同拜訪，當個親善大使。譬如這天，她們與幾個經營社區網絡群組的管理員會面，熊貓超興奮與真人相認，猜著誰是誰，逗得大家可開心，氣氛炒熱，談到正經事時就很順利，合作愉快。

道別時，一個青年靦腆上前跟她說：「希望我沒認錯人。我大學時也參與過學生報，你是庭泓的……」他猶豫頓止。

趙嘉爽快接道：「現在不是，我們分開很久了。」

對方即失措道歉，她說沒關係，心裡想，為甚麼要提起他？她本人，本身就是學生報成員，但沒人會記得這個身分——更可能是，沒人知道。

當初江洋決定參選自身成長選區時，她不太看好。那是中產選區，以兩個屋苑及一條邊郊村子劃分而成。公共交通系統不發達，居民出入多有汽車代步，教育程度高，具消費力，傾向穩定安舒。選區由紮根區內，務實專注地區工作的建制派議員連任多年，形象溫和，與街坊關係良好，建立優質生活圈，如爭取性別友善廁所、寵物友善商家、餐廳增設素食菜式等，不講政治，重視民生，樂也融融。

上屆選舉，一個民主陣營的大學教授以獨立候選人身分參選，大造公共知識分子形象工程，提倡社區自助連結概念，打環保議題，仍以數百票之差落選；運動發生後，建制議員軟性抨擊抗爭者，強調搞亂香港，大家都是輸家，說法在區內獲不少中老年人認同。

這種區的搖擺選民雖多，但皆重視歷練、輩份、包裝、身分背景，想江洋一個外國大學畢業回來，現在碩士尚未畢業的ＡＢＣ，木納被動，不愛社交，怎會有勝算？趙嘉知道居民互助會來游說他參選，是因為原定人選突然急急退出，苦無對策下找上他。她認為勸止他是理性決定，爭議席這回事，很噁心，很消耗，他不行的，他們不行的。

她不願承認的是，好不容易從社運圈子走出來，才不要轉個頭，墮進更麻煩多事的政圈裡。

江洋說，我媽不支持我，教授不支持我，我家的親戚從加拿大打長途電話來罵我，舊同學說我做不來。嘉嘉，你是我女友，我最不缺的就是反對。

她清楚他甚麼時候會喊她嘉嘉，所以這不是一場商討。翌日，他回覆互助會，決定參選。

起初人很少，主要是江洋、她、一個代理人以及兩個朋友，想選舉口號、政綱、文宣、定位，然後互助會提出增援，找來原定人選的助理、附近政治組織及機構也來幫忙、網上招募了一批——他們無法拒絕，那時街頭風風火火，社會撕裂，失蹤、流血、流亡、莫明死去的事情日增，民間情緒已到臨界點，人們需要改變，需要改革，需要選票表態。

這場選舉不屬於他們，不是幾個人毫無包袱隨便選，選到了當議員好威風。與論造勢，這次不是有正有反，不僅僅是選人選立場，渲染成正邪之爭，良知和暴力的角力，民主和極權的最終對決。

彷彿贏了就可光復香港，輸了就是一國一制。

投票可以是相當民粹的事，選舉本身不然。團隊組成後，規模漸大，相互磨合——各人自有主張、利益、路線、信念需捍衛，大家雖瞄準同一矛頭，所用武器和方法皆不同——尤以其他地方派來的謀者，以確保組織利益被延續為優先。趙嘉無心參一腳，到頭來政治就是這麼回事，甲要求你不可激進，乙建議你與誰建交，丙讓你發甚麼聲明，他們讓你去吃屎，在你跟前爭拗煮法，煎焗炆蒸炸，仍是一坨屎。

江洋根本不懂這些，有時會開到一半就投降離場：「放過我啦，For God's sake.」，啪聲摔門而去。眾人面面相覷，目光一致投向趙嘉。意思就是，現在是你的工作了，還不動身？

團隊中眾人各有崗位：智囊團、公關、文膽、設計師、聯絡、採購部，偶有紕漏即向負責者問責處理，而他們基於與江洋純為工作夥伴關係，似乎會一致把他情商不好，脾氣暴躁的問題歸咎於她——情緒管理這一部分，好像就是她作為情人的工作。

她從一個被保護的情人，走出來，拒絕，再去成為一個保姆般的情人。

※

關於選舉，熊貓的理解從電視劇得來，一群高智商而老奸巨滑的幕僚操控參選人，必形象健康，滿口仁義道德，陽光正向零死角，演說時振奮激昂，具號召力，在台後則恥笑鄙視選民；要打輿論戰，聯絡傳媒，看準時機放出對手黑歷史，然後拉票、打關係、飯局，接著拉票、打關係、飯局，繼續拉票、打關係、飯局。

加入義工團隊後，趙嘉說，傻啦你看的太多味精了，不過差不多啦，會笑鳩選民是真的。

十一月，新界的大學成為戰場，警方衝進校園抓捕學生，發射了二千多顆催淚彈，山林的鳥屍疊群墜於玻璃橋上，眼目圓瞪。除了最常見的麻雀，還有幾隻說不出名字，紫紫黃黃的鳥，大如掌心，不知已死去多久。熊貓發現時，每隻鳥旁已有蟲丘，蟻和小蟲盤於爪丫、翼尾，如籐攀附，順延而上，最後合力搬出頭上一顆小眼珠，像一粒小小的黝黑糖球。

她問教授鳥群死因。教授是科學家，向來不易下判斷，提出假設，也許與吸入有毒氣體有關，但終究不是直接因素，也可能自撞玻璃，誰知道呢。若是半年前，熊貓大概已氣得與之辯論，但如今，在莫明的消亡、陰謀論、後真相、路邊社、謠言等種種充斥周邊後，她必須承認——是的，有些真實，他們可能永遠無法知道。

又有傳言，若守不住就會屠城，描繪成三十年前的學運慘劇重演。熊貓總覺不妥，兩者激情類近，然脈絡不一，是煽情了。但確然，帶有共感的情感召喚往往能動員更多民眾，一夜間數不盡的人湧來學校，公路已封，就從對岸的山翻爬徒步而來，帶著過於豐盛的物資。

她住的宿舍在山腳，距離衝突現場最近，成了臨時急救站，一個個中彈中水砲的傷者被抬到大堂，急救員和醫科生即處理傷口。地上佈滿因恐懼屠城或暴亂而急急逃回內地的大陸學生物品，隨意丟於大堂，與包紮用品、食物、裝備疊在一起。新聞報道他們於清晨五六時坐火車回羅湖，趕不上的則奔到白石角碼頭，由同鄉會或中資機構安排船隻離開。

一個幫忙運送物資的的士司機打趣說：「真是注定，今早我才在校門載過幾個大陸仔，晚上又回來這裡。哇，他們嚇到面色蒼白，講目的地都牙齒打鬫，整個人都在震。哈，笑死我，平常跩到不得了，不肯講廣東話，又看不起我們的士佬不會聽煲冬瓜，這下子可知味道了。」熊貓和幾個同學訕訕而笑，無暇應對，把車尾箱的飯盒抱出。

她幾乎幾日沒合過眼。

坦白說，沒人想過能守得住，支援的人確實多，但願意待在陣線對峙，肯上前方的始終有限。熊貓男友中完水砲，全身染藍，被扶回來大罵仆街好撚痛，底褲都濕，今舖真是燒春袋。匆匆洗個澡，在大堂執些東西又跑回去，其他人說喂你整隻耳朵還是藍色的耶，不用再洗洗？

洗撚咩，一陣咪又全身藍。（洗個屁咧，待會還不是全身藍色。）

不敢上前的人徹夜製作燃燒瓶。

他們說，甚麼裝備，人家拿槍，拿子彈，開水砲車，未行近半步就打撚死你。惟一能牽住腳步的只有火，只有高溫，燃燒，灼熱的火。

支援者帶來糖、洗衣粉、毛巾和瓶子，汽油則由摩托車灌滿油箱，一桶桶來回於校門與油站。他們在馬路中央分剪毛巾、傾倒材料、扭塞布條，做好一箱即交由人手送上前。然後發現，最缺的竟是玻璃瓶。

起初把全校乃至附近區的垃圾桶、玻璃回收桶都翻透了，只能號召外面的人帶瓶子，但哪來這麼多空瓶子？後來人們乾脆買來一打打、一箱箱牛奶、啤酒、果汁、茶飲——只消是玻璃瓶盛裝的飲料都要，並就地湊近排水口開瓶傾倒——白乳、暗黃、鮮橙、深紅的液體匯於溝中。

真是資本特色的香港，除了勇氣，甚麼都能買。阿離是省用派，在這關口仍心疼資源，抱來大水瓶，讓大家分類倒入，她好帶回宿舍慢慢喝。熊貓心想，還慢慢咧，都不知能不能得見明天的日出呢。

夜半，熊貓在戶外待得太久，又冷又累，回到宿舍，慣於熬夜的學生們睡不著，聚在大堂吃杯麵、聊天、滑手機、談策略。若漠視周邊堆滿亂物和未及打掃而落在地上的染血裝備、廢置棉花、敷料和凹塌的頭盔，她就要以為不過是一個平常的夜，無聊，簡單，大夥聚在一起。

附近有人辯論，一方認為現在是運動轉捩點，半年來首次打陣地戰，以往街頭游擊，難以接連持續，民氣易散；提議駐守此處，以大學為據點，既可為無家的孩子提供住處，也能儲蓄資源。另一方反駁游擊式的靈活度才是運動精神，一旦戀戰守城，會因貪心而輸掉所有，若被圍城即一舉殲滅，全軍覆沒。

（他不知道，這是一語成讖。）

「我們現在又贏過甚麼啊？」又是躁動的爭執，無日無之。熊貓好睏，她需要遠離這些。

男友在另一邊沙發上，與幾個同學把玩一隻倉鼠，向她招手：「剛剛我去看退宿房間，發現有人連籠帶鼠放在桌上，快兩日。可憐小鼠，毛都皺亂。幸好有其他人養鼠——你要不要餵牠吃瓜子？這傢伙牙齒超尖。」

超現實般的畫面。呻吟與痛楚之間，鼠爬到她手上，軟糯，毛茸，脆弱，像用力一握就會破裂的球。

「哈哈哈，笑死，牠在你手上拉屎耶！」一個學弟大笑。

一顆米狀褐色便粒自鼠尾後的小孔排出，復又多出兩顆，在她的掌心。

「哼，虧你現在笑得這麼開心？不是爆眼了嗎？」男友大力拍他。

「煩死了，就說片中的不是我好不好，拜託連同你女友在內，近十個人傳我片段，問是不是我，笑死。」此刻講得一派輕鬆，但當熊貓跑到地下，在人群中找到學弟，二人因咫尺間的激越與死滅而無法自控，相擁而哭時，典型得像演戲，教熊貓都鄙視自己。

昨天學弟從家裡回校，來她房間拿存放的裝備，她問他餓不餓，要否煮些甚麼，他說好。熊貓開始煮意粉和蛋，早幾天從食譜中學會明太子醬溫泉蛋意粉，超簡單又好吃，全都水煮就行，只消注意時間，控制好蛋的生熟和麵的硬度，再添上百貨買來的明太子醬就大功告成。她問他味道如何，學弟說換換碟子，附近撒些精緻的小蔥末或肉碎，可到西餐廳賣了。

吃完了他還打算洗碗，熊貓說不用啦，你朋友等你很久，我來就好。學弟問她會否到前線，她其實怕死，幾天來都留在宿舍做後援，見回來的人傷勢重就越怕，爛掉的肉、一嘴是血、渾身刺痛，她受不了。嘴上卻說，我很睏，想先睡個午覺，待會再找你，有甚麼聯絡我。

學弟的行裝很重，連帶幾個友人裝備，都是不敢讓家裡知道而存放在校。她替他揹上幾個，送他下樓，跟友人打招呼，叫大家小心。

隨即懶洋洋又懨懨躺到床上。

阿離不在，今天去了陪阿默到警局報到。從前她總看不得阿離液態般溜在床上不事生產，這幾天，當抗爭、衝突、風火就在居處下發生時，熊貓在房間內甚至能聽到人群的傳話和吶喊，聞到尚未散去的輕微催淚彈味，她卻使不出勁去參與、去加入、去屏息以待。把窗戶緊閉，拉過簾幕，關燈，躺在床上盯著天花板，睡不著，但就是，想隔絕出去，絕緣於此，停止接收任何消息，儘管這一切正發生在她跟前。

半年了。熊貓非常疲累。如果這一切都是徒勞無功的，怎麼辦？

相反阿默被捕後，阿離的生活反顯直截明確：與阿默商討及後方向，如是生活，參與被捕人士群組的聚會，為隨時可能落實的控罪、審訊、牆內支援做功課，了解並作準備。

她呢，她討厭自己被阿離傳染，開始質疑意義。

※

趙嘉躺在床上，一再想起所有關於痛苦的隱喻，不同層次、面向的，內在木然的哀悼，或是幾近傷害自己的潰壞。而那通常是一些自我傷害的記憶，掌摑、想要咬斷舌頭、以頭撞牆，江洋這樣做時，她嚇壞了，他這麼憨直簡單的一個人，怎會失控至此，是她害的嗎？是甚麼逼迫得他們像兩隻絕望的獸撕咬彼此，從哪裡開始錯了？是她不該默許他去參選嗎，不該加入他的助選團隊？抑或打從一開始她就不該以為可以談一場舒服輕鬆的戀愛？

電話震個不停，她不能聽，狠心設定「江洋」為騷擾電話直接封鎖。迴光間只見螢幕閃動十多個訊息框，都是江洋。內容不外乎「嘉嘉，我們談談。」、「嘉嘉，你回覆我好不好？」、「嘉嘉，你冷靜一點，我們理性說話。」，這是赤裸裸的抱薪救火，火上加油。是誰不冷靜？誰不知道江洋的「談談」就是全聽他的，贊同他的，不要反駁，不要提意見，提了便是鬧脾氣，不理性？她痛恨他喊「嘉嘉」，還能想像他傳這些訊息時，怎樣邊扶額抿唇，邊不耐煩打字，只當是鬧彆扭的小孩般快快哄妥便好。

半晌，電話又響，竟是熊貓，哈，連義工都找來。尷尷尬尬發截圖給她：「江洋在另一邊群組暴跳如雷，要求我們所有人打給你直至接聽為止……叫我們跟你說，你敢再封鎖他，他現在就坐的士去你家樓下……」

「嗯，我知道。辛苦你了，我會處理。」

她應是他的安定劑，而非激化他的炸藥，所有人都這麼想。

掛線前熊貓吞吞吐吐，仍說出團隊建議：「那個，你知道，下個月就選了。大局為重，關係的事，如果影響到選舉就……」

「我明白，辛苦你了，熊貓。」她再次強調。

丟人丟到家。

趙嘉面色蒼白，卻覺得臉頰火辣辣，恥辱燒燙全身——所有人一定覺得這麻煩的小兩口當選舉是過家家，其他人馬不停蹄開會，訂橫額、單張，做設計，為江洋拉攏組織，準備選舉論壇，安排社區會面之際，他們卻鬧彆扭、耍脾氣，一方拒絕對話，另一方甚至動用團隊資源作傳聲筒，這兩人怎麼搞的？

也許她打從一開始就搞錯了，錯以為過往經驗有助應用於此，卻一遍遍遭遇相同，落得難堪離場。她必須認清，這是選舉，賴以形象、策略和關係取勝的棋局，本質與社會運動類近，形式和操作卻有天淵之別，目標不一，形式本體即意義。出錢出汗出力，就是要贏，不是擺擺姿態，權當爭取或表態，而是可控條件下的絕對取勝。

參選後，成員為近月號召的社會運動擬出日程，建議江洋適宜出席哪些、哪些已談攏將有發言機會、哪些會合照、哪些會以共同名義舉辦、哪些不該現身、哪些盡量避免發言。根據活動性質、主辦單位背景、地區及參與者身分，一一劃分利弊，成為選舉資本與籌碼。

無比正確而理性的做法，再說一遍，他們要贏。贏了才能延續資本，進入體制內改革，以擴大支持面，獲取更多資源，幫助手足。非常正確。

江洋聳聳肩，表示接受：「反正我本來就沒怎樣出去。」

事實上他人生中首次參與的遊行，還是趙嘉帶他去的，怕被盯上，不敢穿黑衣，也不願坐公共交通工具，駕車前來，泊在商場停車場。他們沒走完整段路，江洋被新聞和現場片段渲染太多，認為警方無時無刻都會從某個角落飛竄出來大抓捕，邊走邊神經兮兮，似受酷刑：「認住這天橋，待會有甚麼就跑上去……不好，天橋是死位，兩面包抄就死定，還是那條小巷好了，衝起上來就溜進去。」、「你看那人帶單邊耳機，黑黑實實，一定是警察喬裝，怎麼辦？要跟誰說嗎？我們離他遠一點……」、「走慢一點，不如盡量留在行人路，屆時也能辯稱路過……」；另一次是趙嘉幾個看顧的孩子上場，她要去，江洋沒輒，堅持在附近訂一個酒店房間：「嘉嘉你乖，有個地點待著，叫有個照應。」結果拿了房匙，江洋坐在床上看直播，連衣衫都換成浴袍，對街就是衝突現場，他卻絲毫沒動身跡象。最終，趙嘉獨自下樓，直到完事後都沒有回去。

舒雅說她在重蹈覆轍，以為自己逃得夠遠，一轉身怎麼仍是原點，不過繞了一圈。想當初找個書呆子，就是想遠離政圈；找個懵懂簡單的，就是疲於複雜；找個胸無大志的，就是想平凡是福。他們剛一起時，江洋就是典型的，中產，生活無憂，思想簡單，不吃人間煙火的好孩子——願想是唸完碩士再唸博士，留在學院當教授，最好獲配員工宿舍；哪怕在教育界碰壁，最壞狀況是繼承父親的生意，總有活路，然後儲錢置業，結婚生子，退休時回加拿大——他在加拿大出生，大學在多倫多唸書。一切尚未發生前，趙嘉相信這樣也不錯，穩定安好。

舒雅問，你有沒有發現，江洋似是庭泓所有的相反，但到頭來，傷害都類近。到頭來，兩個跟仆街政府一樣獨裁，哈。趙嘉知道她喝高了，醉倒才會講真話。

這幾個月，種種機緣，重遇不少舊識，有的是從前學運圈子的，有的是舊友、同事、同學，前者熟知庭泓和她的過去；後者只道他們仍是情侶，忙不迭問她對他專頁文章的意見。

他是左統分子，也不是一兩天才知道的新鮮事。但從前示威、舉牌、寫論述、跑行動，自然無甚注意或反響，坐於自家座室嚷嚷主張；如今氣氛緊張，人人亟需出口發洩，他在此時發表一系列文章：〈與自由民主無關的反修例運動〉、〈反送中運動——香港極端資本主義下的怪胎〉、〈論香港極右派的小資恐怖主義〉，批判民眾、資本主義、殖民意識，高舉馬克思、大解放、號召無產階級聯合起來發起社會主義運動。不知被誰放上討論區公開，引起反應，成為笑柄。民眾轉發嘲諷，或衝入專頁內留言指罵，網紅們紛紛撰文回應，蹭個熱度增加收看率。趙嘉猜，實際上大抵八成人連文章都沒點擊進去，單憑標題黨已能胡謅得天花亂墜；不過就是點進去，也真的看不明，聽不懂，像昔年的她。

剛上大學，趙嘉在社團中找到人生意義，那是一群人最用力、純粹的日子，閃閃生輝如寶石。他們在社內讀書，導讀思潮主義，討論理想社會的模樣，領頭的學長又帶著她加入性別關注組、基層關注組，爭取勞動階層權益。每每講話時，振振有辭：「難道我們就能漠視廣大的無產階級被資本剝削，受苦受難，置之不顧嗎？讀聖賢書，所為何事？知識賦予我們的難道不是改變世界的勇氣嗎？如果我們願意，我們相信，就能 make a better world.」

如果說甚麼是自由，她大概會自知膚面但仍誠實回應，這幾年，是她真實感受到，沒有束縛，想做就做，行動就行動的乾脆。到了大二，她受他影響，加上在保守的系內被欺侮過，乾脆轉系。那幾年他們去過佔領匯豐銀行現場，一群人在國際金融中心的核心地段——中環，皇后像廣場對出的銀行總行地下紮營、煮食、聚合，生活下來。日光時，穿筆挺西裝的精英分子在他們身邊走過，上班，乘升降機，去吃飯，下班，目光少有停佇。他們自得其樂，每晚分成小組討論，辯爭，談行動綱領，都是庭泓與其他左翼論說，趙嘉聽得呵欠連連，總跟不上，與幾個同樣落後的少年少女到附近體育館洗澡。有時夜裡無人，他們喜歡組車隊——在寬闊無人的馬路上騎單車，從中環沿電車道一直飆至砲台山，好爽。批判資本和帝國主義以外，他們嘗試拓闊空間的可能性：辦詩會、搞導賞活動、電影放映、音樂會，一群人彈結他，唸詩，哄鬧，打羽毛球，無無謂謂又很快樂。也有時在帳篷內，日光日白就做愛，趙嘉覺得這儼然是行為藝術：Fuck capitalism, literally.

她想，他是她無可企及的光。

某年遊行後，她跟庭泓與一些友人企圖把行動升級，推鐵馬，佔路，靜坐於中聯辦外，手挽手築成人鏈，哪怕被警方四人一組把他們強行扯開，逐一抬走，她仍拚命，用力，牢牢以五指關節掰緊庭泓的指，卡成鎖扣，直至被捕。
她把愛情和革命混為一談，願意為兩者貢獻自身。被抬走時，日光正曬，柏油路灼熱，像他們緊扣的指。

※

網路上有一個惡作劇挑戰，情侶牽手時，若一方漫不經心，另一方悄悄把自己的手換成萬聖節那種嚇人的血淋淋斷手道具，塞到對方掌心，隱藏鏡頭在後拍攝，看看當事人多久才發現端倪，誇張大叫大跳，丟開道具。熊貓看不出好笑的地方，太假了，怎會察覺不了？戀人間的溫度、掌紋、肌理、軟硬、骨架，乾濕、觸感，朝夕相對的親密關係，焉能換成塑膠模型而若無其事？
所以這不是一個惡作劇挑戰，反是一種極其殘忍的測試，刺探戀人間的專注、羈絆和愛。
譬如，他們牽手逛街時，熊貓喋喋分享助選團的瑣事，男友則一手執著電話打手遊，唯唯諾諾。漸漸她住口，斜睨身旁的戀人側臉，髮梢、鼻樑、下巴、耳朵——兩星期前，肉肉的耳珠還印著藍色染料，有濺痕，像血，烙於厚圓表面，她用濕毛巾擦拭，問他洗不掉怎麼辦，耳珠一輩子都是藍色。他說那就每天照鏡都叫自己別忘了。當然幸虧褪色化掉，在她開始投入助選工作後。他反對過，她不接納，那時起他再沒出去，在家就打電玩，在辦公室就打電腦，在街上就打手遊。

熊貓近乎試探般把手漸次鬆開，不上力，不握住，看看另一隻手會否如扣節或磁石一樣探上回牽，尾指、無名指……他眉頭沒皺，中指、食指……當刻纏繫二人掌莢的，只餘兩枚如蝶翅觸貼的拇指——如果她就此徹底放手，止步，甚至往反方向沒入人群，他會跑過來，追上去嗎？他願意抓緊她嗎——但熊貓不敢，她怕自己已然知道結果——於是她的指像一幅疏漏的網，勉力重新覆繞他的。

大學一役後，他開始揚棄意義，意志消沉，否定付出；她越加害怕，必須填滿自身，塑成形狀，哪怕不是愛。

或許他們的關係並不真實，熊貓反思，是吊橋效應，刺激、可怖、喘息、動蕩不安的追逐閃躲中，錯認為戀愛。他們在大學內塗鴉，於每幢教學樓、圖書館前噴上「離開象牙塔」、「生於亂世，有種責任」，互不相識或干擾，各有各做。直到他噴「寧鳴而死，不默而生」時，她想要不待他走後才補上一劃，但比對油漆色調深淺不一，便雞婆提醒他：「嗚」跟「鳴」，差一橫哦。他反應很大，似乎為自己至今錯噴過的別字懺悔反省。頃刻，看哨的跑來回報，保安組開車來抓人了，已落地，快逃。

他帶她們跑進就近的教學樓，按密碼進去，他們才知道他是職員，癡線，玩很大，不怕工作不保？他說算鳩數啦，不做也罷，大不了申請綜援。

後來他們開始一起出去。

很多人去現場，會分配小隊，部署路線，找好後路；或給自己設下極限，謹遵撤退準則。他不是，衝上去，無所謂。熊貓就怕，投擲自身的人終將灰飛煙滅，燃盡成燼，她清楚，阿默如是。於是她用盡力氣擁抱，似要以懷抱鞏固他，否則稍一失神，他或會消失不見。

她視之為愛，只有愛能使人日日夜夜患得患失，擔憂痛苦，大概如此。

困於大學幾天，他們親眼睟目群眾運動的變質敗壞，請神容易送神難。進駐於此的形形色色的人，恃之為無政府主義而沒秩序的遊樂場，有水有電有空調有地有物資，漸見囂張。有人闖進院系辦公室，砸壞門鎖；有人從實驗室拿走化學品；有人要求全面開放所有宿舍，手持球棒恫嚇宿生；有人從課室、教學樓、辦公室搬出桌椅丟於馬路；有人把運動場當成實戰練習場地，朝箭靶投擲燃燒瓶，結果燃起體操墊；有人沒駕照但亂開校巴，撞上行人路……於是倡議佔領大學為據點，搜掠所有資源至用盡為止的進駐者；與反對打消耗戰，以及傾向離去後仍可重新上課生活的原校學生分成兩派，在夜裡的運動場上相互指罵。

「大學不屬於你們，是屬於全香港人的！你們只顧自己上學唸書好好生活，不理戰況，跟外面的返工狗有甚麼分別？大學本身就是建制產物，我們應該打倒！」

「現在是你們鵲巢鳩佔，恐嚇學生，破壞我們的家。拜託別偷換概念！我們視校園為家，你們只當成戰略要地，跟只當香港是生財工具的藍絲一個樣！」

又來了。嘗試把雙方拉進齷齪的標籤、污名化，打成一國，製造敵我矛盾，便於批鬥。

當天警方圍堵校園時，是一段催淚彈四射於運動場內，學生們在跑圈上尖叫逃逸的片段感召民眾前來。熊貓有時想，那時人多勢眾的感動，霎眼間變成吳三桂放清兵入關的懊悔，如同潘朵拉的盒子。

起初，明明是理想中的烏托邦，自由、共治、資源充沛。

阿離夜半驚醒，忽地堅持要換衣服出去。熊貓迷迷糊糊問她是不是說夢話，怎麼了，去哪。阿離說要去圖書館，不行，我好怕，我夢到他們說要助燃火勢，跑進圖書館，把典藏內的書一本本不理三七廿一撕壞丟走，好像那些倒入溝渠的飲料。不行，我好怕，我現在就要上去看。

熊貓突然問，如果是真的，你會怎樣做？

（如果他們長久而來持之以憐憫和容讓的種種不可為之事，有一天確然觸犯自身底線界點。他們可以如何？）

阿離的衣服扣到一半，她說：我會跪下來，擋在門口，求他們不要。

熊貓便笑了，一種詭異、淒涼、滿不在乎的笑。七月一日，青年們推著自製的尖器籠車撞往立法會側門玻璃，意圖衝進議會時，幾個年邁議員巍巍走前，張手求他們中止行動：「不要，大家有事慢慢談，求求你們不要再撞。」結果另一名抗爭者利索把議員攔腰抱走，眾人鼓掌叫好，畫面製成GIF圖、T恤、明信片，笑稱其為「阻膠」，熊貓自己都忍不住買了一件。

到底要如何選擇？做甚麼才是對的？走哪個方向才不會錯估形勢，不會痛恨過去或未來的自己？

翌日，幾個蒙面少年忽地透過大學校董聯絡傳媒，召開記者會，指稱校內抗爭者已取得共識，要求政府承諾不會因故取消或延遲區議會選舉，確保選舉將如期進行，以交換開放校外一條行車線。宣讀聲明時，好些字唸得結結巴巴，顯然非自身手筆。

活生生的騎劫。甚麼鬼？何時談過的共識？前一晚雙方還在為去留鬧得幾乎動手。幾天來打生打死，眾人的血和傷口、被抓捕即日提堂控以暴動罪的學生、他們墮於屠城傳言的恐懼、校外人與學生的劇烈分化，怎地最後換成一枚毫無殺傷力的選舉籌碼？

確保選舉如期舉行？

但媒體、鎂光燈、閃光燈、即時新聞、照片、片段、話語，搶先成為焦點就是覆出去的水，就是代表。就是一切。所有人就相信說辭，相信共識。

——這就是政治嗎？

操弄手段，挑撥，唆擺，以彼之道，還施彼身。

終於，悲憤、錯愕、惱怒、打擊，驅使部分人撤離校園；另一部分人見大勢已去，開路已為輿論支持，無奈退場；當然還有一些人，湊個熱鬧，刺激新奇的大冒險完結了，如同黃昏時依依不捨走出主題樂園——眨個眼，又來想想哪裡好玩。

熊貓和男友的分歧，或許自此而起。不——更早，早於多年前，甚至她尚未政治啟蒙。

他是激進的反對派，敵視選舉，否定議會抗爭，主張法治已死，早於幾年前候選議員被剝奪參選資格；民選議員被取消席位，而城市仍運作如常，老民主派指責被剝去政治權利的年輕人是咎由自取時，他已是虛無主義者。

是共業。如果城市墮落如斯，實在理所當然，沒有懸念，亦無所謂。男友常以譏笑口吻嘲諷。

他們吵過幾次架，特別是熊貓當起助選義工後，他反應很大。剛剛才因騎劫而完結的戰役，甚麼「開路保區選」，她轉個頭就去維穩加固體制，演可笑的猴子戲粉飾太平，被收編、統戰，最後成為制度一部分。他說她太年輕，一頭衝，就似開記招的幾個蒙面少年，竟以為選贏了等同民主勝利。

但選舉本身是無辜的。她有氣無力地說，為甚麼不能再信一次？半年來我們試過那麼多方法，聯署、人鏈、每晚十時叫口號、在防線前唱聖詩、快閃政府大樓——為甚麼惟獨選舉，你不願意相信？

熊貓好累，她必須維持形狀，需要連結，需要一種與人相遇、共鳴下產生的動力和感動。必須行動，頓止就是怠懶、辜負倒下的人。怠懶可能會招至噩耗。她需要那種，與學弟相擁時因激越而迸發出的生命火花，賴以為蜜。

那天，送走學弟和友人後，她拉去窗簾在房間耍廢，輾轉反側，樓下時而傳來叫喊聲、車聲，很響，熊貓睡不著，只能緊張地，如同阿離過去每個週末，瘋狂滑手機，等待群組、社交平台、新聞網站、直播更新。

半小時後，一個公開頻道上載了一條衝突片段，片中背景正是宿舍樓下的運動場，一個摀著左眼的少年哭個不停，鼻水與血、淚水混成一團，落到下巴。畫面搖晃，急救員在旁為其處理眼角傷口，拍攝者問少年怎麼了，少年哭說：「我左眼中了彈，好痛，好痛，嗚……我好怕，我不想盲……我知錯了，我想回家……嗚嗚，我現在就想回家……」

無助至逼出真實的發言，未加修飾、包裝，全然暴露的驚慌。恐懼逼得人拋卻尊嚴面子，如嬰孩赤裸呼救。畫面聚焦側臉，熊貓彈起身，那哭腔、陰柔、怯弱的模樣，儼然是學弟，是不是？是不是？她嘗試放大畫面，重重覆覆看了十多遍，馬上敲電話給他，私訊問他位置，沒有回覆。

該死。不要是他。不要。不可能的。熊貓指間顫抖，跑出大堂等升降機，等不到，走樓梯。發現桌上那隻他吃過意粉的碟尚擱在桌上，與她的雙雙並列，碟上的蛋汁和明太子醬已乾涸，泛出亮麗的光。不要是他。不要。不可能的。

該死該死該死該死。連碟都未洗。

熊貓永遠記住痛苦得血管凝僵的滋味，肢體似與心臟斷開連裂，如木偶鬆垮，無法自主活動，舉步維艱。後來學弟回覆，他在現場待了一會，突然肚痛，趕回宿舍廁所蹲很久，都是她的麵害的，興許是蛋太生了。她道歉，喃喃道歉，向所有人，所有所有的事。

※

後來舒雅問起趙嘉跟庭泓的事，談到分手源由，她想了想，簡結為：「我開始討厭得向他道歉的自己。」

昨日，江洋真跑來她辦公室樓下等她，氣急敗壞，不似求和，她反像做錯事的人，要被正義使者逮捕拘禁，只差鎖上手銬。再一次，她在關係裡落成囚徒，被獄卒耳提面命，不得反駁或質疑，否則自取其辱，低聲，妥協，一遍遍，一遍遍以道歉結束所有衝突。

舒雅說，哎你應該寫本自傳或回憶錄甚麼的，畢竟你先是跟一個左翼學運分子談戀愛，去跑街頭，撞鐵馬，靜坐被捕；再跟一個遊行都沒去過的中產政棍ABC在一起，完全是社會實驗，比甚麼抗爭革命小說詩集刺激多了！

「我還可以直接告訴你結論，兩者都一樣爛。」她摺著選舉單張，舒雅則為信封封口。

「不要這樣說嘛，從正面看，他們兩個都是名人了！也許你有把別人變得有名的能力，甚麼時候也變變我。」

旁邊團隊替江洋綵排演講的聲音太大，完美蓋過她們的碎碎唸。趙嘉聽到江洋問：「真的這樣？不太好吧，你們之前不是叫我盡量別沾到運動相關，主打社區關注嗎？區內都是中上流階級，不會覺得佔領大學是擾亂秩序嗎？」

「錯，又錯了。你真要注意用字，屆時論壇說錯一句，就別想贏了。不是『佔領』，是『被困』，OK？之前當然不好，現在輿論轉風向，已不是非法佔據校園，是人道危機。在裡面的不是暴徒，是無助被困的少年人。你看前幾天，還有堆中學校長和政客入校帶學生回家，賺盡光環。」

從新界大學撤離後，抗爭者來到九龍，跑進另一所大學，開拓新的戰場。他們把上一場成功留守復又安全退場的戰役視作勝利——在街頭游擊近半年，沒完沒了的消耗後，終於從烏托邦般美好自由的陣地戰撈獲成就，自以為掌握完美方程式，可複製仿效，短短兩天，近二千人跑進校園支援，至週末下午，驀然發現，所有、所有入口已被全數堵截，無可離場。

圍城了。

在內記者發布照片，傷者以冷水沖身，低溫顫抖。崩潰哭喊。頹然下坐。趙嘉看到直播，夜半警方試從正門突擊攻入，抗爭者焚燒所有能燒之物，桌椅、路障、雜物、垃圾——門口設計為褐紅梯階，拾級至地面，是遊客和畢業生拍照勝地。當刻赤炎熊熊，順於赧紅磚上，像獸的舌。

警方防線堵截整整一星期仍未解封，期間僅零星允許政客、中學校長入內，以登記資料為交換，帶走未成年學生。

趙嘉有兩個照顧的孩子失去聯絡。

而她此刻正折疊單張，江洋則學習如何挾以這場大火為說辭，游說選民——要拯救學生，投票是一途，刻不容緩，言之鑿鑿，真摯誠懇的模樣，說是能拯救世界也可以。

「只有解放全世界正在受苦、被剝削的無產階級，讓我們連成一線，世界才有改變的可能。」

庭泓與書本越近，就距離街頭越遠。他開始整天搬出恩格斯、馬列、羅森堡，大談德國和法國歷史。她不明白，聽不懂的論述，嘗試回應或提問，他就會拋出原典、理論、學說，說她唸的書不夠多。趙嘉非常茫然，他們甚至與報社、社運圈內的友儕斷絕來往，他批評他們路線錯誤，行修正主義，並反對議會、選舉，認為這是資本主義下資產階級掌控的資產階級議會，不是革命。

因而，她必須為此道歉，為自身學識不足向庭泓道歉，為庭泓的偉論向友儕道歉，一遍遍，一遍遍。

庭泓走了一條完全嶄新的道路，她不熟悉，不懂得，不明白，但他打開車門，要求她上車，且不允許提問目的地，只留下副駕駛座——阿嘉，他們不明白沒關係，我想你明白我。她只得坐上去，繫緊安全帶。

就這樣過了幾年。

每遇上昔年好友，對方要不問她庭泓怎樣看某某議題；要不劈頭蓋臉大罵，同時質疑，你怎能還跟他在一起？

嗯嗯，對不起。

可以啊，只要不談政治。畢業後庭泓不再參與社運，卻經營起自媒體，在一家沒甚麼晉升機會的小公司做文職，回家繼續讀書寫文。吃飯時告訴她恩格斯出身於資產階級，但最後投身於無產階級革命，多偉大；趙嘉不頂嘴，不吭聲，低頭用電話網購。舒雅說她可以北上發展，這樣活著跟大陸人有甚麼分別呢，不同意都不敢說出口。

直至某日，她在社交平台上發現，一個她向來仰慕的大學教授，在半年前一同工作時還理性告訴她，戀人間的政見可以不同，用不著給自己太大壓力，自我約化成對方的附屬品，害她當時感動得如蒙救贖。但早幾天，在庭泓與教授因左翼學說而展開激烈的網絡罵戰後，趙嘉發現，教授竟把庭泓與一票跟他政治立關相干人等——以及她，一併封鎖帳戶。而她在整樁事中——這幾年來，從未表態。

哈，be a girlfriend.

他們終於分手。自此趙嘉淡出政治，遠離社會運動，甚至待在大學商學院做無聊的行政工作。然後遇上江洋，學院助教，他簡單易懂，從沒談過戀愛，他們很快在一起。趙嘉驚喜發現，二人竟能，相安無事而平等地，談時事，討論意識形態。多麼卑微的滿足。她原以為他們可以走到最後。

然而他決定參選，難以承受壓力，情緒波動，會議中途離席，失控罵她，在她受不了想逃開時跪在地上，以頭撞牆。趙嘉終於發現，他確然是一個人，一個真實而平面的人，不是她竊喜要藏於象牙塔內的小寵物。

於是她道歉，她再次向所有人道歉，向自己道歉。對不起。她想，她是女友，沒有名字的女友。

※

選舉日，熊貓起得很早，在宿舍煮早餐。各新聞台爭相報道多區票站、人龍、投票率、犯規情況、候選人形勢、政黨發言，小螢幕彈出幾條大學圍城的最新發展。她私訊阿妹，家裡情況如何，阿妹回覆，爸媽原想投完票才吃早點，但八時多票站的人已多得排到公園，媽不想外公吃風乾站，就說先飲茶，再看人潮。還有，媽知道你會回來投票，叫你投完告訴我，買了東西給你，不准你不收。

又補上一句：是我拿給你啦。

手機群組訊息如水落到油鍋，激烈炸開，每個群裡總有一兩個有心人大量轉發呼籲投票的懶人包和注意事項，攜同證件，查詢票站地址，排隊登記，蓋印，不可拍照，交回選票，末了總有一句「一人一票救香港！」她刪去此句才傳給男友，久久沒有回應，就知道他大概尚未睡醒。

熊貓先坐小巴到沙田再轉車，滑新聞程式時讀到訪問：「無法投票的他們——大學抗爭者專訪。」

竟是訪問現時被困大學校園內的幾個抗爭者，有年滿十八歲的中學生，一直期待首投；從前政治冷感，從未投票，因運動才開始關心社會的女學生；以往所屬選區由建制派壟斷多年，只可憤而投白票或於票上用印章蓋個「屌」字的青年。三人各自講述家庭及成長社區背景，說到政治啟蒙，如何投身運動，直至被困大學。

談到街頭抗爭和議會選舉，三人均指雖不認為贏得議席等同光復香港，也未必能對突破當下困局有何幫助，但仍呼籲大家投票，終究是一場表態：「前線可以為你擋子彈，你願意代替我們去投票嗎？」

她眉頭一皺，總覺哪裡怪怪——訪問特地挑在選舉日刊登，藉圍於校內，生死危亡之間難以預計的困者話語，懇求自由無束的牆外人們溫和、舒適、無恙地，投下手中一票。

運動者的恐懼痛苦狂熱不安生死未卜前途未明種種無法回頭，本是炸裂的火樹銀花，燒到盡處，潮了，竟糊成選舉中漿濁一鍋大雜燴的蔥花。

饒是如此，她仍覺得這種道（情）德（感）驅（勒）動（索）或對男友有效，順道傳給他：「真的射落海？」仍是未讀，該還沒起床。

投票後，熊貓發現自己三個多月沒回家，商場店舖又重新洗牌大換血，本想吃的漢堡包店已換成臺式鍋貼，罷了，將就一下。點兩份白菜玉米鍋貼，一份外賣。阿離發來訊息，說搞了半天原來阿默根本沒有登記做選民，從前沒投過票，不知道要登記，氣死。

熊貓笑謔：「如果最後開票只差個位數輸掉，他就是千古罪人。」

阿離回覆：「他現在已是戴罪之身啦。」

世界變了，阿默都主動投票，阿離都敢於開玩笑，商場從這家換成那家店，她呢，她還是那個壁壘分明，運動時運動，生活時生活，化妝打工做美容穿起裙子轉得人眼花繚亂的熊貓嗎？

阿妹走進店，低聲跟她說：「你怎會選這間？媽咪說是藍店，聽過收銀大叔用鄉下話罵年輕人哦——不過重點是，她說很難吃。」熊貓嘗試夾起剛送來的鍋貼，皮薄而軟，一夾即爛，肉餡掉於盤上。

「吶，給你。最上面是士多啤梨，媽咪昨天特地去超市買完回來再用牙籤逐顆逐顆籽剔出來的，超有心機。她叫你最好今天內吃掉。」她接過，一大袋，都是些面膜、食品、護膚品，最上方一個保鮮盒內有十多顆士多啤梨，都沒了黃籽，像被剝牙的老虎般無害。

上車前，她告訴阿妹：「謝謝她啦。你要對她好一點。」儘管這不是阿妹期許的答案。

到男友家時已是下午，他剛醒來，還沒梳洗已在玩遊戲機，打呵欠時有口臭。

熊貓強行把他推入廁所，翻熱鍋貼，在門外試探地問，你有沒有讀到我發給你的東西？怎麼看？

他在門內似是咬著牙刷，嘰哩咕嚕，有點含糊，漱口後開門道，唉好啦好啦，吃完飯我去投就是。

熊貓歡呼大跳，用頭撞上胸前抱他，猛親臉頰。

一切都是好的。看，改變是好的。

男友進票站前，她再三叮囑央求他別投白票。一次，豎起食指，就一次。「給香港，給大家一個機會。」

手機震動，選舉群組裡上載多張江洋拉票的花絮照，熊貓匆匆一瞥即滑走，未有抬頭看到男友輕蔑的微笑。

晚上，趙嘉致電給她，交代選舉後的雜務。熊貓沉不住氣問她，有機會贏嗎？話筒彼端靜默幾秒：「我也不知道……不知道是不是贏了就是好的。」

十時正，投票結束，所有票站開始點票，各區記者即時回報新聞台，傳媒與政府選舉網站同時更新，熊貓緊張得多管齊下，邊看電視、電腦螢幕和手機，瘋狂刷新、滑動，留意現場朋友消息。男友一人在房間繼續打遊戲機。

數字增升跳動，比買股票還讓人驚心動魄。

坊間一直說這次是民意曬冷，若建制大勝，政府知道長逾半年的街頭運動始終不過怒氣發洩，未有轉化成制度內部的改革力量，不足為懼，打壓將隨之而來；反之，若建制陣營嚴陣以待下，仍被民主派翻盤，則證明民怨載道——多年來口罵政府，身體則誠實投選建制，為蛇齋餅粽[19]利誘，投票率一般，怠於履行公民責任的港人，確、實、怒、了，以選票，把紮根區內多年如水蛭吸奪資源的地方勢力，一腳踢走——那該是對民主運動多大的強心針？

真的。半年了，一無所獲。他們，所有人，真心相信運動和抗爭的群眾，全都需要一場可見的勝利，誠如癮君子需要他的嗎啡。

19 編註：香港部分政黨基於利益，派予市民的各種食物、禮品、免費活動等小恩小惠的統稱，多指以隱晦的小賄賂籠絡人心。「蛇齋餅粽」包括「蛇宴」、「齋宴」、「糕餅」及「粽」。

終於，他們如願。

贏了、贏了、贏了！真的，翻盤了，十八區，每區再細分選區，多達五百個議席，竟、能、奪、得、接、近、九、成、席、位。江洋贏了，熊貓的區贏了，阿默的區贏了，朋友選的區贏了——男友的區，就在他們腳下的土地——都贏了。熊貓高興得大叫大跳，剛洗完頭，髮還沒乾，跑進房間拋開男友手持的控制器，迫不及待向他傳播喜悅。

給香港一次機會，成功了。

贏了、贏了、贏了！他該慶幸自己投票了，該對人性、制度、選舉，重燃信心。她抬頭，在他眼裡找到笑意，因為她快樂，快樂的泡泡把一切都染成相同顏色，所以他也快樂，他也為勝利而快樂。

男友摸摸她的頭，像擼一隻貓，從抽屜拿出吹風機替她吹頭髮。

哪裡不對勁。但沒關係，熊貓仍然非常快樂，她自信能處理男友狀態，他是有甚麼納悶的結嗎，她可以一一細解喔。要知道，如今她心裡積累已久的陰霾，對關係、前路、運動、團結的可行等等所有疑慮，可是被另一枚剛生成的烈日完全蒸發了。她是無敵的小太陽，可肆意照亮他人內心。

她讓他先擱下吹髮：「你不開心嗎？」

「沒有。」

「難道這不值得開心？」

「不是。」

「那你為甚麼這麼冷淡？」

熊貓沒意識到，自中午起她近乎纏擾般央請他投票、不可棄權，至此刻質疑對方為何未有為選舉結果而由衷快樂——且必須發自內心，已近一種獨裁、偏執而絕對的苛求。她把動搖搓成陶泥，捏成一個個比例大小造型全然一樣的人偶，要求統一同步。稍有猶豫、遲疑或未能配合者即被摔個粉碎。像她反覆告誡自身：她必須維持形狀。

「我可以保留不為此快樂的權利吧，可以嗎？」

「但我想不明白，有甚麼理由不為此高興——這明明是椿絕對美好的事。」

「……那困在大學裡吃著發霉飯的人呢，正試圖探下水道逃跑而失蹤的人呢，游索跳橋而摔斷手指的人呢？死去、被捕、流亡的人呢？選舉勝利能為他們帶來甚麼嗎？」他憋了很久，終是忍不住說出心裡話。

「你怎能把所有事混為一談？」熊貓無名火起，他怎麼要在如此美好的時刻說盡掃興話，潑冷水，好比一場賺人熱淚的發布會上，幾個觀眾在台下單單打打，冷嘲熱諷。她想到人的善意和惡意會如同秋千同時擺向彼端的比喻。

「我講過很多遍，要在制度內獲取資源、話語權、力量，才能保護更多人啊。吶你看，當選議員們剛開記者招待會了。」熊貓把電視機聲音調至最大。

髮還沒乾，毛巾尚搭在肩上。

「各位記者朋友，以及螢幕前的市民，大家好。感謝每一位出來投票的香港人，是你們一同締造這個歷史時刻——本次區議會選舉投票率，是歷屆最高的！」

記者會上，十多個當選人坐在一起，於閃光燈下歡呼大喊，拍掌，摟抱彼此肩膀：

「……感謝我們所有的支持者，這次結果證明，只要我們同在，必定可在壓抑和困難中找到出口。也感謝所有沒選擇我們的選民，讓我們知道，在未來日子，我們將有更多進步空間。無論如何，投票本身就是社區參與及表達社會意向的公民行動——是最直接的行動。最後，香港加油！謝謝大家！」發言代表與其他當選人全體站立鞠躬，現場再度爆起一陣熱烈掌聲。

記者提問，一題問道：「其實近來一直有『投票救手足』的說法，意思是只有當選一途，重奪議會，才能以資源持續支援在囚或被捕人士，甚至是現時身處大學內的抗爭者。有指你們是吃『人血饅頭』當選，你們對此有何看法？會有甚麼實際行動應對嗎？」

眾人耳語一番，一個來自傳統政黨的年輕候任議員應道：「我們當然不敢忘記犧牲的手足，也更明白能力越大，責任越大。現時我們傾向明天將號召其他當選人，越多越好，務求能達至幾十至一百人。我們會手挽手構成人鏈，和平走往大學門前，希望能以議員身分引起關注，換取警方開放入口，讓我們探訪在內手足，甚至看看能否把他們救離現場。我們再次重申，我們的權力是由香港人賦予，因此我們必定與港人走在一起，不離不棄！」

有救了，有救了！熊貓轉身，事實勝於雄辯，人家都作出救援承諾，還有甚麼好憂慮的——這下子，總應為勝利而快樂了吧。但男友又繼續打起遊戲，專注、凝神，躲於炫目的格鬥世界中，一切與他無關。

他是她的戀人，他們曾一同逃命狂奔，為彼此的傷口上藥，患難時緊擁彼此流淚難過。但，為甚麼他們的快樂竟無法同步？何以不能她快樂所以他快樂？何以他就不能純粹，在此刻，撇開所有關乎未來、遠方、他者的苦難和隱憂，乾脆而痛快地，與她一同享受狂喜的快感？

要知道，快樂是那樣稀有艱難的事。

他不愛她。這認知讓熊貓惱怒而憂傷，他誓必要站在那該死的先知、虛無、失敗主義的高地上，批判付出。在狹小斗室內，隨隨便便論斷外界努力，皆在他嘴裡頓成毫無意義。她恨恨涼涼地問他，實則刺他，要狠狠撕走這副滿不在乎的臉色：

「那你呢，你又做過甚麼？你除了坐在這裡打遊戲，你還有甚麼會做？」

終於，她如願了。

「好。」

男友當即隨手抓起整台家用遊戲機，扯斷電線，主機被卯勁往地上大力砸摔，碎片與零件四散：「你就是要逼我，就是要逼迫所有人必須期待改變。」再俯身拾起，重複拴擲，瘋狂，用力，聲響很大，「砰砰砰！」，要殺死毀滅甚麼的惡勁，他扯開喉嚨：「我告訴你這一切沒有用，看到大家像個白癡般開心，我不想。你不同意，正如我也不同意你，但我不要掃你興，我就打遊戲。但你連我逃去哪都要趕盡殺絕。好，好，好，我不打了，你滿意了？你滿意了嗎？你滿意了嗎！」語畢索性拿起門匙，跑出去，還穿著室內拖鞋，逃命一樣，門被用力甩開。

熊貓的髮還沒乾，水珠緩緩滑出一顆，滴到大腿。

男友父母從主臥揉著眼睛出來，被爭執聲驚醒，看到一地狼藉，驚慌問道怎麼回事。

她怔怔而機動地換上內衣、裙子，把遍地殘骸撿拾打掃，在伯父伯母溫婉的勸慰下仍堅持離去：「哎喲，那孩子，是脾氣公，性子倔，你就讓讓他嘛。哈哈，他從前就常丟東西，有一次還砸壞電視機，害兒子他爸報警了，現在還不是相安無事？你別往心裡去，兩個人要走下去，總得相互遷就。這麼晚不要走啦，等他回來談談，有甚麼談不了的？床頭打架床尾和嘛。」

一番話像耳光，摑在臉頰。

凌晨四時，她抱著媽買給她的一大袋東西，佇在路邊等小巴，吃了近半小時西北風才終於登車。頭好痛，毛巾尚繫在頸間，才記得髮未乾。車子還沒客滿，司機上了廁所，車廂內只有她和零落幾個夜歸的人。電台的廣告時段間插入新聞，重覆選舉報捷消息，緊接的深宵音樂節目主持顯然非常興奮，點播幾首帶有團結意味的流行曲。對街行人川流，小吃檔聚滿吃魚蛋、腸粉、碗仔翅的食客。其他小巴於窗前掠過，車身貼滿紅紅綠綠的競選廣告，座前椅背有人用圓珠筆塗鴉：「記得投票！」、「民主會戰勝歸來！」、「頂住！」。

此時電話震動，是趙嘉。接聽，彼端音色嘈雜，沒人和應，似是團隊與江洋在慶祝而不小心按到，玩鬧哄叫，熊貓愣愣握著電話，正想掛掉時，趙嘉本人卻接上線了：「熊貓？不好意思喔，他們那邊還在唱 K 喝酒鬧著玩，錯按撥來。你怎麼還沒睡？也在和朋友慶祝嗎？哈哈，這個月謝謝你，看，我們的付出是有回報的！之後歡迎繼續來幫忙喔，我們很看好你。」

熊貓眼眶一紅，沒掛線，就這樣，無法抑止地，對著趙嘉哽咽痛哭起來。抽鼻子，打著哆嗦，流很多眼淚，不能自已。她鼻塞，臉頰潮熱，髮間涼涼冷痛，咳嗽，嗆住，一臉濕燙。趙嘉嚇得猛問她怎麼了，要不要過來這邊，或她來看她。

是哪裡出錯了，意義最終只能回歸虛無？她不過奢求希望、正義、公理，和愛，這些與快樂必然無法並存嗎？她不敢問，怕知道答案，更怕的是，也許連趙嘉都不知道答案。

小巴開動，亡命般的車速，車身搖曳，恍如窗外微弱的街燈燈光。車身沒入隧道，離開城市，漸次竄入新界。公路蜿蜒如籐，彷如鏡面把世界分作兩堤——左邊是建於半山的高尚住宅區，矗立高聳，遠遠望去還能瞥見樓房內垂有倒三角的珠串式水晶燈，社區名字一顆顆如鈕扣，醒目地鑲鍍於山上；右邊是無人理會的荒地，起初樹莖疏落，一株一株，椏禿葉稀，像針刺的田。但車速更快，樹影如幻燈片掠過，一棵棵一棵棵，竟似要動，直至跨步、躍跑，迎在車旁緊隨不離，又沒入於大片樹間，碩大、密集，影子覆過半輛小巴。天色如沾了水，迷離的灰。

洪奕哭得太累，啞著嗓子讓趙嘉別擔心，待冷靜下來再交代。掛線，拭去眼淚。樹影伸縮變形，或大或小，或寬或狹。她推開窗，風很厚，裹起她整張臉，捏得耳朵至髮間冷涼生痛，遠方已漸次染上光的顏色，惟獨車子仍於黑路上行駕，風一刮，洪奕忽地非常疲憊，分岔的風景裡，她忽地不知道自己應當前往何處，或歸於何地。

覺餓，她打開保鮮盒，捏起一顆顆無籽的士多啤梨，放進嘴內含銜果汁，凝望遠處破曉的日出。指頭和甲間皆有紅液，一手黏膩。剛嚙咬，即反射性瞇起眼睛，一個激靈。好酸。好酸，真酸。

樹縫有光，天要亮了。

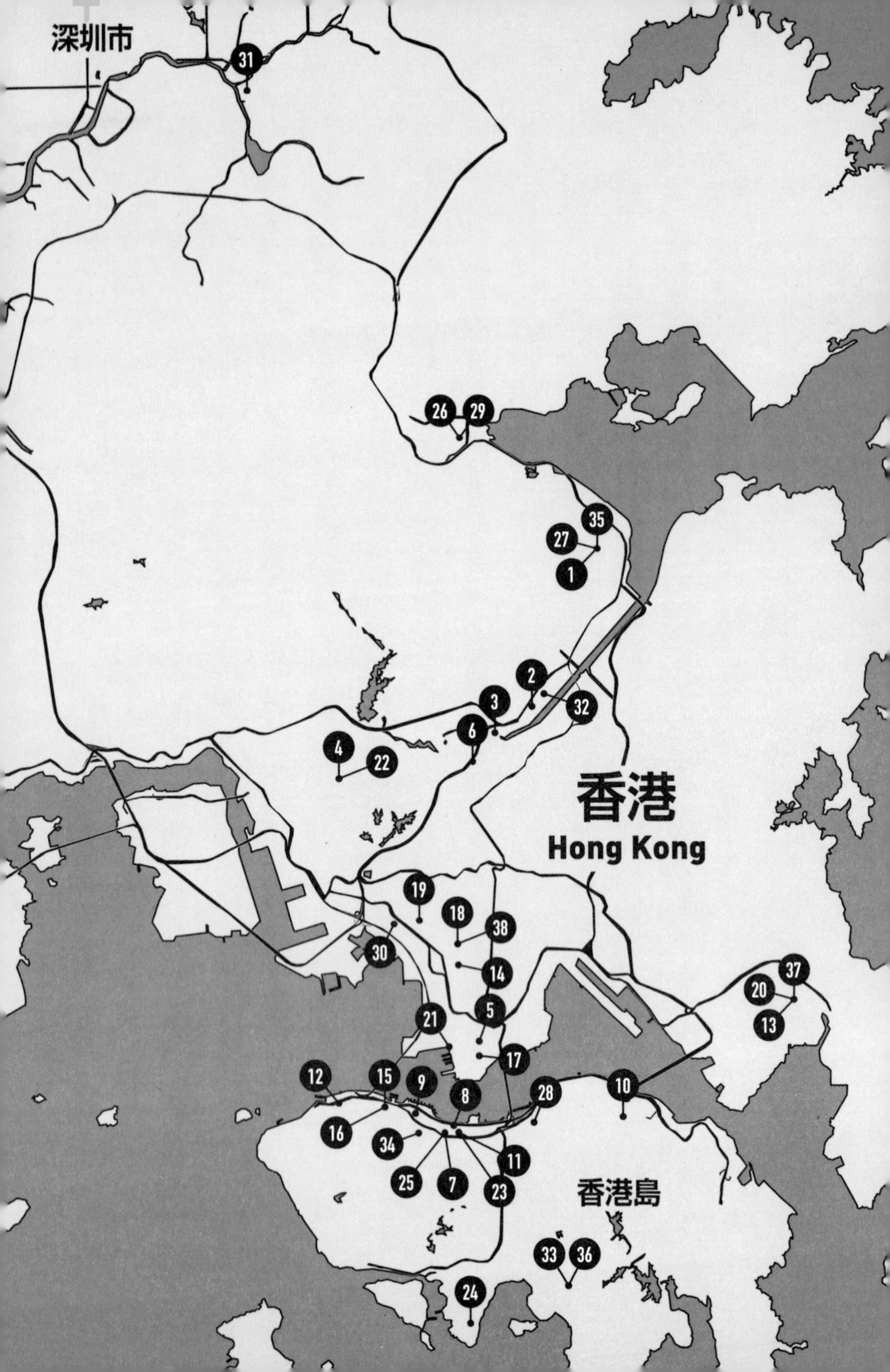
深圳市
香港
Hong Kong
香港島
1
2
3
4
5
6
7
8
9
10
11
12
13
14
15
16
17
18
19
20
21
22
23
24
25
26
27
28
29
30
31
32
33
34
35
36
37
38

新城市

1. 宿舍（阿離與熊貓）
2. 新城市廣場
(阿離與熊貓、阿默)
3. 宵夜（阿離與熊貓、同學）

V 煞列車

4. 公屋（阿默家）
(阿默與蘭姨、陳若)
5. 尖沙咀酒吧街
6. 車廠（阿默與言仔及同事）
7. 現場

Life During Wartime

8. 添馬公園（陳若與阿默）
9. IFC（陳若與阿默）
10. 鰂魚涌
11. 立法會
12. 中聯辦

細妹

13. 家裡（細妹與熊貓及媽）
14. 黃店餐廳（細妹與媽）
15. 美容院
(細妹與熊貓、媽及寧安)

皮肉版圖

16. 美容院
17. 約砲酒店（寧安與小教授）
18. 衝突區內酒店（寧安與小教授）

熊貓

19. 深水埗警署
(與媽、蘭姨、阿默、阿離)
20. 家裡（與媽、蘭姨、阿默）
21. 維多利亞港渡船
22. 公屋（阿默家）
(與蘭姨、阿默)
23. 立法會
24. 海洋公園（與媽、蘭姨、阿默）

最後一課

25. 勇武小隊進場（何森與陳若）
26. 何森任教中學
(何森與寧悅、林懷)

外面

27. 大學（林懷與趙嘉）
28. 維多利亞公園（七一遊行）
(林懷與家人)
29. 林懷與何森任教中學
(林懷與何森)
30. 法院（林懷與趙嘉、黎清）

Be Water

31. 從羅湖來港
32. 舒雅任教中學（舒雅與致遠）

Be a girlfriend

33. 選區（趙嘉與江洋、熊貓）
34. 滙豐總行大廈
(過往社運現場，趙嘉與庭泓)
35. 新界大學及宿舍
(熊貓與阿離、男友)
36. 選區（熊貓與江洋、趙嘉）
37. 家裡暨投票站（熊貓與阿妹）
38. 男友家裡暨小巴站
(熊貓與男友)

跋——我們沒有結局

（後來一切都像被防腐化學物質泡得過久的標本，隨時間褪色、發漲，輪廓益發模糊，包括所有指稱、事件、信念。越竭力保存守護的記憶越難啟齒討論，為便於攜帶傳播而不得不修裁、伸縮、變形，捏拗成不同符號，如擦邊球，濃減成一個詞語，一個意象，一幅畫，一句話，儼如密語。）

我們用曖昧而模棱兩可的話語暗示意志，把風險降到最低：「香港加油」、「見字飲水」、「香港真係好靚」、「明就明」，直至所有寄生意義的句子被消耗至僅餘框殼，如空置廢墟。

但語言的歧義，變裝，隱藏，自此端抵達彼端的出入鑽竄，總讓距離變得難以掂量，這是其迷人且危險之處。

二〇一九年十一月二十五日，天氣開始冷冽。深夜，我在黃大仙龍翔道截的士回大埔，無法抑止流淚，車上播著收音機廣播區議會選舉大勝，一時訪問當選人，一時插播理大圍城的新聞。普天同慶，喜悅和激奮在我手機裡所有社交平台炸開，我甚至必須吃力關掉流動數據，才能歇止頻頻震動的機身。

如小說裡所寫的，此前我與C為了選舉勝利卻無法共感的快樂或難過而鬧得不可開交——不僅僅是他，我們，我們這些人，在運動中，嘴上說追求民主自由，但因著覺悟、背景、身分、階級、觀點、權力的差異，致使箇中撕扯時，種種矛盾和傷害卻偌大如陰影籠著我們。

一些傷口鑄成，然而我們甚至無法、難以、不懂得如何談論它們，因為尷尬的是，造成者竟還不是可怕而萬惡的威權本身，反是我們珍愛且強調團結內攏的同路夥伴。

傷口被聲嘶力竭的吶喊蓋過，挾回日常，假裝如此依然很好般繼續生活，並隨戛然冷寂的潮散消去焦點，漸次潰爛，我們變得憂傷且憤怒。（而大多數人甚至無法知悉傷口，教育制度沒有曉以我們梳理自身的方法。）

我想起自己的壞習慣，幼時每每摔得皮肉擦傷，發炎紅腫，都不願蓋貼敷料或創可貼，僅任其接觸空氣，自然風乾，時時細望血肉模糊的紅洞如何慢慢結痂，長出新組織和鮮嫩的肉，有段時期會每天拍照，觀望變化。我確然相信，必須直面潰敗、消亡、衝突——種種不夠好看體面之事，才能回到原初，指認自身。

這本書裡收入的十篇小說分計三輯，引用編輯關於煮食的比喻，輯一是中火，輯二是小火，輯三則是猛火。它們來自我的經驗、生活的碎片、他者的述說、討論、爭執，幽微如絲的情感與陰影，我皆希望能逐一刮舀，好好盛載。

關於香港如今，乃至過去幾年的故事，難說，不好說。書寫的尷尬位置在於不宜過份投入沉溺，被巨大的情感淹沒。幾年來我寫過的字如溺泡的水，反覆把我吞蓋、掙扎、推開、任其擺弄、拒絕，無法堅定，來來回回，整天寫很多的字，因著歉疚和自我質疑復又刪去，到頭來不過消耗自身。

我總笨拙，自信不足，深知無法以單一作品討論複雜龐大的脈絡，遂區分戰場，一句、一段、一篇乃至一本書，以不同作品回應不同問題。小說裡的時長，起屹自二〇一九年六月第一場衝突，終結於同年十一月的區議會選舉，看似短短五月，世界卻已劇晃如篩子，把人們抖出極端分野。

我們經歷過的那些無可名狀的經驗，火紅、灼熱、激奮、眼淚、疼痛、恐懼、歉疚，毋可告訴別人的事，要如何拿捏才不顯矯情——會否在漫不經心間，花光了第一次？

自我懷疑且躊躇不前，是我最大的書寫之難。

《日常運動》自二〇一九年七月起動筆，寫至二〇二〇年初時停滯不前，一方面因疫症打亂步伐；一方面是我對於書寫意義的質疑與動搖，在寫作中反覆詰問自身——書寫運動與香港會否只是諉過一種？或曰，我所捕捉、創作的這些觀點會否不過是遭遇創傷的自身過份濫情沉溺？讀者讀來會否嫌於膚陋？我有否被不安和恐懼傷害了寫作，因燥動焦慮無法掂量穩好文學和政治的距離？寫時一直害怕——這些珍貴得承載著整個世代的苦難體驗，我有好好的處理了嗎？我可以下筆了嗎？我真的可以下筆了嗎？

在猶豫間，日常和荒謬繼續如雪球滾動，接著一年，我在本地藝術館駐留，辦電台，到學校教創作班，以及正職需要，親身見證到傳媒、教育、藝術、出版、創作界別等之空間迅速萎縮收窄——作家書稿被多次裁截；進校教學前要簽署《國安法》同意書；致電告訴學生的稿件被抽起，卻還要鼓勵對方繼續投稿；講座前的大綱和分享內容要先讓大會過目，並被勸導不要談「政治」。

但甚麼是政治。

去年四月跟出版社簽約，因一項條款寫著：「如有需要，出版社有權要求作者更改書稿內容或字眼等」云云，我遂緊張兮兮問編輯：「因為，我的書稿裡有很多『敏感』部分及字眼，我想知道，若屆時出版社要求修訂，而我堅決拒絕，是可以的嗎？」（這是我近年在港遇過多次的情況。）

編輯在對話匣中靜默片刻，我有一瞬間以為他會認為我是個麻煩的作者。然他的回覆是：「不好意思，我剛剛想了很久，我不太明白你說『敏感』的定義是甚麼？我不太知道甚麼是不能出版的。」

「敏感」的定義是甚麼？

我突然，非常、非常沮喪。

我為提出問題的自己感到無比洩氣。我在此地，奮力告訴自己的書寫不可被影響，不被紅線、審查、恐懼擊倒，必須坦然地寫。但仍栽進去，我仍是，無可避免地，小心翼翼，有所忌憚。結果對方一戳，我即可笑而薄弱得瞬間爆破。

但我必須強調，如今，我不過在安全的地方得以發言，而留守的人，實則非常吃力。

後來我挾著書稿，來到異地，終於把作品完成。

與其說這是一本關於抗爭的小說，不若說更多是運動傷害，或是，傷害本身。我生於九十年代，成長於千禧年間，唸教會學校，修中文系，斷續參與社會運動，單親。關於人之差異，與制度冷冽而突顯的暴力，是我一路走來，在成長裡體驗最多最深的。因而書中三輯，輯一的現場性、輯二的歷史回望，以至輯三的日常裡不見血的壓逼傷害，都是「日常」和「運動」本身的辯證。運動如鏡子，不過在激烈衝突裡照得矛盾鮮明浮面，而這些種種人性的光輝與醜惡，對他者鑄成的傷害和救贖，實際埋藏經年，土一鬆，就易挖了。

這是一本太快的書，這也是一本過慢的書。

如今回望，二〇一九年好像已幡然遠去，時局丕變，抓捕、移民潮、威權時代皆至，此時還談這些風風火火，轟轟烈烈彷彿傷口上撒鹽，過於久遠（朋友說，別寫別說了，再回望，好比逼著重看一場最後輸得慘烈的球賽。）；強調美學的學者和作家們則信奉，恐怖和苦難必須沉澱、省思、滯後，才能凝煉作品，太快的書寫總是輕率虛妄的。

我的答案是，我的書寫向我自身負責，它標認著二十七歲的我，推前或往後階段，皆不可能再寫成當下模樣。

書中結局，戛然止於彼年初冬，選舉與運動，勝利與清算，制度與街頭，同質與對立的懸而未決，我未有定論任意一端，如上文所言，這不是它的戰場。我仍會繼續活著、書寫、發表。我所喜愛的以色列作家，艾加凱磊曾有一個短篇，寫一個去上創意寫作課的白領被要求於課上完成一個故事，寫到末處他躊躇擱筆，導師問他怎麼停下了呢？

他尷尬靦腆一笑：「我沒有結局。」

如同大多數本地作者，在臺灣出版作品，許是我多年前開始寫作時立下的宏願，但不曾想過竟是因時局迫困而落走他方，恍若諷刺寓言。《日常運動》本源於一個香港文學雜誌專欄，欄名為「連儂牆」，半年後被逼中斷；及後曾有出版社接洽，並明言若要在港出版則必須刪改篇幅；然後連雜誌曾在網絡宣傳時上載的選段都刪走，按入連結顯示為「頁面不存在」。

出版前數月，我與編輯開始討論推薦小說的前輩人選，其中邀得一位香港作家掛名推薦，對方迅即答應，教我們欣喜感動。惟一星期後，作家細讀書稿，寫來長長的電郵婉拒掛名，主要考量是：香港狀況每況愈下，作為一個不打算離港的人，作家對掛名推薦此書感到疑慮。

威權下的白色恐怖，使寫者不得不歇止創作，連表示支持或反對的意願都不被允許。我難過之餘，再次意識，自己如今乃因於安全地方而得以發言；而留守者，非常吃力。

因此，我必須感激所有願意給予發表園地，願意繼續耕耘，以及願意為這部小說背書的人。感謝編輯找到了我，做書的半年間，我們一直密切討論、敲鑿、重鑄、分享想法，讓這本書最終呈現出我所理想的模樣。

感謝智良的序，他是第一個在我尚在連載時已給我讀後感和鼓勵的老師。把書稿給他時我非常誠惶誠恐，他告訴我讀稿時吃了好多包煙，花了近三星期才能把稿讀完，並在答應我賜序前越洋跟我聊了兩小時的電話。我一度擔心這本書除了對他的肺有害，會否也影響身心。這是一本難以定義及論說的書，同為香港寫作者，我無比感激智良以其柔軟而寬廣的閱讀觀包納了作品，而非以硬絕的美學或凝實的文學觀判定於它。這也是我信任且誠摯期許於智良為書撰序的源由，辛苦智良。他在序中提出的探問與觀察，尤其是倖存者的書寫姿態，乃至要以怎樣的載體形式包盛書寫材質的問題，都是我深信在思考和討論以外，只有不斷以文字踐現才能獲悉的。

感謝楊翠老師，在這學年的指導會面中，透過文本討論，一再為我揭現文學與政治間的各種面向，在我以為必須堅守及戒慎兩者單一固定的距離時，每次討論都炸開更多延異而帶著可能性的碎屑，教我書寫時放開一點，張開自身，不致被（自身的）美學審判拖垮作品。翠翠老師（請容我如此稱呼）寫來的序一如其人，溫暖且細膩。我仍記得在我焦慮於作品會否因不夠在地而使臺灣讀者讀來有所隔閡，影響理解時（我的比喻是，像穿一對舒服的鞋時發現內裡滲有沙子），老師的話：「但那些沙子就是你本身啊。你的語言，正是標認著你。」，那時因「被承認」和「被允許」的悸動至今仍非常深刻，再次感謝翠翠老師。

感謝童偉格老師的導讀，這是一篇我反覆重讀多遍，咀嚼、細味、啄磨箇中句子與詞語的導讀，以思量自己是否已被全盤看穿透視。在導讀中，偉格老師在闡述熊貓於成長過程裡嘗試辨出自身，復又在錯摸和誤認中失之交臂，叩叩撞撞時，彷彿也把我寄寓於其中，實則經年的況狀揣摩透徹後確切道出，無比赤裸。它把作者（我）的企圖、寫法、技術、源由，我所清晰熟知的線和面，乃至我所無法言說，無以名狀的混沌，都一一，以極其清澈的語言照見，標認出來。釘得緊緊。於是在激奮和羞赧中，我如無衣蔽體之人，赤裸裸地在那銳利的目光中，匍匐而行。這是一篇會讓寫作者為之顫抖且珍貴的導讀，是我所願想企及的，書寫的藝術。

朋友曾問我，幾年來都在寫運動、香港、政治、時代，怕不怕被定型？怕不怕被定位為只會寫（消費）社運的作家？我非常詫異，但，這些，確實是，在幾年間壓垮了我，填滿了，充斥於我的世界的，人們，故事，情緒。我從不懷疑它們的重量和被書寫的必須性，只質疑和懊悔自己多年來未有好好練筆，能否足以盛載這些閃亮材質而不致糟蹋消耗它們。

感謝曾與我經歷一切的友人們。感謝小廷，是你在原初曉以我文學的柔韌。

願所有憂傷和憤怒者都能找到路向。

願我們終能重獲免於恐懼的創作自由。

是為記。

日常運動

作　　者 —— 梁莉姿

社　　長 —— 陳蕙慧
副總編輯 —— 戴偉傑
責任編輯 —— 何冠龍
行銷企畫 —— 陳雅雯、趙鴻祐
封面設計 —— 朱疋
排　　版 —— 簡單瑛設

讀書共和國出版集團社長 —— 郭重興
發 行 人 —— 曾大福
出　　版 —— 木馬文化事業股份有限公司
發　　行 —— 遠足文化事業股份有限公司
地　　址 —— 231 新北市新店區民權路 108-3 號
電　　話 —— (02)2218-1417
傳　　真 —— (02)2218-0727
郵撥帳號 —— 1958827 木馬文化事業股份有限公司
客服專線 —— 0800-221-029
客服信箱 —— service@bookrep.com.tw
法律顧問 —— 華洋法律事務所
印　　製 —— 呈靖印刷股份有限公司
定　　價 —— 380 元
I S B N —— 9786263141728 (紙本)
I S B N —— 9786263142039 (PDF)
I S B N —— 9786263142022 (EPUB)

初版三刷　2023 年六月
Printed in Taiwan

國家圖書館出版品預行編目 (CIP) 資料

日常運動 / 梁莉姿作 . -- 初版 . -- 新北市 : 木馬文化事業股份有限公司出版 : 遠足文化事業股份有限公司發行 , 2022.06
400 面 ; 15*21 公分

ISBN 978-626-314-172-8 (平裝)

857.7　　111005517